일은 핑계고
　　　술 마시러
　　　　　왔는데요?

일러두기

* 본문에 등장하는 술 이름과 지명 등은 가급적 현지 발음에 가깝게 표기했습니다. 다만 국내에서 이미 특정 명칭으로 유통되고 있거나 사전에 등재된 경우엔 해당 표기를 우선했습니다.
* 이 책은 2013년 출간한 『스피릿 로드』의 개정증보판입니다.

일은 핑계고
술 마시러
왔는데요?

퇴계핥 지음

유쾌한 일탈로 부르는 세계 음주 기행

시공사

차례

강렬했던
첫사랑의 기억

루마니아
＊
빨링꺼

"어느 곳이 가장 좋았어요?"

외국의 문화와 명소를 소개하는 프로그램을 제작하면서, 사람들에게 자주 듣는 질문이다. 동시에 무척 대답하기 힘든 질문이기도 하다. 같은 질문에 대해 여행 다큐멘터리 출연자로 모신 적 있는 김홍희 사진작가님은 이렇게 대답하셨다.

"사랑에 빠졌던 곳."

아, 이토록 놀라운 언어의 연금술이라니. 어쨌거나 김 작가님식으로 하자면 나도 어느 나라가 가장 좋았었는지 명쾌하게 이야기할 수 있다. 바로 루마니아. 왜냐고? 내가 세상에서 가장 경애해 마지않는 술, 빨링꺼Palincă와 사랑에 빠졌던 곳이니까.

우리 집 술 전용 장식장엔 약 1.5리터의 빨링꺼가 남아있다. 보관 중인 40여 병의 세계 명주들 가운데 유독 빨링꺼는 남아 있는 리터 수까지 기억하고 있다. 왜냐고? 이게 다 떨어지면 꼼짝없이 루마니아의 시골 마을까지 가야 하니까. 그냥 다른 걸 마시면 되지 않느냐? No. 내게 루마니아 빨링꺼를 대체할 수 있는 술이란 없다.

빨링꺼와의 인연은 2004년으로 거슬러 올라간다. 공중파 방송국의 아침 프로그램에서 해외 소개 코너를 연출하고 있을 당시, 전통적인 삶의 모습이 잘 보존되어 있다는 소문을 듣고 루마니아 북부로 향했다. 지금이야 유럽이라 하면 잘 먹고 잘사는, 발전된 지역이라는 이미지가 강하지만 100년 전, 아니 200년 전의 생활상은 어땠을까? 아침이면 소들을 몰아 물을 먹이러 나가고, 그 사이에 외양간의 분뇨를 치우고, 소들이 돌아오면 우유를 짜고, 어깨에 쟁기를 메고 밭으로 일하러 나가는, 네팔이나 페루의 산골 마을의 그것과 다르지 않았을 것이다. 루마니아 북부의 마라무레슈 지역은 그런 옛 유럽의 모습이 남아 있는 곳이다. 나는 그곳의 한 증류소에서 빨링꺼와 처음 만났다. 도수는 무려 60-80도(요새는 비중계로 알코올 함량을 측정해 도수를 컨트롤하지만 그때만 해도 증류기에서 받은 순서에 따라 도수가 달랐다). 첫 모금에 그동안 마셔온 세상의 모든 술을 까맣게 잊어버리는 강렬한 체험을 한 뒤, 주저 없이 1.5리터 페트병 하나에 빨링꺼를 가득 채우고 절연 테이프로 마개를 단단히 봉해 한국으로 데려왔다. 하지만 그 1.5리터를 다 마시는 데는 채 한 달이 걸리지 않았다(심지어 고등학교 동창 녀석이 찾아왔을 때 호기롭게도 마지막 남은 3분의 1을 그 자리에서 다 마셔버렸다). 당장 다음 날부터 시작된 후회와 목마름은 아름다운 여인에게 주사를 부려 이별당한 남자의 상사병에 비할 바가 아니었다. 그 뒤로 루마니아를 다시 찾을 기회를 얻기까진 5년이라는 시간이 필요했다. 다음 촬영지는 어디냐는 방송국 데스크의 질문에 주먹을 꼭 쥐고 "루마니아"라고 답하던 순간, 내 마음에 사심이 없었다고는 절대 말할 수 없다.

　수도인 부쿠레슈티에서 자동차로 하루를 꼬박 달리다 보면, 차창 밖으로 스쳐 지나가는 풍경과 함께 시간이 거꾸로 거슬러 올라가는 경험을 하게 된다. 건물들은 점점 고색창연해지고, 길 위를 달리는 자동차들의 종류도 최신식 폭스바겐이나 르노에서 조그만 체구조차 힘에 겨워 털털대며 달리는 다치아Dacia(루마니아에서 생산되는 자동차 브랜드)로 바뀐다. 그리고 조금 더 가면 그마저도 말 두 마리가 끄는 마차로 바뀌어버린다. 그렇게 달리다가 해가 저물면, 가로등도 없는 캄

캄캄한 길옆으로 높은 솟을대문의 실루엣이 이어진다. 그곳에
서 시간여행은 비로소 끝이 난다. 아침이 되면 집집마다 솟을
대문이 활짝 열리고, 소떼들이 냇가를 찾아 느린 걸음으로 산
책을 나온다. 몇천 년에 걸쳐 이어져온 일상이 또다시 시작되
는 것이다.

마라무레슈를 찾은 사람들이 빼놓지 않고 들르는 곳은
일명 '즐거운 묘지'로 알려진 서픈차Săpânța의 공동묘지다. 이
곳이 유명한 이유는 나무를 깎아 만든 묘비들 때문인데, 죽음
의 이유를 재미난 그림과 익살스러운 묘비명으로 표현하고
있다. 묘비를 보면 그 사람이 죽은 원인을 꽤 상세히 알 수 있
다. 어떤 묘비엔 자동차에 치이는 아이의 모습이 그려져 있고,
다른 한편엔 트랙터를 몰고 산으로 들로 다니는 남자의 모습
이 화려한 색채로 묘사되어 있다. 묘비명은 문학적인 것에서

부터 익살스러운 것까지 다양한데, 예를 들면 이런 식이다.

빌어먹을 시비우Sibiu(루마니아 중부에 있는 도시)의 택시들 같
으니라고! 이렇게 넓은 나라에서 하필이면 우리 집 대문 앞
에까지 와서 나를 치어 죽이느냐 말이다. 어린 자식을 잃은
내 부모님의 슬픔은 또 어찌할 거냐. 나의 가족들은 생명이
다하는 날까지 나를 위해 애도할 것이다. 1978년 두 살의 나
이로 죽다.

두 살치곤 꽤나 조숙한 아이의 묘비명이다.

내 이야기 좀 들어보시오. 나쁜 병이 들었는데, 의사는 나
를 치료할 수 없었다오. 불쌍한 내 삶은 얼음처럼 녹아만 갔
소. 불쌍한 내 딸은 어미를 잃어버린 비탄에 빠져 있고, 사
위도 슬픔에 젖어 있다오. 51세의 나이로 이 세상을 뜹니다.
1987년 사망하다.

힘없이 스러져버린 육체를 슬퍼하는 하소연이 긴 여운
을 남긴다. 세상을 떠난 사람들의 억울함과 충고에 귀를 기울

이는 기분으로 묘지를 거닐다 보면, 병째로 술을 들이켜고 있는 사람의 모습과 그의 발목을 붙잡고 있는 (귀여운) 악마가 그려진 묘비도 심심찮게 눈에 띈다. 술 때문에 세상을 등진 사람들이 적지 않다는 이야기다. 그중 하나엔 이런 시구가 적혀 있다.

> 나는 평생을 술, 담배와 함께했네.
> 이 술집 저 술집 다니며 시름을 잊었다네.
> 죽는 순간에도 술잔은 내 손 안에 있네.
> 그대들이여, 나와 같은 삶을 살지 말기를.

뭐 눈에 뭐만 보인다고 했던가. 자신의 죽음에서 교훈을 얻길 바랐던 옛사람의 묘비 앞에서, 역시 술꾼인 나는 죽음의 순간까지 놓지 못했던 그 맛난 술이 무엇이었을지 생각하며 묘비에 새겨진 그림을 찬찬히 뜯어보았다. 은빛으로 채색된 병에 담겼을 술은 의심의 여지없이 빨링꺼였다. 빨링꺼야말로 마라무레슈 사람들의 긴 밤을 함께해주는 친구임은 물론, 인생 대소사에도 빠지지 않는 동반자이기 때문이다.

다음 날 아침, 결혼식이 있다는 소식을 듣고 마라무레슈

의 서르비 마을로 향했다. 잔칫집에 들어선 순간 눈을 의심할
수밖에 없었다. 100명 남짓한 하객들 모두 술병을 하나씩 들
고 있었는데, 심지어 열 살밖에 되지 않아 보이는 꼬맹이 녀
석도 의젓하게 술병 하나를 손에 쥐고 있는 것이 아닌가! 이
녀석들은 손님들에게 술을 나눠주기만 할 뿐 마시진 않는다
고 하지만, 스스로 도를 깨치는 맹랑한 녀석이 나오지 않으리
란 법이 있으랴. 다만 그 맛은 어린 녀석에겐 소스라치게 놀
랄 만한 것이니, 음주를 하고자 하는 맹랑한 녀석들의 욕구를
자연스럽게 제어하는 효과가 있을 터였다(아님 말고). 하객들
이 손에 들고 있는 술은 쭈이꺼Tuicǎ였는데, 빨링꺼와 마찬가
지로 과실로 만든 증류주이다. 빨링꺼는 두 번을 증류해 도수
가 60-80도로 높은 반면, 쭈이꺼는 30-50도로 그보다는 낮
은 편이다. 아침부터 술자리가 시작되니 속 편하게 약한(?)
술로 시작하라는 세심함이 느껴졌다. 또 잔칫상에 술이 떨어
지기라도 하면 신랑 측에 큰 수치가 되는 것이라고 한다. 그
러니 술이 궤짝으로 돌아다니는 것도 무리는 아니다. 일찍부
터 불콰하게 취한 마을 사람들은 신랑 신부와 함께 교회로 행
진을 시작한다. 짓궂은 하객들은 행진 도중 바닥에 퍼질러 앉
아 노래를 부르면서 빨리 식을 끝내고 싶은 신랑 신부의 애를

태운다. 웃음기 가득한 마을 사람들과 난처함으로 붉어진 신
랑 신부의 모습이 함 들어가는 날의 우리네 풍경과 겹쳐진다.

정교회 의식으로 결혼식이 끝나고 나면 하객들은 마을
회관으로 이동해 본격적인 잔치를 시작한다. 빨링꺼가 가득
찬 법랑 주전자들이 잔칫상을 점령하는 순간이다. 빙글빙글.
빙글빙글. 플로어에선 동유럽 특유의 빠른 선율에 맞춰 춤추
는 남녀들이 무시무시한 속도로 회전하고, 빨링꺼를 들이켠
사람들의 머릿속도 그와 비슷한 속도로 회전하기 시작한다.
하지만 아무도 걱정하지 않는다.

"오늘은 테이블 아래에서 뻗어 잘 겁니다!"

한 청년이 외친다.

"내일 아침에는 모두 멀쩡하게 집에 갈 거예요!"

아침을 배반하지 않는 술. 마라무레슈에서 빨링꺼를 부르는 또 다른 이름이다. 그만큼 숙취가 없다는 이야기다.

빨링꺼는 제철과일을 발효시켜 증류해 만드는데, 계절별로 사과, 배, 자두 등이 쓰인다. 과일을 두세 달 발효시킨 것을 건더기째 단식증류기에 채우고 두 시간 동안 끓이면 묽은 우유처럼 뿌연 술이 나온다. 이것이 바로 아침에 마시기 적당한(?) 쭈이꺼다. 하지만 로마제국을 끝까지 괴롭혔던 화끈한 다키아족의 후예들은 여기에 만족하지 않는다. 쭈이꺼를 따로 모아 다른 증류기에서 한 번 더 끓이면 그제야 비로소 빨링꺼가 만들어진다.

증류소의 주인 할머니가 빨링꺼를 조금 받아 가열된 증류기에 뿌려본다. '화악' 소리와 함께 파란 불꽃이 마법처럼 피어오른다. 그 어떤 계측기도 흉내낼 수 없는, 술이 완성되었음을 알리는 퍼포먼스다.

"됐어. 제대로 된 거야."

할머니 얼굴에 주름 가득한 미소가 번진다. 그가 잔에 남은 술을 나에게 권한다. 느릿느릿, 손에서 코로, 다시 입으로. 그리고 번개처럼 목구멍에서 위장으로.

"……."

한동안 아무 소리도 들리지 않는다. 희미한 귀울림만 있을 뿐이다. 빨링꺼의 첫 느낌은 '한 대 맞은 것 같다'라는 표현이 어울릴 듯하다. 식도를 태운다는 것으로는 부족한, 송두리째 둘둘 말아버리는 것 같은 고통. 비록 찰나이긴 하지만 그것은 분명 고통이다. 하지만 삽시간에 그 괴로움을 지우며 올라오는 것은 머리를 풀어헤친 발레리나의 광기 어린 춤 같은, 강렬하고 발랄한 과일 향기. 0.5초 안에 극한의 자학과 보상을 오가는 이 순간의 체험을 문자로 다 표현하기엔 글 실력이 턱없이 부족하다.

"……5리터만 구매하고 싶습니다."

식도의 울림이 잦아든 뒤 내가 간신히 내뱉은 문장이었다.

첫사랑의 기억은 사라지지 않는다. 계속 가슴 속에, 머릿속에 남아 어쩔 수 없이 다음 연애 상대를 규정하고 비교하는 대상이 된다. 눈가에 핑 도는 눈물과 함께, 나는 나의 첫사랑과 다시 만났다.

불 속에서 정련된
포도의 향기

"이탈리아에 가면 그라파Grappa나 한 병 사 와라."

"그라파요?"

"어, 이탈리아 사람들이 마시는 소주 같은 술 있어. 가격도 별로 안 비싸. 한 번씩 생각나는데 한국에선 구할 수가 있어야지."

벌써 20년도 넘은 이야기다. 〈도전! 지구탐험대〉라는 프로그램을 만드는 외주제작사의 조연출로 방송 일을 시작해 난생처음 해외 출장을, 그것도 유럽에서 가장 아름다운 도시로 손꼽히는 이탈리아의 베네치아로 떠나게 되었다. 어느 해외 다큐멘터리에서 베네치아 소방관들이 배를 타고 다니며 활약하는 것을 보고 재밌겠다 싶어 이탈리아 대사관에 취재 도움을 요청했는데, 의외로 전폭적인 지원을 해주겠다는 답장이 온 것이다. 출국을 앞두고 학교 선배들을 만난 자리에서, 박학다식하기로 유명했던 한 선배가 나에게 해준 이야기는 내 술 인생의 전환점이 되었다. 당연하고 또 당연한 사실이지만, 유럽엔 위스키와 코냑 외에도 나라별로 독특한 전통술이 있다는 것을 새삼 깨달은 순간이었다.

하지만 호랑이 같은 감독님을 모시고 떠났던 나의 첫 해외 출장은 그라파를 사기는커녕 제대로 된 사진 한 장 찍을 여유조차 없을 정도로 악몽 같은 나날의 연속이었다. 한국에서 촬영용 조명을 깜빡 잊고 안 챙겨 간 것이다. 그것만으로도 평생 들을 욕의 절반을 30분 만에 클리어했는데, 다음 날 아침 상황은 더 악화되고 말았다. 워낙에 도제식으로 일을 배우는 것이 방송판인지라, 선후배 간의 예절은 엄격하기 그지없다. 더군다나 지금으로부터 20년 전이라고 하면 그 서슬이 더욱 퍼럴 때였다. 조연출은 짐꾼이자 몸종인 동시에, 예산 절감을 위해 한국에서 식자재를 가지고 나간 경우 주방장의 역할까지 담당해야 하는 게 당연하던 때였다.

"야, 오늘 저녁은 뭐냐?"

"예, 즉석 미역국에 햇반 그리고 장조림이랑 깻잎무침 통조림입니다."

이렇게 즉시 대답이 튀어나오지 않으면 안 그래도 서럽

던 구박덩어리 신세가 더욱 처량해질 판이었다. 감독님 식성이 워낙 한국적이었던 데다, 출연자 역시 나이 드신 분이었던 탓에 유럽식으로 페이스트리 같은 빵과 에스프레소 한 잔으로 때운다는 것은 생각하지도 못할 일이었다. '한국인은 국물'이라는 철석같은 신념을 가지고 계신 분들이니만큼 최소한 즉석 밥에 컵라면이라도 내놓아야 했다.

베네치아 도르소두로 소방서에서 맞이한 취재 첫날 아침, 제일 먼저 일어난 나는 주방으로 내려가 물 끓일 곳을 찾았다. 마침 밤샘 근무를 마친 젊은 소방대원 한 명이 있기에 손짓 발짓으로 어떻게 하면 되는지 묻자, 그는 난생처음 보는 기계 앞으로 나를 끌고 가 '치익' 하고 증기로 물을 데우는 것을 보여주었다. 나중에야 알았지만 그건 에스프레소 머신이었고, 기껏해야 우유를 데우는 용도였다. 하지만 그런 기계를 알 턱이 없었던 나는 '아, 유럽에선 물을 이렇게 끓이는구나. 역시 선진국은 달라' 하고 감탄하며 그 기계로 물 주전자에 신나게 바람을 불어넣어 컵라면을 준비했다.

"자, 먹자."

"네, 감독님. 맛있게 드십시오."

콰직!

"……."

감독님과 출연자분이 씹은 컵라면에선 태권도 시범단이 송판을 격파하는 것 같은 경쾌한 소리가 울렸고, "너 이 개새끼……"로 시작한 각종 어린 동물 시리즈는 근 10분간 계속되었다. 그 사건 이후 나는 완전히 얼빠진 녀석으로 각인되어, 최소한 두 시간에 한 번꼴로 욕을 얻어먹지 않으면 오히려 불안할 지경이었다. 석양에 물든 아름다운 리알토 다리를 배경으로, 지나가던 베네치아 사람들이 멈춰 서서 쳐다볼 정도로 욕을 먹는 가운데 선배가 부탁한 그라파에 대한 기억은 대뇌의 변방으로 조용히 물러가고 있었다.

그로부터 3년 뒤, 프리랜서 PD가 된 나는 좀 더 여유롭게 이탈리아를 돌아다니며 취재할 수 있는 기회가 생겼다. 사실 그것은 기회보다 위기에 가까웠다. 야심 차게 이탈리아 축제 관련 아이템을 준비했는데, 해당 프로그램을 맡게 된 방송국의 새로운 CP(PD들을 지휘해 프로그램을 제작하는 총책임자)가 도통 관심을 보이지 않았던 것이다. 현지 관광청을 섭외해 숙소와 가이드, 차량 등 모든 것을 지원할 테니 오기만 하면 된다는 승낙까지 받아놓았는데도 제작 자체가 무산될 지경이었다. 그간 들인 공이 너무 아까웠던지라, 아예 콘셉트

를 바꿔 일반인들이 해외 풍물을 소개하는 코너에 내기로 했
다. 벌어들이는 돈이야 원래 의도했던 것의 반의반에도 못 미
쳤지만, 그래도 최소한 이탈리아 관광청 관계자들에게 신의
는 지킬 수 있게 되었다. 게다가 제작에 드는 품이 크게 줄어
들어 일정에 여유가 생겼으므로 일 반, 여행 반으로 북부 이
탈리아를 돌아다니며 마음에 드는 것을 찍어 방송에 내기로
했다. 그래, 돈 받아가며 여행하는 셈 치자. 욕심을 버리자 방
송 생활을 시작한 지 5년 만에 가장 큰 여유가 찾아왔다. 그
리고 내 대뇌피질의 중앙부에 다시금 등장한 단어는, 당연히
그라파라는 세 글자였다.

　　페라라에서 팔리오 축제 촬영을 마치고 악몽의 무대였던
베네치아를 다시 찾아 싫증이 날 때까지 사진을 찍어댄 후, 나
는 바사노델그라파Bassano del Grappa행 기차에 몸을 실었다.

　　그라파는 포도가 주원료라는 점에서 브랜디의 일종으
로 분류할 수 있다. 그 어원이 네덜란드어로 '불에 태운 포도
주Burnt Wine'를 뜻하는 '브란데베인Brandewijn'인 것에서 알 수
있듯이, 브랜디는 와인을 끓여 그 속의 알코올 성분만을 추출
한 것이다. 이런 종류의 술로는 프랑스의 코냑, 터키의 라키와
그리스 크레타의 치쿠디아 그리고 페루에서 생산되는 피스코

등이 있다. 하지만 그라파는
한 가지 면에서 다른 모든 브
랜디들과 다르다. 와인을 증
류하는 것이 아니라 와인용
포도즙을 짜고 남은 찌꺼기
를 발효시킨 뒤, 그것을 증류
해 얻는다. 그렇다 보니 전자
에 비해 훨씬 달콤하고 진한
맛이 난다.

　'그라파'의 어원에 대한 설명은 몇 가지가 있다. 포도송
이를 뜻하는 '그라폴로Grappolo'라는 단어에서 왔다는 것이 통
설이지만 바사노델그라파에 사는 사람들에겐 말도 안 되는
소리다. 자신들의 도시를 병풍처럼 휘감고 있는 그라파산의
이름에서 유래한 것이라는 게 이들의 주장이다. 어느 쪽이 맞
든, 바사노델그라파를 빼놓고 그라파를 논하는 것은 무의미
하다. 이곳이야말로 그라파의 수도라고 할 만한 도시이기 때
문이다.

　그라파의 역사는 서기 2세기로 거슬러 올라간다. 당시
한 로마 병사가 포도주를 증류해 그라파를 만들었다는 이야

기가 있지만 중동 지역에서 8세기가 되어서야 발달하기 시작한 증류 기술이 유럽에 전해지기까지는 또다시 200년이 필요했다는 사실로 미루어볼 때, 그것은 단지 전설에 지나지 않을 가능성이 크다. 그렇다고 해도 이 도시엔 18세기부터 자신들만의 전통 방식대로 그라파를 제조해온 증류소들이 즐비하다.

바사노델그라파를 관통해 흐르는 브렌타강엔 1569년 만들어진 알피니 다리가 아름다운 모습을 뽐낸다. 도시의 랜드마크이기도 한 이 다리의 동쪽 끝에는 이 도시에서 가장 유서 깊은 그라파 증류소 겸 판매점이 자리 잡고 있다. 1779년 보르톨로 나르디니는 이곳에 위치한 주막을 매입해 자신의 이름을 딴 '그라페리아 나르디니Grapperia Nardini'를 개업했다. 그 후 240년이 지난 지금까지도 전통 방식 그대로의 그라파를 생산하고 있다.

시내에 있는 관광안내소를 통해 사흘 전 통보에 가까운 방문 계획을 알렸음에도 불구하고, 그라페리아 나르디니의 홍보 담당 직원은 최대한의 호의를 베풀어주었다. 알피니 다리 근처의 한 레스토랑에서 그라파를 응용한 각종 요리와 함께 최상급의 그라파를 마셔볼 수 있는 기회를 마련해준 것이

다. 먼저 식욕을 돋우기 위해 그라파를 사용한 소스를 끼얹
은 샐러드가 나왔다. 요거트의 산미에 그라파의 발랄한 향기
가 더해져 입안이 봄기운으로 가득해졌다. 뒤를 이어 등장한
송아지고기 스테이크는 얇게 저민 고기에 그라파를 뿌려 향
이 충분히 배어든 다음 구워냈다. 농축된 포도의 달콤한 향기
가 배어 있는 고기 한 점 한 점은 꽃잎에 가까웠다. 디저트로
그라파에 절인 체리가 나올 때까지, 포도의 그윽한 향기는 테
이블 위를 감도는 산들바람이 되어 코와 혀끝을 내내 맴돌았
다. 이탈리아에서 식사를 마무리 지을 땐 두 가지 옵션이 있
다. 한 잔의 에스프레소 또는 그라파. 나는 너무도 당연히 그
라파를 선택했다. 이윽고 등장한 것은 한 잔의 그라파 리세르
바Grappa Riserva. 일반적으로 그라파는 증류 후 숙성 과정을 거
치지 않고 병에 담기 때문에 그 색이 투명하다. 하지만 위스
키나 코냑처럼 오크통에 담아 세월의 향기를 더하는 것들도
더러 있다. 그중에서도 18개월 이상 숙성시킨 녀석들에게만
리세르바라는 이름이 허락된다.

 특유의 튤립 모양 유리잔에 담겨 영롱하게 빛나는 그라
파를 바라보고 있노라니 마시기도 전에 취기를 닮은 흥분이
밀려왔다. 이름을 전해 듣고 대면을 하는 데까지 걸린 짧지

않은 시간이 감정을 더욱 고양시킨 모양이다. 눈이 충분히 즐길 시간을 주고 나서 천천히 술잔을 입에 가져갔다. 코끝을 자극하는 향기는 포도를 수확한 그날, 농가의 소녀들이 맨발로 포도 알갱이를 으깨던 현장의 향기다. 가볍게 입안으로 털어넣자 농축된 건포도 향기가 퍼지는 동시에 달콤한 불길이 식도를 타고 달렸다. 발랄하면서 섬세하고, 소박하면서도 기품이 있다. 달콤함이 비강 속에 오래도록 머물며 잠시나마 세상살이가 만만할 수도 있겠다는 낙천적인 생각의 꽃구름을 피워 올린다.

정말이지 세상은 넓고 맛난 술은 많다.

술 한 잔에 담긴
조르바 정신

그리스
*
치쿠디아

"베헤헤헤헤헤!"

우두머리 숫양의 신경질적인 울음소리가 날카롭게 울려 퍼졌지만, 스무 명 남짓한 사내들은 신경도 쓰지 않는 눈치였다. 그들의 왁자지껄한 수다와 웃음소리에 파묻혀 양들의 불평 어린 항의는 이내 들리지도 않게 되었다. 얼핏 보면 이란 사람처럼 보이기도 하는 검은 곱슬머리에 가무잡잡한 피부, 크지 않은 체구이지만 억세 보이는 목덜미와 팔뚝, 전형적인 크레타 사람의 특징을 고스란히 가지고 있는 이 사내들은 1년에 한 번 돌아오는 '양의 날'을 맞이해 품앗이를 하러 모인 참이었다. 양떼의 주인인 요르고스는 멀리서 달려와준 사내들을 맞이하랴, 양떼를 한쪽으로 몰아넣으랴, 바삐 몸을 움직이고 있었다.

"양이 우리를 위해 사는 것처럼 우리도 양을 위해 살죠."

양치기가 번듯한 직업으로 인정받는 아노기아Anogeia는 이다산 기슭에 자리 잡은 외딴 마을이다. 크레타 중부의 산골 마을들이 거의 그렇듯, 아노기아의 토양은 척박하고 겨울은 혹독하다. 예나 지금이나 믿을 것이라곤 고기와 젖, 그리고 털을 제공해주는 양떼들뿐이다. 그래서 1년에 한 번 돌아오는 '양의 날'은 그 집안의 잔칫날일 수밖에 없다. 현금으로 바꿀 수 있는 양털을 수확하는 날이기 때문이다.

요르고스의 신호로 작업이 시작되자, 사내들은 일사불란하게 움직였다. 개중엔 다섯 살을 갓 넘겼을까 싶은 꼬맹이도 있고, 코 아래 솜털이 거뭇하게 자리를 잡은 소년들도 눈에 띄었다. 그들은 나이에 따라 맡은 바 역할이 다 다르다. 10대 아이들이 양을 끌어다 다리를 묶고 어른들이 능숙한 솜씨로 양털을 깎아내면 제일 어린아이들이 다리를 풀어주어 무리로 돌려보낸다.

"내 아들 녀석이라오. 내년이면 양의 다리를 묶는 일은 졸업하고 칼을 들고 다닐 수 있을 거요."

양털과 땀으로 범벅이 된 한 양치기가 아들의 어깨를 두드리며 자랑을 늘어놓았다. 다른 한쪽에선 일꾼들을 위한 점심 식사 준비에 여념이 없었다. 벽돌을 쌓아 바람막이를 만들

고, 숯불을 피워 양고기를 구웠다. 구수하고 매캐한 연기 속
에 스물네 마리의 양이 한꺼번에 구워지는 모습은 그야말로
장관이었다.

"당신들과 친구인 것이 자랑스럽소! 내년에도 우리 집
에 와서 함께 양털을 깎읍시다!"

집주인 요르고스의 건배 제의와 함께 오두막에 모여 앉
은 양치기들은 술잔을 추어올렸다. 원추형의 조그마한 유리
잔에 담긴 투명한 술은 강렬하고 상쾌한 향기를 뿜어내고 있
었다. 사내들을 따라 고개를 뒤로 젖히자, 거칠면서도 산뜻한
포도 향이 위장과 식도를 가득 채웠다.

"이 술이야말로 크레타를 부강하게 만드는 원천이죠. 이
걸 마시면 힘이 솟아서 부인과 함께 아이들을 많이 낳을 수
있거든요."

맞은편에 앉은 양치기가 자기 팔뚝을 들어 보이며 말했다.

"나이 많은 사람들은 '라키Raki'라고 부르는데, 원래 이름
은 '치쿠디아Tsikoudia'예요."

라키라고도, 치쿠디아라고도 불리는 술. 이 술의 이름엔
크레타의 역사가 담겨 있다. 중부 산악 지역을 제외하고는 연
중 온화한 날씨가 이어지는 이 섬엔 일찍부터 인간의 역사가

시작되었다. 신석기시대부터 곡물과 콩을 재배하는 농부들이 살기 시작했고, 지금으로부터 4천 년 전, 유럽 최초로 문명의 꽃이 피어났다. 바로 크레타 문명이다. 크레타인들은 약삭빠른 장사꾼들이었다. 앞서 있던 이집트와 소아시아 지역의 문물을 발 빠르게 수입해 자신들의 힘을 키웠다. 당시 크레타의 국력은, 아테네 왕자 테세우스가 미궁 속에 사는 괴물 미노타우로스에게 바쳐지는 제물을 자원하며 크레타에 가는 그리스 신화에서도 잘 드러난다. 이때만 해도 아테네는 해마다 크레타의 왕에게 젊은 남녀 일곱 명씩을 내놓아야 하는 처지였다. 전설은 테세우스가 미궁 속 괴물을 처치하고 크레타의 공주 아리아드네가 제공한 실타래에 의지해 미궁을 탈출하는 것으로 끝나지만, 이야기 속에 나타난 크레타의 국력과

고도로 발전된 건축술은 당시 지중해의 세력 판도를 여실히 보여준다.

크레타가 힘을 기를 수 있었던 수단은 소아시아와 그리스 본토 사이의 중개무역이었는데, 이집트에서 태어난 와인을 유럽 각지로 전파한 것도 크레타 상인들의 공적 중 하나다. 로마와 비잔틴제국의 지배를 거쳐 13세기에 베네치아가 크레타를 차지할 때까지 와인은 크레타의 주요 수출품 중 하나였다. 연간 300일에 이르는 일조량은 포도 재배에 최적의 조건을 제공했고, 덕분에 크레타 와인은 지중해에서 독보적인 존재로 군림할 수 있었다.

베네치아 상인들의 무역 네트워크에 힘입어 크레타 와인의 명성은 더욱 높아졌다. 하지만 17세기로 접어들자 베네치아는 새롭게 떠오르는 오스만제국에 지중해의 패권을 내줘야 했고, 당연히 크레타의 주인도 터키 사람들로 바뀌었다. 베네치아 사람들이 이 섬을 떠나면서 마지막으로 한 일은 바로 '말바시아Malvasia'라는 포도 품종을 멸종시켜버린 것이다. 이 품종은 고대 그리스로부터 면면히 이어져 내려오던 것인데, 그 향이 매우 풍부해 최상의 와인을 만든다. 이 와인의 독점권을 터키 사람들에게 빼앗길까 두려웠던 베네치아 상인들은 말바시아 포도를 시칠리아에 옮겨 심고 정작 원산지인 크레타에선 없애버리는 극단적인 조치를 취한 것이다. 이런 역사 탓에 크레타 와인은 발전이 더딜 수밖에 없었다. 먼 옛날 크레타 상인들로부터 포도를 전해 받은 프랑스와 이탈리아의 와인이 전 세계를 석권한 사이, 크레타 와인은 이제 와서야 더딘 기지개를 펴고 있다.

한동안 단절되었던 와인의 역사와는 달리, 치쿠디아는 크레타 사람들의 곁을 항상 지켜왔다. 그리스, 영국, 미국의 과학자들로 이루어진 연구진이 크레타의 고대 도자기에 남아 있는 유기 물질을 조사해 그들의 식생활이 어떠했는지 연구한 적이 있다. 그 결과 고대 크레타 사람들의 먹거리를 알게 되었는데 지금의 지중해식 식단과는 다르게 육류 위주의 식사에 반주를 곁들이는 것을 즐겼다고 한다. 그리고 이들이 즐겼던 반주는 다름 아닌 치쿠디아였다.

크레타가 터키의 영토에 편입되면서 이 술을 부르는 이름도 자연스럽게 터키식으로 바뀌었는데, 그것이 바로 '라키' 다. 하지만 터키 본토의 라키와 크레타의 라키, 즉 치쿠디아는 전혀 다른 술이다. 터키의 라키는 와인을 만들고 남은 포도 부산물을 두 번 증류해 아니스 향을 첨가해 만드는 반면 치쿠디아는 발효 중인 포도즙을 한 번만 증류해 포도 본연의 향을 더욱 생생히 느낄 수 있다. 그렇지만 비슷한 방법으로 만드는 이탈리아의 그라파에 비해 그 맛이 좀 더 거칠고 자유분방하다. 맛의 세련됨에 있어선 확실히 그라파가 더 앞서지만 치쿠디아의 맛에는 육중한 울림이 있다. 굳이 뭔가를 주장하거나 소리 높여 외치지 않아도 오랜 역사를 품은 것들만이 뿜어내는 에너지다.

술은 사람을 닮는다. 그리고 사람도 술을 닮는다. 거친 치쿠디아의 첫 느낌처럼, 크레타 사람들의 성질머리(?)는 유난한 감이 있다. 그들은 예복으로 검은 옷을 즐겨 입는다. 결혼식 같은 즐거운 날도 예외가 아니다. 온통 검은색으로 차려입은 사람들 천지다. 서양의 경우 검은 옷은 상복을 상징하는데, 크레타에서도 마찬가지였다. 하지만 제2차 세계대전을 치르면서 이 지독한 성질머리의 주인공들은 독일군에 맞서 최후까지 싸우며 무수히 많은 사상자를 냈다. 이때 가족을 잃은 사람들은 상복을 일상복처럼 차려입게 되었고, 이것이 그대로 크레타의 전통 복식으로 남았다. 여기에 빼놓을 수 없는 것이 바로 칼이다. 크레타 남자들은 누구나 – 심지어 꼬맹이들도 – 길이 15센티미터 정도의 칼을 차고 다닌다.

"우리는 이 칼에 명예의 서약을 합니다."

검은 턱수염이 풍성한 크레타인의 말이다.

"한번 칼을 뽑으면 반드시 피를 봐야 하죠."

잔뜩 뻐기며 이야기하는 그의 말은 왠지 허풍으로만 들리진 않았다.

이런 그들의 결기는 때때로 대단한 광란으로 이어진다. 2004년 7월 1일, 나는 크레타의 다프네스 마을에서 거의 한 시간째 같은 자세로 대형 스크린을 노려보고 있었다. 와인 축제가 열린다고 해서 찾아온 길이었는데, 축제가 열려야 할 마을 광장에 대형 스크린이 설치된 것이 문제였다. 그날 있었던 그리스와 체코 사이의 유로 2004 준결승전이 스크린을 통해 방영되자, 사람들은 축제고 뭐고 오로지 축구 경기 시청에만 정신이 팔려버렸다. 축제 때문에 일부러 찾아왔건만 결국 촬영은 도로 아미타불이 되었으니, 대신 축구에 열광하는 크레타 사람들의 모습이라도 담을 요량으로 카메라를 켰다. 그런데 후반전이 다 지나도록 골이 터지질 않는 거다. 이기든 지든 결론이 나야 사람들의 열광적인 반응을 카메라에 담을 텐데, 언제 골이 터질지 모르니 하염없이 스크린만 찍어댈 수밖에 없었다. 혼자 취재를 온 바람에 삼각대도 가지고 오지 않

은 터라 사냥감을 발견한 포인터 사냥개처럼 정지된 자세로
팔을 부들부들 떨어가며 카메라의 무게를 버텨내야 했다. 그
렇게 팽팽한 접전이 이어지던 연장 전반 15분. 오른쪽 코너
에서 차올린 그리스의 코너킥이 공격수 델라스의 머리에 닿
아 체코의 골문 안쪽을 파고들었다.

1 대 0. 드디어 승부가 갈렸다. 그리스의 결승 진출이었
다. 그 순간 본능적으로 카메라를 스크린에서 객석 쪽으로 돌
렸다. 그리고 카메라에 잡힌 것은, 고대 그리스에서 술의 신
디오니소스를 찬양하기 위해 이따금 벌어졌다고 하는 광란
의 축제, 바로 그것이었다. 코앞에 앉아 있던 백발의 할아버
지가 테이블 위에 올라가 접시를 내동댕이치는 것을 시작으
로, 모든 사람들이 일제히 저마다 소리를 만들어내기 시작했
다. 컵으로 테이블을 두드리거나 괴성을 지르고, 거리에선 자
동차와 오토바이가 기어를 1단에 넣은 채 시속 60킬로미터
로 질주했다. 정확히 2분이 지나자 여기저기서 폭죽이 터지
고 불꽃이 밤하늘을 갈랐다. 거기에 간간이 뒤섞이는 짧은 폭
발음. 누군가가 총을 들고나와 쏘아대는 소리였다. 분명 와인
축제가 열리는 장소라고 들었는데, 어디선가 치쿠디아 병이
등장했다. 마개가 열리고 사람들 사이로 방출된 치쿠디아는

밤을 하얗게 불사르는 연료가 되어 광란을 더욱 부채질했다.

밤이 더욱 깊어가자 이윽고 사람들은 손에 손을 잡고 모여들었다. 그리고 태초의 혼돈으로부터 은하계가 형성될 때의 모습처럼 나선을 이루고 돌기 시작했다. 리라와 만돌린이 연주를 시작하고, 쟁쟁거리는 악기 소리는 묘한 최면 상태를 만들어내며 점점 빨라졌다. 영화 〈그리스인 조르바〉의 마지막을 장식했던 춤, 펜토잘리Πεντοζάλης다. 치쿠디아는 밤을 불사르는 연료에서 사람들을 뭉치게 하는 접착제로 그 역할을 바꾸었고, 사람들은 열린 나선의 끝에 계속해서 모여들며 점점 더 높은 점프를 선보였다.

'그리스인 조르바'는 사실 '크레타인 조르바'다. 마초적인 에너지의 상징과도 같은 조르바는 영화의 마지막 장면에서, 사업이 망해 실의에 빠진 '나'에게 이런 말을 한다.

> "이봐요, 사람이라면 약간의 광기가 필요해요. 그렇지 않으면 자신을 묶은 로프를 잘라내 자유로워질 엄두를 내지 못하거든."

그리고 둘은 춤을 춘다. 크레타의 햇살보다 더 밝게 웃으며, 낙담과 근심을 '약간의 광기'로 밀어내며, 이들은 이 춤을 끝내고 근처의 선술집을 찾아 치쿠디아를 한잔 걸치지 않았을까.

다음 날, 차를 타고 이라클리온 교외를 달리던 중 간밤의 격렬한 에너지 방출이 어느 정도였는지 보여주는 흔적을 발견했다. 그것은 바로 교통 표지판이었다. 사거리를 알리는 표지판이든 공사장 팻말이든 길을 가리키는 이정표든 문구 중 철자가 'O'인 부분엔 여지없이 구멍이 뚫려 있었다. 총을 쏘더라도 그냥 허공에 갈기는 것이 아니라 뭔가 표적이 필요한 크레타 사람들이 만들어놓은 풍경이었다. 칼을 뽑으면 피를 봐야 한다는 것이 허세만은 아니었나 보다.

왕실에서만 맛보던
비밀의 맥주

독일
*
바이스비어

    초여름은 본격적인 맥주의 계절이다. 신록 속에서 따사로운 햇살을 받으며 즐기는 낮맥, 양화대교 아래에서 한강의 야경을 보며 마시는 강맥, 맥주엔 찰떡궁합인 닭튀김과 함께 즐기는 치맥, 집에 그냥 들어가기 아쉬워 편의점 앞에서 한 캔만 더 따고 보는 편맥 등 맥주를 즐기는 방법도 가지가지다.

    맥주는 소주에 이어 우리나라 사람들에게 두 번째로 사랑받는 술이기도 한데, 과연 우리나라 맥주가 그 사랑에 보답할 만큼 맛있느냐 하는 질문엔 쉽게 대답하기 힘들다. 외국 사람들이 우리나라 맥주를 마셔보고 평가할 때 쓰는 표현은 대체로 'Watery', 즉 '밍밍하다'는 것이다. 이렇게 된 데엔 우리나라 술 관련 법규가 미친 영향이 크다. 독일의 경우 맥주 원료로 쓰이는 곡물 중 맥아(싹이 난 보리)의 비율이 100퍼센트, 일본은 66.7퍼센트 이상 되어야 맥주로 분류하는 반면,

우리나라는 10퍼센트만 넘으면 된다. 사정이 이렇다 보니, 맥아에 비해 값이 싼 옥수수나 쌀 등의 재료를 많이 쓰게 되고 당연히 맥주 맛은 더 밍밍해질 수밖에 없다. 이렇게 밍밍한 맛은 대부분의 경우 '톡 쏘는 맛'과 '차갑게 목울대를 넘어가는 느낌'을 강조하는 방법으로 가려진다.

영국의 경제 전문지 《이코노미스트》는 기사에서, "김치나 산낙지가 맛없는 것은 못 참는 한국 사람들이 왜 맛없는 맥주는 꿀꺽꿀꺽 잘도 마시는가?"라고 지적하며 영국에서 장비와 제조법을 도입해 만든 북한의 대동강 맥주가 훨씬 맛있다는 주장을 펴기도 했다(개인적으로 이 주장에 동의한다. 그리고 대동강 맥주를 시중에서 사라지게 했다는 점에서, 어떤 정권의 남북관계 정책 전반에 커다란 유감을 느낀다!). 이 주간지는 하이트와 OB로 요약되는 양대 맥주 업체 이외에 다른 회사가 끼어들기 힘든 시장 구조를 한국 맥주의 맛을 망치는 또 한 가지 원인으로 지적했다. 즉 맥주 제조 허가를 따기 위해선 최소 245만 리터를 생산할 수 있는 설비를 갖추라는 것인데, 신규 업체는 맥주 제조업을 하지 말라는 말이나 다름없다. 다행히 이 규제는 2010년 들어 15만 리터로 낮춰졌고(2013년 5만 리터로 개정), 우리나라에서 맥주 제조가 시작된 지 78년 만에 제3의 맥주 제조업체 세븐브로이가 생겨날 수 있었다. 술꾼의 입장에서 보면 쌍수를 들고 환영할 일이다. 어느 문화든 다양성이 확보된 다음에야 그 문화를 향유하는 사람들의 '취향'이 형성되고, 그런 연후에야 비로소 질적인 향상이 이루어지기 때문이다.

2010년에 와서야 겨우 세 번째 제조사가 생겨난 한국과는 달리, 맥주의 본고장이라 할 수 있는 독일에선 지역에 따라 수많은 중소 제조업체들이 특색 있는 맛의 맥주를 만들어 낸다. 독일 전역에 등록된 맥주 제조업체만 1천 300개가 넘고, 남부의 바이에른 지역만 해도 파울라너, 호프브로이하우스, 뢰벤브로이를 비롯해 열아홉 개의 맥주 양조장이 있을 정도다. 독일 맥주는 지금도 대부분 '맥주순수령Reinheitsgebot'이라는 법령에 따라 만들어진다. 이는 맥주를 만들 때 물, 보리, 홉Hop(뽕나뭇과의 식물로 맥주에 특유의 쌉쌀한 맛을 가미시키고 발효 시 잡균의 번식을 억제한다) 이외의 원료를 쓰는 것을 금지한다는 내용이다. 1516년 바이에른 공작 빌헬름 4세가 만든 이 법령은 왕실 소유의 밭에서 나는 보리의 수요를 일정하게 유지시키려는 목적에서 제정된 것이지만, 결과적으로 독일 맥주의 품질을 높게 유지하는 최후의 보루 역할을 톡톡히

했다. 이 법을 어기는 사람은 새장 같은 우리에 가둬 강물에 담갔다가 들어 올리는 형벌에 처했으니, 안 그래도 준법정신이 뛰어난 독일인들이 이 법을 철저히 지켰음은 물론이다.

독일 맥주의 유효기간은 그리 길지 않다. 인공첨가물이 일체 들어가지 않다 보니 가장 가까이서 생산된 맥주가 가장 신선할 수밖에 없다. 그래서 독일 사람들은 이렇게 말한다.

"맥주는 공장 굴뚝 그림자가 닿는 범위 안에서 먹는 것이 가장 맛있다."

독일에서 5월은 본격적인 맥주 시즌의 시작이다. 쌀쌀한 한겨울에도 비어가르텐Biergarten(맥주 광장이라는 뜻으로, 맥주를 파는 야외 선술집)에서 입김을 내뿜어가며 맥주를 마시는 이들인데, 하물며 5월이다! 더군다나 독일에서 5월은 아프릴베터Aprilwetter(4월 날씨라는 뜻. 날씨의 변덕이 심해서 '미친 날씨' 정도로 쓰인다)가 지나가고 찾아오는 명실상부한 봄의 시작이다. 하늘은 파랗고 덥지도 춥지도 않은 바람이 머릿결을 타고 흐른다. 한바탕 축제를 벌이지 않으면 안 될 것 같은 조바심이 사람들 마음속에 뭉게뭉게 피어오르는 계절인 것이다.

독일 남부의 맥주 축제라고 하면 누구나 뮌헨의 옥토버페스트Oktoberfest를 먼저 떠올릴 것이다. 1810년 바이에른 공작 루트비히 1세의 결혼식을 축하하기 위해 열렸던 축제에서 기원한 이 맥주 제전은 브라질의 리우 까르나발, 일본의 삿포로 눈 축제와 함께 세계 3대 축제로 자리 잡았다. '10월 축제'라는 뜻의 이름 그대로, 옥토버페스트는 해마다 9월 마지막 주부터 10월 첫째 주에 걸쳐 열린다.

하지만 바이에른주에선 맥주 축제의 즐거움을 만끽하기 위해 10월까지 기다릴 이유가 전혀 없다. 뮌헨에서 북쪽으로

한 시간 반 정도 떨어진 중세풍의 멋진 도시 레겐스부르크에서 5월의 맥주 축제, 마이둘트Maidult가 열리기 때문이다. 서기 2세기, 이 지역에 세워진 로마군의 전방 기지에서 유래한 레겐스부르크는 독일에서도 가장 오랜 역사를 지닌 도시 중 하나다. 유럽의 남북을 잇는 교역 도시였던 이곳에선 큰 장이 서곤 했는데, 마이둘트는 다름

뮌헨은 맥주의 도시다. 광장마다 자리 잡은 비어가르텐에는 추운 겨울에도 손님이 끊이지 않는다.

아닌 '5월의 장날'이라는 뜻이다. 1389년 이웃 도시와의 전쟁으로 피폐해진 지역 경제를 되살리기 위해 레겐스부르크 사람들은 바이에른 공작으로부터 연중 2회의 축제를 열 권리를 허락받았다. 그렇게 시작된 축제는 바이에른에서 가장 먼저 열리는 맥주 제전으로 자리 잡았다. 어떤 면에서는 옥토버페스트보다 나은 점도 있다. 사람이 덜 붐비고, 차도 덜 막히지만 축제 분위기는 그대로인 데다가 맥줏값도 옥토버페스트에 비해 20퍼센트나 싸다.

축제 당일, 사람들은 일찌감치 둘트 광장에 차려진 맥주 텐트 안으로 모여든다. 깃털 달린 모자를 쓰고 반바지에 조끼를 입은 남자들과 가슴을 시원하게 드러낸 드레스, 디언들Dirndl을 입고 예쁜 머릿수건을 쓴 여자들이 축제 분위기를 한껏 고조시킨다. 텐트를 받치는 기둥 위엔 종 하나가 매달려 있는데, 잘 다듬어져 미끄럽기 그지없는 기둥을 기어 올라가 꼭대기의 종을 치는 사람에게는 맥주 한 잔이 무료로 제공된다. 기둥 옆에는 어린아이들도 도전해볼 수 있도록 천장에 매달린 안전 밧줄이 있다. 이걸 잡아당기는 아저씨에게 잘 보인다면 기둥 위의 종을 치는 것은 식은 죽 먹기다(속 보이게도 보통 예쁜 여성들의 성공률이 높다).

시장님이 무대에 올라 그해의 첫 맥주통을 따 건배를 제의하고 나면 본격적인 축제가 시작된다. 전통 음악을 연주하는 밴드와 팝송을 연주하는 밴드가 교대로 무대에 오르고, 사람들은 1리터짜리 맥주잔을 기세 좋게 비워댄다. 그러다가 익숙한 전주가 흘러나오면 저마다 하던 이야기를 잠시 멈추고 합창에 가세한다.

"아인 프로짓! 아인 프로짓! 데어 게뮈틀리카이트!(건배하세! 건배하세! 건강을 위해!)"

간단해서 누구나 따라 부를 수 있는 이 권주가는 축제 기간 내내 30분에 한 번꼴로 울려 퍼지며, 사람들을 하나로 묶는 접착제 역할을 톡톡히 한다. 묘하게 중독성 있는 멜로디여서 독일을 떠난 뒤에도 맥주를 마실 때마다 혼자서 한참을 흥얼거리곤 했다.

마이둘트 축제에 사용되는 맥주는 '마이복Maibock'으로, 원료를 풍부히 사용해 알코올 도수가 높은 것이 특징이다. 여름을 앞두고 만드는 맥주이기 때문에 알코올 도수를 평상시보다 높게 하여 변질을 막으려 한 것이다. 냉장 기술이 발명된 것이 1834년이니, 맥주를 지금처럼 차갑게 해서 먹은 역사는 200년이 채 넘지 않는다. 그 전엔 비어가르텐의 중심에 있는 밤나무 그늘이 맥주 온도를 낮춰주는 유일한 수단이었다. 지금도 커다란 밤나무가 있는 비어가르텐을 쉽게 찾아볼 수 있는 이유다. 이런 까닭에 바이에른 사람들은 맥주가 얼음장처럼 차가우면 오히려 맥주 본연의 맛을 느낄 수 없다고 불평한다. 바이에른 사람들의 맥주 사랑과 자부심을 보여주는 단적인 예는 뮌헨공항 내 양조장이다. 공항 내에 있는 맥주 양조장으로는 세계에서 유일한데, 비어가르텐을 겸하고 있어 언제나 신선한 맥주를 맛볼 수 있다.

"어떤 손님은 지난주 목요일 10시쯤에 비행기를 타야 했는데, 저희 집 맥주 열 잔을 마시고 그만 비행기를 놓쳐버렸지 뭐예요."

만면에 자랑스러운 웃음을 보이며 바텐더가 하는 말이다.

마이복이 바이에른 맥주계의 '보졸레 누보'라고 한다면, 바이스비어Weißbier는 명실상부한 바이에른 맥주의 제왕이다. 맥아에 밀을 첨가해 상면발효법(상온에서 양조해 효모균이 위로 떠오르며 발효되는 방법)으로 만드는 이 맥주는 제조 방법이 훨씬 까다롭다. 보리보다 입자가 고운 밀이 침전되어 기계를 망가뜨리기도 하기 때문이다. 그럼에도 불구하고 이 맥주

가 바이에른, 더 나아가 독일 전역에서 생산되고 있는 이유
는 풍부한 맛과 향 때문이다. 일반적으로 바나나와 정향을 연
상케 하는 향기의 바이스비어는, 제조 후 효모와 곡물 성분이
그대로 남아 있어 막걸리처럼 뿌옇다. 이 맥주를 '백맥주'라
고 부르는 이유다. 한 가지 재밌는 사실은, 바이스비어는 가
장 독일 맥주답지 않은 맥주 중 하나라는 점이다. 맥주순수령
은 독일 맥주의 맛과 품질을 보증하는 역할을 했지만 보리 이
외의 원료를 쓰는 맥주의 발전을 가로막는 걸림돌이 되기도
했다. 무엇보다 밀을 원료로 하는 바이스비어가 문제였다. 맛
은 뛰어났지만 결과적으론 제조 자체가 불법이 되어버린 것
이다. 하지만 예나 지금이나 특권층은 예외 규정을 만들어놓
길 좋아했던 모양이다. 바이에른 공국의 왕실 내에서 사용되
는 분량에 한해 소량의 바이스비어 제조가 허락되었고, 소수
의 장인들에 의해 그 제조 기법이 전승될 수 있었다.

바이스비어를 따를 땐 아래쪽에 10퍼센트 정도를 남기
곤 병을 휘휘 흔들어서 바닥에 가라앉은 효모 침전물까지 모
두 따르는 것이 정석이다. 그래야만 특유의 맛과 향을 남김없
이 즐길 수 있다. 불투명한 색채를 띠는 바이스비어를 바라보
고 있노라면 잔잔한 행복감이 밀려온다. 난 지금 왕족에게만

1	
2	3

1   뮌헨 파울라너 양조장의 생맥주 라인업. 왼쪽부터 두 잔은 마이복, 그다음은 헤페바이스와 둥켈이다.

2   파울라너 맥주의 제조에 쓰이는 홉과 몰트 Malt(싹을 틔운 곡물). 밀 몰트를 사용하면 바이스비어가 되고, 강하게 볶은 보리 몰트를 쓰면 둥켈 맥주가 된다.

3   바이스비어와 가장 궁합이 좋은 안주는 뮌헨의 명물 '바이스 부어스트', 즉 흰 소시지다.

허락되었던, 비밀의 맛을 입에 머금을 참이니까. 이 순간만큼은 내가 왕이니까.

소년이 동경한
어른의 세계

영국
※
위스키

　중학생 때 백발이 성성한 지역 보이스카우트 연맹의 회장님 댁에 가본 적 있다. 세계 각지의 스카우트와 교류하며 주고받은 기념품들이 장식장 하나를 가득 채우고 있었는데, 그중 가장 눈길을 끌었던 건 마개 부분이 일본 장군의 투구로 장식된 병 하나였다.

　"저거? 닛카Nikka라고 하는 일본 위스키야. 넌 맛을 알기엔 아직 너무 어려."

　호기심 가득한 중학생이 감히 손대기엔 너무나 멀어 보였던 한 병의 술. 그것이 내 기억 속 위스키와의 첫 만남이다. 그로부터 몇 달 후에 떠난 보이스카우트 수련회의 마지막 밤. 대장님께서 3학년 대원들만 텐트로 호출하셨다.

　"선생님이 주는 건 받아도 돼, 인마."

　대장님이 내민 플라스틱 술잔엔 당시만 해도 출시된 지

얼마 되지 않은 VIP 위스키가 담겨 있었다. 저절로 "크으!" 소리를 내게 만드는 그 강렬하고 뜨거운 맛은 1, 2학년 동생들은 감히 넘보지 못할, 어른들의 세계에 초청받은 듯한 착각을 불러일으켰다.

해방 이후 위스키가 우리나라에 처음 소개된 이래, 이 값비싼 호박색 액체는 서양 문명을 대표하는 술로 각인되었다. 돈깨나 있는 부자들과 지배층이 마시는 술로 자리를 잡으면서 위스키를 향한 사람들의 선망은 당연한 것이 되었다. 하지만 까다로운 제조법 탓에 외국에서 수입한 위스키 원액에 주정(곡물, 뿌리식물 등을 발효시켜 증류한 고농도 알코올로 소주 등의 원료가 된다)을 섞은 것이 국산 위스키의 주류를 이루었다. 심지어는 소주에 색소를 넣은 것도 위스키라는 이름을 달고 팔렸던 모양이다. 주정을 사용하지 않은 100퍼센트 위스키가 출시된 것은 1980년대의 일이니 1천 500년을 헤아리는 위스키 역사에서 우리가 공유하고 있는 부분은 30년이 채 되지 않은 셈이다.

위스키의 기원을 두고 많은 전설이 전해지고 있다. 그중 가장 유력한 것은 5세기경 중동 지역에서 증류 기술을 습득한 기독교 사제 성 패트릭Saint Patrick(387?~461?)이 아일랜

드로 와서 맥주를 증류해 '이쉬케 바하Usige Beatha(고대 켈트어
로 '생명의 물'이라는 뜻으로, 위스키의 어원)'를 만들었다는 것
이다. 그러나 위스키가 오늘날의 모습을 갖추게 된 것은 스코
틀랜드 밀주업자들의 집념 덕분이다. 18세기 초 대영제국 왕
실이 위스키 제조업자들에게 무거운 세금을 물리자 이들은
숲속으로 숨어들어 밀주를 만들기 시작했다. 남의 눈을 피해
야 하다 보니 제조 과정을 단축시킬 수밖에 없었는데, 문제
는 발효 전 보리를 건조시키는 과정이 너무 더디다는 점이었
다. 이를 해결하기 위해 생각해낸 묘책이 바로 지천에 널린 이
탄Peat(진흙과 비슷한 상태로 존재하는 석탄)으로 불을 때 열을
가하는 것이었다. 그런데 이 덕분에 생각지도 못한 결과를 얻
게 되었으니, 이탄의 매캐한 향이 보리에 배어들어 술의 풍미
가 한층 짙어진 것이다. 또한 대량으로 제조한 밀주를 조금씩
내다 팔기 위해 술을 안정적으로 보관할 수 있는 용기가 필요
했는데, 여기엔 스페인에서 들여온 셰리Sherry(브랜디를 첨가한
강화 와인)를 팔고 남은 오크통이 안성맞춤이었다. 이 통에 한
동안 보관했던 술을 개봉했을 때, 밀주업자들은 자신의 눈과
코를 의심하지 않았을까. 눈앞에 나타난 것은 그저 독하고 자
극적이기만 했던 보리 증류주가 아닌, 눈부신 황금빛을 띤 위

스키였으니 말이다.

사회에 나와 맛본 '진짜' 어른들의 세계는 VIP 위스키보다 더 화끈거리고, 때론 쓰라렸다. 거기엔 그윽한 빛깔과 섬세한 향기를 음미할 여유 따윈 없었다. 한동안 이어진 유흥가 순례와 폭탄주의 공세 속에 위스키를 그저 '양주'라고 부르는 사람이 되어가고 있을 무렵, 환승을 위해 들른 일본 나리타공항의 면세점을 둘러보다가 문득 발걸음을 멈췄다. 진열대엔 어린 시절 중학생의 호기심을 자극했던 유리벽 너머의 술, 일본 투구를 머리에 쓴 닛카 위스키가 가만히 나를 응시하고 있었다. 다행스럽게도 이제는 그 유리벽 너머로 손을 뻗을 수 있는 나이가 되었다. 집으로 돌아와 문제의 투구를 벗기자 드러난 너무나도 평범한(?) 병마개는 적잖이 당황스러웠지만(그 아래 진짜 사람 머리라도 있길 기대한 걸까) 마개가 열리고 흘러나온 액체는 예사롭지 않은 향기를 품고 있었다.

1991년을 마지막으로 자체적인 위스키 제조가 중단된 우리나라와는 달리 일본의 위스키는 90여 년에 걸친 역사를 자랑한다. 본고장 스코틀랜드에서 도제식 수업을 통해 위스키 제조법을 습득한 다케쓰루 마사타카竹鶴政孝는 일본 위스키의 아버지라 불리는 인물이다. 그는 1923년 오사카 인근에 위스키 증류소를 짓고 1929년엔 일본 최초의 위스키 산토리 '시로후다白札'를 탄생시키는 데 결정적인 역할을 했다. 하지만 좀 더 완벽한 스카치위스키를 원했던 그는 스코틀랜드와 기후 조건이 비슷한 홋카이도에 자신만의 증류소를 차렸다. 이것이 일본 2위의 위스키 생산업체, 닛카의 시작이다. 스코틀랜드인보다 더 고집스럽게 스코틀랜드 방식을 고수했던 다케쓰루의 장인정신은 그가 세상을 떠난 후 28년이 되던 2007년, 마침내 결실을 보았다. 그해 영국에서 열린 세계 위스키 품평회 싱글몰트 부문에서 닛카의 '요이치 1987'이 1위를 차지한 것이다.

기세 좋게 회오리를 일으키며 좌중을 블랙아웃 상태로 몰고 가는 폭탄주에도 그 나름의 미덕은 분명히 있다. 하지만 거기에 투하되는 '양주'는 좀 더 천천히 그 맛을 음미하며 즐겨도 좋을 만한, 자연과 세월을 담고 있는 술이다. 스트레이

트 잔에 따라 입에 머금은 닛카 위스키엔 소년이 동경했던 어
른들의 세계 – 화끈하지만 섬세하고, 알싸하지만 부드러운 –
가 오롯이 담겨 있었다.

맛이 없을수록
맛있다

러시아
*
보드카

눈을 떠 보니 텐트 안이다. 내 발로, 내 의지로 걸어서 온 것 같진 않다. 머릿속에서 사라진 어젯밤 기억의 파편을 주우러 다닌다. 어제 촬영했던 것은…… 그래, 아랫마을 결혼식에 갔었지. 거기서 뻗은 건가? 아닌데? 난 살아 돌아왔는데? 그렇게 텐트 친 곳으로 오니까…… 아, 산림감시원 아저씨가 직접 만든 보드카 한 병을 가져와 기다리고 있었지. 그게…… 80도짜리라고 했나? 그 순간 모든 게 이해가 됐다.

2011년 7월 러시아 남서부의 <u>끄트머리</u>, 캅카스^{Кавка́з}(러시아와 조지아의 국경을 이루는, 험준한 산악지대)의 산골 마을에서 유럽의 유목민 발카르족을 취재하고 있었다. 모스크바에서 1천 700킬로미터 거리. 이틀 동안 차 안에서 숙식과 샤워를 해결해야 했던 이 고달픈 여정은 캅카스산맥을 무대로 활동한 유럽인의 원형을 찾아온 길이기도 했고, 개인적으로

는 진정한 러시아의 술꾼들을 만나러 온 길이기도 했다.

러시아 사람들이 얼마나 술을 좋아하는지를 알기 위해 굳이 뉴스를 볼 필요는 없다. 그들이 마음먹고 술 마시는 모습을 보기만 하면 되니 말이다. 2004년 러시아의 국영 항공사 아에로플로트를 타고 여행한 적이 있었다. 승객 한 명이 무료함을 느꼈는지 머리 위 선반에서 보드카 한 병을 꺼냈고, 아주 자연스럽게 옆 사람에게 권하기 시작했다. 술잔이 돌아가는 범위는 점점 넓어졌는데, 조금 소란스럽긴 해도 정겨움이 느껴져서 슬며시 미소를 지은 채 그 광경을 바라보고 있었다. 잠시 후 그의 목소리는 점점 커졌고, 일어나서 휘청거리는 몸으로 복도를 서성이며 주변 사람들에게 술을 강권했다. 그때까지 관대하기 이를 데 없는 태도를 보여주던 러시아 승객들의 얼굴도 살짝 찌푸려졌고, 잠시 후 스튜어디스가 다가

왔다(누가 불러서 온 것은 아니었을 것이다. 아에로플로트의 러시아 승무원들은 승객 따위가 부른다고 해서 오는 사람들이 절대 아니니까!). 금발에 차가운 표정이 어딘지 비밀경찰 같은 이미지를 풍기는 그 스튜어디스는 술 취한 승객의 한쪽 팔을 꽉 잡고 뒤쪽의 비상구 앞 공간으로 데려가…… 함께 술을 마시기 시작했다.

　한국 같으면 당장에 '무개념 알코올 승무원'으로 SNS 공간을 장식할 만한 일이었을 테지만, 그 모습에 동요하거나 이상하게 보는 러시아 승객은 없었다. 오히려 화장실을 오가느라 그들 앞을 지나치면 자연스레 보드카 한 잔씩을 받아 마시거나, 잠깐 이야기를 거들기도 했다. 지금이야 러시아 사람들도, 아에로플로트 승무원들도 그 정도는 아닐 테지만(아닌가?) 러시아 사람들이 술에 대해 얼마나 관대한 태도를 지니고 있는지 생생히 느낄 수 있었다.

　이후 다시 모스크바를 찾은 것은 석윳값 폭등으로 러시아 경제가 한창 호황을 맞이하던 2005년 겨울. 어찌 보면 보드카와는 떼려야 뗄 수 없는 취잿거리를 들고서였다. 거품 경제를 배경으로 모스크바 뒷골목에 생겨나기 시작한 한국식 룸살롱 실태를 취재하기로 한 것이다. 몰래카메라를 동원하는 잠입 취재라 내심 겁이 났지만, 그 긴장을 조금이나마 줄여준 것은 진정한 러시아 보드카와 만날 수 있다는 기대였다. 그 당시 국내에서 러시아산 보드카를 만나기란 여간 어려운 일이 아니었다. 스웨덴의 앱솔루트, 미국의 스미노프, 핀란드의 핀란디아 등 세계적인 판매고를 자랑하는 보드카는 거의 외국계 브랜드고, 루스끼 스딴다르뜨Русский Стандарт(러시안 스탠더드)를 필두로 한 러시아 보드카는 막 세계 시장 진출을 모색하는 단계였다. 이것은 구소련 체제가 남긴 유산 중 하나다. 자유로운 감정 표현이 극도로 억압된 공산주의 치하에서 사람들에게 유일하게 허락된 해방구는 다름 아닌 술이었다. 맨정신에는 꿈도 못 꿀 일탈도 술의 이름을 빌리면 어느 정도 용인되었다. 당연히 술 수요는 늘어날 수밖에. 그러나 냉전 속에서 국력 대부분을 군사 부문과 중공업에 투여하는 바람에 주류 산업은 황폐화될 수밖에 없었고, 형편없는 품질의 보드카와 의료용, 심지어는 공업용 알코올이 폭증하는 수요를 메웠다. 이 당시 공산당의 선전용 포스터 중에는 술병을 손에 든 맹인의 그림을 바탕으로 "메틸알코올은 위험한 독이다!" 같은 표어를 대문짝만하게 써놓은 것도 있었을 정도다. '위험한 독'은 '죽은 시체'처럼 덧붙이나 마나 한 동어 반복일

진대, 그렇게까지 강조하고 싶었을 정도로 상황이 다급했던 모양이다. 그러는 사이 보드카의 왕좌는 끊임없는 기술 개발과 품질 관리에 힘썼던 서방 국가의 제조사들에게 넘어가고 말았다. 하지만 2000년대 들어 경제 상황이 호전되고 구매력이 나아지면서, 러시아 보드카도 새로운 중흥기를 맞았다. 물론 거기엔 고가 보드카의 소비처가 되는 비싼 술집들의 등장도 한몫했을 것이다.

시 외곽의 아파트 지하에 자리 잡은 룸살롱은 겉에서 봤을 땐 간판 하나 달고 있지 않았다. 하지만 좁은 층계로 이어진 넓은 공간은 한국의 유흥주점과 동일하게 꾸며져 있었다. 불법 영업을 하는 술집을 취재하는 것이니 술을 시켜야 하는 것은 당연지사. 위스키가 주종을 이루는 우리나라 유흥주점과는 달리 이곳에서 가장 보편적으로 팔리는 술은 으레 보드카였다. 몰래카메라를 촬영해야 하는 긴장된 분위기 속에서도 차갑게 얼린 루스끼 스딴다르뜨는 얼음송곳처럼 날카롭게 목울대를 자극하며 넘어갔다. 알코올 도수가 40도를 넘어가는 증류주들은 냉동실에 보관해도 얼지 않는다. 다만 시럽처럼 약간 걸쭉해질 뿐인데, 온도가 내려가면 특유의 향을 제대로 느낄 수 없으므로 이렇게 얼려서(?) 마시는 것은 그다지 좋은 방법이 아니다. 하지만 모든 냄새를 지우는 것을 미덕으로 삼는 보드카를 마시기에 이보다 더 좋은 방법은 없다고 생각한다.

그렇게 몇 잔을 연거푸 들이켜고 나니, '일'을 빨리 마치고 이 맛난 보드카를 마음 편히 즐기고 싶다는 생각이 고개를 쳐들었다. 아마도 알코올 덕에 두둑해진 배짱 때문이었을 것이다. 테이블 위에 올려둔 가방 안에 든 몰래카메라를 이리저리 돌려가며, 술 시중을 들고 있는 타타르족 아가씨에게 연신 질문을 해댔다.

"한국 사람들 자주 오죠? 주로 어떤 위치의 사람들이 오는 거죠? 술 마시고 나면 그다음은 뭔가요?"

한 아가씨가 룸살롱 마담을 부르러 간 것도 눈치채지 못하고 '폭풍 업무'에 열중한 것이 화근이었다. 다음 순간, 한국인 마담이 어두운 방의 불을 '탁' 하고 켜면서 들어왔다.

"손님들, 어디서 오신 분들인지는 몰라도 그 가방을 열어 보이시든가, 아니면 일어나주셔야겠습니다."

난감했다. 문밖엔 러시아 마피아로 보이는 덩치들이 지키고 서 있는 상황이다. 혹시라도 우물쭈물해서 가방 안의 내용물을 들켰다간 목숨이 위태로울 판이었다. 다행히 보드카가 봉인 해제한 것은 나의 '놀자' 중추와 배짱만은 아니었다.

"아니, 이 아줌씨가 손님을 무슨 XXX으로 아나. 지금 뭐하자는 짓거리야!"

보드카로 유연해진(동시에 사악해진) 혀는 그 한국인 마담에게 내가 근 10년간 이 업계와 한국 누아르 영화에서 주워들은 욕들을 모두 압축해 5분 안에 퍼부을 수 있도록 해주었다. 어찌나 욕이 혀에 착착 감기는지, 누가 보면 입에서 검은 기운 같은 게 스멀스멀 퍼져나가는 것처럼 보였을 것이다.

"XX, 장사하기 싫으면 싫다고 말을 할 것이지. 뭐? 가방을 열어 보이라고? 아주 첩보소설을 쓰셔요. 러시아에선 손님 대접을 거지같이 해도 장사가 되시는 모양이지?"

여기서 밀리면 끝장이라는 '공포'가 변형된 '결기'는 형형한 안광과 더불어 말 한마디 한마디가 가지는 파괴력을 극대화하고 있었다. 마담은, '이렇게나 입이 더러운 사람이 설마 방송계에 종사하는 사람은 아닐 테고, 아마도 한국에서 물장사 좀 하던 사람이 아닐까? 그럼 진짜 손님인데 내가 내쫓고 있는 건 아닐까?' 하는 생각에 잠긴 듯 멍해 있었다.

"에이, XX. 술맛 다 떨어졌네. 마담, 그딴 싸가지로 장사 자알 해보세요. 어디서 감히 손님을 의심해?!"

그렇게 소리친 뒤 서둘러 자리를 박차고 나왔다. 차가운 밤거리로 나설 때만 해도 한껏 여유 있는 척 건들거리며 팔자걸음을 걸었지만, 건물 모퉁이를 돌아선 순간 그 자리에 주저앉고 말았다. 격렬한 손 떨림이 잦아들기까지는 꽤 오랜 시간이 필요했다.

2011년 다시 찾은 러시아에선 좀 더 평화롭게(?) 보드카를 마실 수 있단 생각에 들뜨기도 했지만, 다른 한편으로는 나름대로 각오를 다져야 했다. 캅카스의 산골 마을만 돌아다녀야 하는 여정은 순박한 시골 사람들을 만나 그들로부터 하루 최소 다섯 잔 이상의 보드카를 받아 마셔야 한다는 것을 의미했기 때문이다(물론 실제로는 다섯 잔으로 어림도 없었다). 캅카스 사람들에게 보드카는 '마음'이라는 표현이 가장 적절할 것 같다. 그들은 기쁨도, 슬픔도, 환대도, 정성도 모두 보드카로 표현한다. 하물며 멀리서 찾아온 손님에게는 더욱 그러했다. 잔에 가득 따른 보드카 석 잔을 마시고 나서야 이제 슬슬 인사말을 나눠도 괜찮지 않을까 하는 분위기가 되는 것이 보통이다.

캅카스의 결혼식 참석을 앞두고는 마음을 더욱 단단히

1

2

1 캅카스의 체겜 마을 주민인 발카르족은 손님이 찾아
오면 사흘간 환대를 베푼 뒤 방문 목적을 물어본다.

2 캅카스에서 결혼식에 방문한다는 것은, 1인당 보드카
한 병 이상은 비울 각오를 해야 한다는 의미다.

먹을 필요가 있었다. 온종일 계속되는 결혼식에서 대부분의 시간을 차지하는 건, 각자 연령대별로 차려진 테이블에 앉아 서로 돌아가며 건배를 제의하고 잔을 비우는 일이다. 어느 자리에서든 되도록 환영받는 손님이 되어야 하는 다큐멘터리 프로듀서의 숙명상, 애써 권하는 술잔을 마다하기란 참으로 어려운 일이다. 신랑 신부가 잔칫집에 도착하기도 전에 마신 보드카만 벌써 한 병이 넘어가고 있었고, 취재를 마치기까지 그만큼을 더 마셔야 했다. 틈이 날 때마다 출연자와 손을 맞잡고, "알지? 한국인은 정신력이야!"라고 외치며 서로를 노려보지 않았다면 진즉 테이블 밑에 뻗은 시체가 되었을 것이다. 그런데 희한하다. 같은 보드카라도 맛이 점점 달라졌다. 처음 이 마을에 와서 긴장이 덜 풀렸을 때 마셨던 맛은 씁쓸했고, 촬영하느라 몸이 한창 힘들었을 때의 맛은 묵직했다. 그리고 촬영이 끝난 후의 한잔은 희미하지만 분명한 단맛을 내고 있었다.

보드카는 밀, 보리 등의 곡류나 감자로 만든다. 러시아에서는 밀로 만든 보드카가 가장 흔하다. 보드카 제조의 핵심은 자작나무나 숯을 이용한 여과 과정에 있다. 알코올 증기가 숯과 모래가 들어 있는 증류탑을 통과하면서 모든 향미 성분이

제거되는 것이다. 그래서 보드카는 무색, 무미, 무취인 것을 최고로 친다. 일반적인 술로서는 매력이 떨어진다고 할 수도 있는 부분이다. 하지만 바로 그 점 때문에 보드카는 칵테일 제조에 없어서는 안 될 베이스가 된다. 함께 들어가는 재료의 맛을 가리지 않으면서 술로서의 중량감을 더하는 역할을 하는 것이다. 그리고 또 한 가지.

"아무 맛도 없기 때문에 매 순간, 마시는 사람의 감정에 따라 맛이 달라지는 거죠. 자신의 감정이 이입되는 술이라고나 할까요."

러시아에서 10년을 보낸 출연자 박정곤 교수(전 모스크바 고리키 대학교 동양학부)의 이야기다.

결혼식 다음 날, 양떼를 쫓아 해발 2천 미터 산속을 헤매다가 텐트를 쳐놓은 곳으로 돌아오니 웬 낯선 사람 두 명이 와 있었다. 박 교수가 귓속말로, "KGB예요"라고 속삭였다. 지금은 FSB(연방보안청)로 이름을 바꾸었지만 공산주의 시절부터 악명 높던 정보기관의 요원들이다. 거동이 수상한 자들이 있다는 첩보를 입수해 이 두메산골까지 몸소 사찰을 나왔던 것이다. 정보력을 떠나 그 성실한 업무 처리에 감탄하지

않을 수 없었다. 막상 와서 보니 반 노숙자 행색의 동양인들
이 양떼나 쫓아다니고 있고, 또 이야기를 들어보니 한국에서
현지의 문화를 소개하기 위해 러시아 외교부의 허가까지 받
고 온 팀이다. 이내 경계심은 눈 녹듯이 사라졌고, 두 명 중 상
관으로 보이는 사람이 부하를 시켜 뭔가를 가져오게 했다. 구
소련의 독재자, 스탈린이 그려진 보드카 한 병이었다.

"제법 괜찮은 보드카요. 아무쪼록 우리 지역을 잘 좀 소
개해주시오."

내가 아는 한 가장 멋있었던 정보기관 요원들은 그렇게
총총히 사라져갔다.

맥주 덕후들의
성배

벨기에
※
시메이 맥주

지금은 문을 닫았지만 홍대역 8번 출구 근처에 '한잔의 룰루랄라'라는 펍이 있었다. 만화 편집 일을 하던 분이 차린 펍이라서 웬만한 만화방 뺨치게 책장 가득 만화책이 꽂혀 있었던 곳이다. 그곳은 펍이면서 카페였고, 만화방이면서 공연장이기도 했다. 정체성을 한 단어로 정의 내릴 순 없지만 그래도 내가 이곳을 '펍'이라고 소개한 것은 구비되어 있던 맥주의 라인업 때문이다. 2010년대 중반 들어 수제 맥주 붐에 불이 붙기 전부터 로스트 코스트와 밸러스트 포인트 같은 미국 크래프트 브루어리의 맥주들을 맛볼 수 있었고, 브룩세스조트나 세인트 버나두스 앱12 같은, 당시엔 구하기 힘들었던 벨기에 맥주까지 갖춰놓고 있었다.

마스터와 퍽 친해지고 났을 때의 일이다. 그가 나에게 보물처럼 애지중지하는 물건을 하나 보여주었다. 그것은 암

녹색의 빈 맥주병이었다.

"이건 '베스트블레테렌Westvleteren'이라고 하는 맥주예요. 여러모로 좀 말이 안 되는 구석이 있죠. 벨기에의 한 수도원에서 만드는데, 수도원을 방문한 사람에 한해서 1인당 한 박스씩만 판매요. 그래서 구하기가 힘들어요. 세계 맥주 순위를 매기는 사이트에서 늘 1위에 랭크되지만 맥주 자체는 광고를 전혀 안 해서 병에 라벨도 붙이지 않죠. 벨기에에 여행 갔던 친구가 한 병 구해다 준 건데, 다 마셨지만 도저히 병을 버릴수가 없어서 여태 가지고 있어요."

벨기에는 여러 면에서, 말도 안 되는 일을 아무렇지 않은 표정으로 잘도 해낸다는 인상을 주는 나라다. 맥주의 세계에서도 그렇다. 경상남북도를 합친 크기의 나라에 224개의 양조장이 있고(2016년 기준), 이들이 1천 600여 종의 맥주를 만들어낸다. 맥주업계에 불어온 통폐합의 바람으로 여러 업체가 합쳐져 줄어든 숫자가 이 정도다. 20세기 초에는 벨기에 전역에 3천 200여 개의 양조장이 있었다. 대략 10제곱킬로미터당 한 개가 있었다는 이야기다. 모든 마을이 저마다의 양조장을 가지고 있었고, 그 동네만의 독특한 풍미를 지닌 맥주를 만들어냈다. 각 지역 양조장이 참조했던 것은 수도원을 중심으로 만들어진 품질 높은 맥주들이었다. 벨기에 각지에서 활발하게 활동했던 베네딕트파 수도회는 노동을 신성시했고, 지역에서 나는 산물로 다양한 특산품을 만드는 데 열심이었다. 어떤 곳에서는 비누를, 다른 곳에서는 치즈를, 와인을, 그리고 맥주를 생산했다. 이것은 수도원이 경제적으로 자립할 수 있는 토대가 되었다. 그렇다 보니 제품을 만들어내는 과정은 고도로 숙련된 수도사들이 관리했고, 이를 만드는 기술도 대를 이어 발전할 수 있었다. 하나의 사명에 일생을 걸 수 있는 사람들이었기에 그들이 도달한 숙련도와 전문성은 놀라울 정도였다.

이런 수도회 중에서도 가장 유명한 것이 바로 '트라피스트Trappist'회다. 베스트블레테렌은 바로 이 트라피스트 수도회에 소속된 성 식스투스 수도원에서 만들어진다. 생산량이 하도 적어서 수도원에 딸린 펍에 가야 생맥주로 마셔볼 수 있고, 병으로 구하는 것은 사전 예약이 가능한 현지 사람을 통하지 않고서는 꿈도 꿀 수 없다는 환상의 맥주다. 언젠가는 꼭 마셔보리라. 세상에 태어나, 그래도 '맥주 덕후'의 길을 조금이라도 걸었다는 인간으로서 중얼거리지 않을 수 없는 주문이었다.

그로부터 1년 후 주한 벨기에 대사관으로부터 한 통의 메일을 받았다.

"대부분의 트라피스트 수도원은 일반에 공개하지 않는 데다 귀하의 요청이 너무나 촉박하여 결과를 장담하기 어렵습니다."

2014년 다음카카오 '스토리 펀딩'에 크래프트 맥주 이야기를 연재하면서 머릿속을 맴돌던 예의 그 주문을 실현해볼 궁리를 하게 되었다. 실패하는 셈 치고 플랑드르(벨기에 북부) 투자무역진흥공사에 기획안을 보냈더니 벨기에 현지 취재를 주선해 준다는 것이 아닌가! 흥분을 억누르며 내친김에 트라피스트 양조장 방문까지 요청했는데, 이에 대해서는 부정적인 답신이 돌아왔다. 그래도 현지의 양조장들을 돌아볼 수 있다는 게 어디냐고 생각하던 차에, 출발 며칠 전 다시 한 통의 메일을 받았다.

"귀하의 계획을 왈롱Wallonie 지역 양조장들에 알린 결과, 트라피스트 맥주를 생산하는 시메이Chimay 수도원에서 방문을 허락한다는 답변을 받았습니다."

시메이 수도원이라고 하면 베스트블레테렌을 생산하는 성 식스투스 수도원에서 파견된 수도사들이 1850년 남부의 시메이로 건너가 설립한 곳이다. 꿈꾸던 베스트블레테렌이 아니더라도 충분히 받아들일 만했다. 더군다나 일반인이 출입할 수 없는 수도원 경내까지 들어갈 수 있는 조건이라니 눈물이 앞을 가릴 지경이었다.

그로부터 20일 후, 나는 높은 담장으로 둘러싸인 시메이 수도원 앞에 서 있었다. 왈롱은 벨기에 남부의 불어 사용권을 지칭하는 이름이다. 네덜란드어 방언을 사용하는 플랑드르와 아예 다른 나라라고 생각해도 될 만큼 여러 면에서 차이가 있다. 영어가 통하지 않는 곳이 거의 없는 북부에 비해 남부에서는 불어를 하지 못하면 꽤 많은 불편을 감수해야 한다. 그중에서도 시메이는, 관광객이 일부러 찾아올 일은 없겠다 싶을 만큼 한적한 시골 동네다. 하나뿐인 조그마한 간이역에는 역무원도 없고 간간이 기차가 정시를 벗어난 시각에 들어오고 나갈 뿐이다(나와 함께 기차를 기다리던 벨기에 여자분은 예정 시간을 한참 넘긴 열차가 들어오자 "만세"라고 나직이 읊조렸다). 이런 시메이에서도 수도원은 더욱 변두리에 위치한다.

"시메이에 오신 것을 환영합니다. 수도원 내 생산 시설은 촬영이 가능합니다만 수도사분들을 촬영하시는 것은 삼가주세요. 방해받는 것을 원치 않으시니까요."

시메이 맥주의 브랜드 매니저인 제롬 고피네 씨가 악수를 건네며 말했다. 그가 경내에서 가장 먼저 보여준 것은 수도사들이 하루 일과를 시작하고 마치는 예배당이었다.

"수도사들은 아침 5시 반에 이곳에 모여 첫 기도를 하고, 저녁 8시에 마지막 기도를 할 때까지 모두 일곱 번 기도해요. 하루 중 여덟 시간은 기도, 여덟 시간은 노동, 여덟 시간은 휴식하는 것이 트라피스트 수도회의 규율입니다."

이곳의 수도사들은 성 베네딕트Saint Benedict(480?~550?, 청빈과 노동을 강조하며 수도원 생활의 규율을 확립한 가톨릭 성인)가 정한 규칙에 따라 생활한다. 그것은 일하면서 기도해야 한다는 의미다. 헌금이 들어오길 기다리는 것은 이들에겐 죄악이다. 각 지역의 트라피스트 수도원에서 맥주는 물론이고 치즈며 기름, 직물까지 생산해내는 이유가 이것이다. 나태함의 죄를 짓지 않기 위해 택한 구도의 방법이 맥주를 만드는 것이라니. 이렇게 거룩할 데가.

넓은 안뜰을 가로질러 양조장 건물로 들어서자 전혀 다른 세계로 진입한 느낌이 들었다. 수도원의 다른 건물들과 다르지 않은 회색 벽돌 건물 안으로 들어가자, 환한 조명 아래 스테인리스 재질의 기구들이 빼곡히 늘어선 현대식 양조장이 나타났다. 양조 시설이 수도원 경내에 위치하는 것은 트라피스트 맥주 인증을 받기 위한 가장 기본적인 조건이다. 이외에도 맥주 생산이 수도사에 의해 또는 수도사의 감독 아래 이루어져야 하고, 판매 등의 상업적 활동도 수도원의 지침을 따라야 하며 이로 인한 수익은 수도원의 운영과 생산 시설 유지 보수 외엔 전액 기부 활동에 쓰여야 한다.

"시메이에서만 한 해에 1천만 유로(한화 약 134억 원)를 기부해요. 세계 곳곳에 퍼져 있는 트라피스트 수도회 조직을 통해 가난한 사람들을 돕는 데 쓰이죠."

이런 규칙들을 모두 지키며 트라피스트 맥주를 생산하는 수도원은 전 세계 열세 곳뿐이다. 그중 두 개는 네덜란드에 있고, 오스트리아, 이탈리아, 영국, 프랑스, 미국에 위치한 한 개씩을 빼면 나머지 여섯 개는 벨기에에 몰려 있다.

주변에 변변한 산업이 없는 시메이에서 수도원의 양조장이 고용에 미치는 영향은 지대하다. 그리고 사실 이 덕분에 시메이 맥주는 사라질 뻔한 위기를 넘겼다. 제2차 세계대전이 끝났을 때 대부분의 수도사들은 이제 맥주 양조도 끝났다고 생각했다. 쳐들어온 독일군은 수도원을 주둔지로 삼았고, 구리로 된 양조 시설을 모두 뜯어가 탄피를 만드는 데 써버렸다. 양조의 핵심이라 할 수 있는 시메이 특유의 효모酵母(당분을 분해해 술을 만드는 데 핵심적인 역할을 하는 미생물)도 행방불명에, 남은 것은 폐허가 된 양조장과 잡균이 득실대는 효모 배양 시설뿐이었다. 하지만 이대로 관두기엔 피폐해진 지역 경제가 수도사들의 마음에 걸렸다. 그때 한 젊은 수도사가 팔을 걷어붙이고 나섰다. 지금도 시메이 맥주의 구원자로 추앙받는 고故 테오도르 드 안느 신부다. 그는 수도원 내에 실험실을 설치하고 2년에 걸쳐 잡균들 사이에서 시메이 고유의 효모를 분리해냈다. 오늘날의 모든 시메이 맥주는 그가 찾아낸 바로 그 미생물에 의해 만들어진다. 테오도르 신부 이외에도 많은 수도사들이 지역민들과 하나가 되어 노력한 끝에, 시메이는 현재 트라피스트 맥주 중에서도 가장 생산량이 많은 브랜드로 성장했다. 구원의 수단으로서 만들어지는 맥주가 지켜야 할 원칙을 잃지 않았음은 물론이다.

아무리 뜻이 좋은 맥주라고 하더라도 맛이 그에 미치지 못하면 이야기는 새드 엔딩으로 끝났을 것이다. 맥주 시음에 앞서 제롬 씨는 나를 이 양조장의 심장과도 같은 곳으로 데려 갔다. 창살문 때문에 언뜻 감옥처럼 보인 그곳은, 70년대부터 생산된 시메이 맥주들이 연도별로 보관되어 있는 지하 창고였다. 알코올 도수 9도의 시메이 블루는 생산 연도가 병에 적혀 있어 정확한 나이를 알 수 있었다. 그러나 7도짜리 시메이 레드는 라벨의 모양과 상태로 대충의 나이를 짐작할 수밖에 없었다. 여기서 제롬 씨는 1987년에 생산된 시메이 블루 한 병과 1978년 이전에 생산된 레드 한 병을 골랐다. 각각 28년, 그리고 (아마도) 37년 이상 묵은 맥주인 셈이다.

"좋은 와인은 오래 보관해도 맛이 유지된다지만 맥주를 이렇게 오래 묵혀서 먹는 건 처음 보네요."

"사실 시메이 레드는 숙성시키기 위해 만든 맥주가 아니라 단순히 그때의 재고가 남은 거예요. 알코올 도수가 비교적 낮고, 병뚜껑이 일반적인 크라운 마개라서 탄산이 다 날아가 버렸을 겁니다. 하지만 시메이 블루는 코르크 마개를 이용하기 때문에 내부의 탄산이 유지돼. 도수도, 밀도도 높고 색도 짙어서 오랜 기간 숙성시킬 수 있죠. 병 내부에 남아 있는 산소에 의해 산화가 진행되면서 맛은 계속 변합니다. 지금까지 30년 정도 숙성시켜봤는데, 처음엔 과일과 꽃의 향기에 가깝던 것이 지금은 나무나 버섯, 또는 포트와인 같은 향으로 변했죠. 어디까지가 한계일지는 저희도 아직 모릅니다."

시메이 블루의 병 입구에서 간수처럼 버티고 있던 철삿

줄을 제거하자 경쾌한 소리를 내며 코르크가 뽑혔다. 긴 시간 동안 어두운 지하실에서 잠을 자고 있던 진갈색 맥주가 일렁이며 만들어낸 거품을 보고 있자니, 오랜 묵상을 마친 수도사에게 말을 거는 기분이었다. 일반적인 맥주의 상미 기간 따위는 가볍게 뛰어넘어버린 세월이 담긴 맥주는 그 자체로 경건함을 불러일으켰다. 과연 내가 다시 돌아오지 않을 이 한 병의 맥주를 없애버릴 자격이 있는 사람인지……. 더 생각이 복잡해지기 전에 서둘러 입으로 가져간 시메이 블루에선 신의 규율에 따라 흠잡을 데 없는 존재를 세상에 내놓으려는 수도사의 고독함이 느껴졌다. 간밤의 비로 살짝 젖은 떡갈나무 숲을 산책할 때의 향처럼 무거우면서도 맑고 강건한 향이 풍겼다. 나이가 들어감에 따라 오히려 더 원숙해지는, 장년의 늠름함이 그 안에 담겨 있었다.

그리고 탄산이 다 날아가 버린 37년 넘은 시메이 레드의 맛은…… 여러분의 상상에 맡긴다.

다만 전쟁 직후의 힘겨운 상황 속에서도 매일 자신의 가치를 노동으로 증명하며, 이웃들에게 조금이라도 더 도움이 되기를 바랐던 사람들의 이야기가 담긴 맛이었다고 한다면, 조금 설명이 될까.

1

2

3

1   시메이 라인업

2   지하 창고

3   시메이 블루(좌. 알코올 9%)는 벨지언 쿼드루펠 스타일로 도수가 높으면서도 맛이 깔끔하다. 시메이 레드(우. 알코올 7%)는 벨지언 두블 스타일. 진하면서도 음용성이 좋다.

행복한 사람들은
향기를 마신다

덴마크
*
아콰빗

    2010년 가을, 다큐멘터리 〈행복해지는 법〉의 취재를 위해 찾은 덴마크 코펜하겐에서 나는 '멘붕'의 연속과도 같은 나날을 보내고 있었다. 세계에서 가장 행복하다는 나라를 찾아 그 비결을 알아보기 위한 취재였는데, 이것은 시작부터 역설일 수밖에 없었다. 취재 예산을 절감하느라 스위스에서 다른 프로그램의 촬영이 끝나자마자 혼자서 카메라를 들고 떠나온 참이었다. 시차에, 일에 치여 짜증이 폭발하기 직전인 상태에서 '행복'에 대한 취재를 한다고? 우울함을 달래기 위해 씹던 스위스 초콜릿 포장지에 인쇄된 젖소가 웃을 일이었다. 촬영을 시작할 때의 마음가짐도 '어디 얼마나 행복하신지 그 이면을 들춰내주지' 하는 생각이 없지 않았다. 뭐든 그림처럼 완벽해 보이는 것이 있다면, 여기저기 들쑤셔서 그 껍데기 아래에 존재하는 본질을 드러내고 싶은 것이 PD로서의 본능 같은 것이니까.

　　그런데 어라? 이 인간들, 진짜로 행복한 거다. 첫 촬영지는 초등학교였는데 아니 글쎄, 아이들이 학교가 재미있어 죽을 지경이라는 게 아닌가? 거대한 놀이방처럼 꾸며져 있는 학교의 1층에서는 수업을 마친 저학년 아이들이 저마다 좋아하는 놀이를 하고 있었다. 한편에서는 미용실 놀이가 한창이고 한편에선 당구가, 그리고 또 한편에선 소꿉놀이가 한창이었다. 오전 수업을 마치고 부모들이 데리러 올 때까지, 오후 시간을 온통 놀이로 보내는 아이들은 정말 행복해 보였다. 아이를 데리러 온 한 학부모에게 물었다.

　　"아이가 노는 시간에 부족한 공부를 좀 더 시키고 싶지는 않나요?"

　　"그래 봤자 아이가 스트레스를 느끼면 아무런 효과가 없어요. 그렇지 않아도 사립학교에 보내다가 공부를 너무 많이 시키는 것 같아서 이 학교로 옮긴 건데요."

　　"그러다가 시험 성적이 떨어지거나 하면요?"

　　"여긴 시험 같은 건 없는데요."

　　"……."

　　총 9학년까지 다니는 덴마크 초등학교에는 시험이 없

다. 다만 9학년 말에 고등학교 진학을 위한 자격시험이 있을
뿐이다.

코펜하겐 인근의 한 직업학교에서는 나무 깎는 소리, 벽
돌 옮기는 소리가 한창이다. 이곳의 학생들은 대학을 가지 않
고 기술을 배워 사회로 나가는 길을 선택했다. 우리 현실에
비추어 생각한다면 이 학생들이 자기 자신을 '실패자'라고 느
끼거나 하지는 않을까?

"글쎄요, 오히려 여자애들에게는 우리가 더 인기 있는
데요."

벽돌공 과정을 밟고 있는 한 건장한 학생의 말이다.

"왜냐면 더 남자다우니까요."

'학력'에 대한 스트레스가 없고 대신 '흥미'와 '관심'이 그
자리를 차지하다 보니 아이들은 쉴 수 있다. 그리고 놀 수 있
다. 어려서부터 잘 놀고 잘 쉬는 법을 배운 아이들은 자라서
도 그 방면에 가치를 부여하고, 놀 수 있고 쉴 수 있는 시스템
을 만드는 쪽으로 자신의 투표권을 행사해나간다. 덴마크에
서는 고등학생이 되면 부모로부터 독립할 수 있도록 국가에
서 수당을 받는다. 학비와 의료비는 전액 무료다. 부모가 제
공해준 조건과 무관하게 자신의 삶을 디자인하고, 미래에 대

한 결정권을 행사할 수 있도록 정부가 도움을 주는 것이다. 직업학교를 졸업하면 그와 동시에 각 직업별 조합의 일원이 되고, 노동 조건과 임금에 대해 최소한의 보장을 받는다. 무엇을 하든 먹고살 수 있고, 사회적으로 무시당하거나 차별당할 가능성도 적다 보니 사람들은 불안해하지 않는다. 불안하지 않으면 당연히 행복지수는 높아진다. 사회 발전을 위한 유일한 옵션으로 내가 교육받고 체화해온 치열한 경쟁은 대체 뭘까? 이긴 자만이 살아남는 약육강식의 법칙은? 일하지 않고 쉬다가 겨울에 얼어 죽은 베짱이의 우화는?

그들이 행복하다는 것을 발견할수록 나의 불행이 커지는 느낌이었다. 고독감과 피로, 그리고 한국 사회에서 몸에 익은 '세상 만만하지 않다'는 가치관이 붕괴되는 데서 오는 당혹감이 나를 더욱 불행하다고 느끼게 했다. 결국 나는 밤마다 익숙한 방법으로 스스로를 위로할 수밖에 없었다. 바에서 한 잔의 술을 들이켜며 와이파이의 세상 속으로 달아나는 방식으로.

내가 머물고 있던 코펜하겐 중앙역 뒷골목은 그런 면에선 최적의 장소였다. 즐비한 섹스숍과 거리를 서성이는 매춘부들. 완벽하게만 보이는 사회에도 이런 부분이 존재한다는

것에 마음이 조금 편해지는(?) 것 같았다. 그래, 이 사회라고
어디 완벽하기만 하겠는가. 불안이 없으면 이내 지겨워지는
것이 인간이다. 내가 사는 나라는 적어도 지겹진 않으니까!
이것으로 비긴 거다, 덴마크! (못났다, 못났어)

　취재 마지막 날 밤, 그때까진 덴마크 맥주인 칼스버그와
투보그만 줄곧 마셔댄 터라 뭔가 이 씁쓸하고 쓸쓸했던 취재
를 기억나게 해줄 만한 술을 한잔 마셔보기로 했다. 어느 정도
얼굴이 익은 바텐더에게 덴마크의 대표적인 술을 청하자, 그
가 따라준 것은 한 잔의 아콰빗Akvavit이었다.

아쾨빗의 어원은 라틴어 '아쿠아 비타이Aqua Vitae', 즉 '생명의 물'이다. 이는 각국의 술이 분화되기 이전 유럽의 증류주를 통칭하던 말로, 영국의 위스키, 프랑스의 오드비Eau de Vie 등이 모두 이 단어에서 왔다. 하지만 이름만 놓고 보면 아쿠아 비타이의 적자인 아쾨빗은 지중해 연안이 아닌 덴마크, 노르웨이, 스웨덴 등 스칸디나비아반도 전역에서 공통적으로 즐기는 술이다. 이들은 전 세계 행복도 조사에서 항상 5위 내지 10위권 안에 드는 나라들이니, 이 술을 마시면 행복해진다고 말할 순 없어도 이 술을 마시는 인간들이 무척 행복한 사람들이라는 명제는 성립한다. 도대체 이 행복한 인간들이 행복한 순간에 맛보는 술은 어떤 것인지, 조금은 퉁명스러운 기분으로 술잔을 들어 올렸다. 잔에 담긴 아주 옅은 호박색 액체는 고농도 알코올 특유의 묵직한 질감을 보여주며 넘실대고 있었다.

"스콜Skål."

적의 목을 들어 올리는 바이킹처럼 사뭇 비장한 어조로 바텐더에게 덴마크식 건배를 건네고(실제로 '스콜'은 적의 두개골Skull에 술을 담아 마시던 바이킹의 제의풍습에서 유래한 건배사라고 한다) 입에 털어 넣은 아쾨빗은, 음…… 쓰다……고 느끼는 순간, 입안에서 꽃이 피어났다. 캐러웨이, 카더멈, 아니스, 회향 같은 허브와 오렌지 껍질이 조화된 향기가, 피오르Fjord의 산들바람 같은 청량함을 던지며 한바탕 가슴을 쓸고 내려갔다. 종종 이야기하지만 그 나라의 술, 그중에서도 증류주를 마시는 것은 그 민족의 DNA 데이터베이스에 직접 접속하는 것과 같은 체험을 선사한다. 한 잔의 아콰빗이 나에게 선사한 데인Dane(덴마크 사람)들의 이미지는 척박한 토양 위에 필사적으로 꽃밭을 가꾸는, 손이 날랜 것만큼이나 재담에도 능한 농부들의 그것이었다.

아콰빗은 러시아의 보드카처럼 감자로 만드는 술이다. 감자를 증류한 원주原酒를 먹어보지 않아 확실히 말할 수는 없으나, 그 자체로 맛이 썩 훌륭하진 않은 모양이다. 그 상태 그대로 마시는 경우는 (적어도 각국의 이름난 술 중에선) 아직 들어보지 못했으니 말이다. 그래서 러시아 사람들의 경우엔 숯을 이용해 모든 냄새를 지워버리는 길을 택했다. 말을 듣지 않으면 탱크로 밀어버리는 대륙적인 기백이랄까. 하지만 스칸디나비아 사람들은 척박한 토양에서 얻은 척박한 재료로 만든 술 위에, 놀랍도록 아기자기하고 발랄한 향기를 입히는 쪽을 선택했다. 그 결과 아콰빗은 길고 긴 북유럽의 겨울밤이

주는 우울함을 단번에 날려버리는 상큼발랄한 술이 되었다. 만약 자신들의 땅에선 잘 자라지도 않는 포도 따위로 술을 만드는 것에 집착했다면, 스칸디나비아반도는 세계 최고의 아콰빗 생산지가 아니라 시시한 삼류 와인 생산지로 알려지게 됐을지도 모를 일이다.

"스콜!"

다시 한 잔을 입으로 가져가며, 한층 나아진 기분으로 생각했다. 우리에게 주어진 것이 감자뿐이라서 또는 쌓아올린 스펙이 별 볼 일 없다 해서, 가지고 있는 재산이 쥐꼬리만 하다 해서 실망하긴 아직 이르지 않은가. 자신이 가진 주재료 위에 덧입혀서 완벽한 조화를 이룰 수 있는 재료들은, 세상 어딘가에 반드시 존재하기 마련이니까.

아프리카에서
청심환이 필요할 때

남아프리카공화국
아마룰라[*]

아프리카에 간다는 것은 몇 가지 당연한 것들(또는 그렇게 여겨온 것들)이 당연하지 않게 된다는 의미이기도 하다. 비행기 갈아타는 데 두 시간이면 된다고? 행여나 그런 기대는 접으시라. 내 경험으로는 아프리카 대륙 전체에서 두 시간 안에 비행기를 갈아타게 해주는 항공사는 남아프리카공화국의 사우스아프리카항공(SAA)밖에 없다. 2010년 두바이에서 취재를 마치고 다음 촬영을 위해 짐바브웨로 넘어가야 했던 적이 있다. 저렴한 항공권을 찾다 보니 케냐항공이 눈에 띄었는데, 나이로비공항에서 두 시간 기다려 갈아타는 지극히 '정상적'인 스케줄이었다. 하지만 두바이에서 밤 12시에 떠나야 할 비행기는 도무지 떠날 생각을 하지 않았다. 항공사 직원에게 다급한 목소리로 내일 오전에 나이로비에서 비행기를 갈아타야 한다고 말하니 너무나 태평한 답이 돌아왔다.

Republic of South Africa · Amarula

85 ....

"그건 불가능하니까 나이로비에서 하루 자고 가요."

결국 비행기는 세 시간이나 늦게 떠났고 다음 날 오전, 나는 게슴츠레한 눈으로 도로 옆을 뛰어다니는 기린을 보며 호텔로 향하는 버스에 몸을 실었다. 짐바브웨행 비행기를 타려면 꼬박 하루를 기다려야 했기에. 안 그래도 짧은 취재 기간을 하루씩이나 날렸다는 것 때문에 마음이 불편했지만, 강제적으로 주어진 24시간 동안의 휴식은 기뻐할 일이었다. 섭씨 50도에 육박하는 두바이에서의 촬영이 피로물질이 되어 몸 안에 그대로 쌓여 있었기 때문이다.

호텔방 전화기 옆에 놓인 '마사지'라는 전화번호를 봤을 때, 내 손은 자동적으로 움직였다. 30분 후 나는 팬티 바람으로 우피 골드버그를 닮은 흑인 아주머니의 손에 주물러지는 기름반죽이 되어 있

나이로비 시내

었다. 마사지라는 것의 개념을 아는 건지 모르는 건지, 30초에 한 번씩 기름을 부어대며 압력이라고는 없는 무른 해삼 같은 손가락으로 나를 그저 '반죽'하고 있었던 것이다. 게다가 간만에 보는 동양인이 신기했던 모양인지 아프리카 억양이 섞인 영어로 자꾸 이것저것 물어보는 통에 피로가 풀리기는커녕 더 쌓여만 갔다. 결국 나는 더 피곤해진 채(게다가 머리는 기름 – 무슨 놈의 기름인지 아무리 감아도 없어지지 않는 – 에 떡져서) 짐바브웨의 하라레공항에 도착했다.

"아이고, 그 친구들 그 정도면 양호한 겁니다."

짐바브웨에서 20년 넘게 사업을 해온 한 한국인 사장님께서 위로의 말을 건네왔다.

"아프리카에서 비행기 타다 보면 그보다 더한 꼴도 많이 봐요."

이분이 한번은 르완다항공을 탈 일이 있었는데 비행기가 떠날 생각을 않더란다. 하염없이 기다리다 지쳐서 항공사 직원에게 지연되는 이유를 물어봤더니 그 대답이 걸작이었다.

"비행기 타이어에 펑크가 나서요. 지금 다른 비행기가 타이어를 실어 오고 있습니다."

결국 일곱 시간 넘게 기다려서 겨우 출발은 했는데, 이

번엔 비행기가 뜨자마자 안내방송이 나오더란다.

"지금 우리 비행기의 문 하나가 제대로 닫히지 않아 공항으로 돌아가야 합니다. 불편을 끼쳐드려 죄송합니다."

그래도 문이 제대로 닫히지 않아 돌아갈 정도라면 정신이 제대로 박힌 승무원들이라고 봐야 할 것이다. 우간다항공을 탔을 땐, 날개 옆자리에 앉아 아무 생각 없이 창밖을 바라보는데 뭐가 펄럭이더란다. 자세히 봤더니 아니 글쎄, 날개를 덮은 금속판 하나가 거의 절반 가까이 뜯겨져 나가서 종잇장처럼 휘날리고 있던 것이다. 아무래도 고정해놓은 볼트가 삭아서 빠져버린 모양이었다. 놀란 마음에 급히 승무원을 불러그 장면을 보여주자 지극히 아프리카다운 평온한 목소리로 한마디 던졌다고 한다.

"아, 저거요? 알고 있습니다."

"뭐라고요? 그런데도 그냥 놔뒀다고요? 그건 그렇다 치고, 저 펄럭이는 금속판 아래로 새어 나오는 건 뭡니까?"

"연료네요."

"네에?!"

"염려 마세요. 목적지까지 가고도 남을 만큼 채웠으니 착륙하는 데엔 이상이 없을 겁니다."

"……."

그래, 비행기의 모든 부품이 꼭 제자리에 고정되어 있으
란 법이 있으랴. 게다가 승무원들은 이미 '알고' 있다니까. 연
료도 새는 것까지 감안해 넉넉히 채웠고!

아프리카에 익숙해진다는 건, 어쩌면 우리가 익숙해져
있는 세상의 작동 방식에서 오는 '기대'를 버리고 이 대륙의
기준을 받아들인다는 의미일지도 모른다. 하지만 그렇다고
해서 아프리카의 모든 것이 수준 이하의 것들뿐이라는 소리
는 결코 아니다. 나에게 아프리카의 비범함을 맛보게 해준 첫
경험은 다름 아닌 항공기 안에서 찾아왔다. 그것은 바로, 예
쁜 미니어처 병에 담겨 나오는 '아마룰라Amarula'라는 술이었
다. 남아프리카공화국에서 생산되는 술이기에 SAA를 타면
이 술을 질릴 때까지 맛볼 수 있다. 자국의 자랑거리로 여기
는 심리에서인지 승무원들도 이 술에 대해선 인심이 후하다.
병 라벨을 가득 채우고 있는 코끼리 그림이 조금 무섭게 째려
보지만, 곧 무시하고 마개를 비틀면 '콰작' 하는 경쾌한 소리
와 함께 달콤하고 부드러운 향기가 기내에 퍼진다. 얼음이 담
긴 잔에 호기롭게 한 병을 모두(라고 해봤자 기껏 50밀리리터)
따라 입으로 가져가면, 혼란과 불편 그리고 필연적인 대모

험(!)이 기다릴 것 같은 아프리카 취재도 조금은 만만하게 느껴지는 것이다.

아마룰라는 남아프리카공화국 특산의 크림 리큐어다. 크림 리큐어는 1970년대 아일랜드에서 개발된, 비교적 새로운 종류의 술이다. 위스키와 우유, 크림이 주성분인데 브랜드에 따라 벌꿀이나 커피, 초콜릿이 첨가되기도 한다. 개발 과정에서 가장 큰 걸림돌은 술과 크림이 금세 분리된다는 것이었는데, 식물성 기름이 포함된 유화제로 두 성분을 안정된 상태로 결합하는 기술이 개발되어 문제를 해결할 수 있었다. 술꾼으로서 참 다행스러운 일이 아닐 수 없다. 달콤하면서도 부드러운 크림 맛 속에 강렬한 위스키 향이 잘 녹아 있는 크림 리큐어는, 디저트로도 어울리고 온더록스로 즐겨도 좋다. 하지만 아무리 부드럽다고 해도 그 안에는 17퍼센트에 달하는 알코올 성분이 포함되어 있으니 조심하는 게 좋다.

아마룰라가 베일리스나 카롤란 아이리시 크림 같은 여타 크림 리큐어와 다른 점은 위스키가 아닌 마룰라나무 열매로 만든 술, '마룰라 스피릿Marula Spirit'이 들어간다는 점이다. 주로 아프리카 남부의 사바나 지역에서 잘 자라는 마룰라나무는 매실을 닮은 열매를 맺는다. 이 열매의 하얗고 시큼한 과

육엔 오렌지의 여덟 배에 달하는 비타민 C가 들어 있다. 동물들도 몸에 좋은 건 본능적으로 아는 모양인지 열매가 익을 때면 코끼리를 포함한 많은 동물이 이 나무를 찾는다. 이 나무가 '코끼리나무'라고 불리기도 하는 이유다. 이 과육을 가지고 담근 와인을 증류하면 마룰라 스피릿을 얻을 수 있다. 이것을 오크통에 넣고 3년간 숙성시킨 것이 아마룰라의 기주基酒(바탕이 되는 술)가 된다. 마룰라 열매의 씨앗 역시 귀중하게 쓰이는데, 이것을 '마룰라 너트'라고 부른다. 그 맛이 부드럽고 고소하기 이를 데 없어 아프리카에서 가장 비싼 견과류 중 하나로 꼽힌다. 또한 이것에서 추출한 오일이 화장품의 원료로도 쓰인다 하니 아마룰라를 마시면 위벽을 촉촉이 보습해주는 효과도 있지 않을까 하고 (쓸데없는) 상상을 해본다.

짐바브웨의 상징이기도 한 쇼나족의 성채인 그레이트 짐바브웨를 방문했을 때, 두께 9.5미터, 높이 11미터에 달하는 성벽은 석양을 받아 복숭앗빛으로 반짝이고 있었다. 미로처럼 만들어진 통로를 지나자 첨성대를 닮은 원추형의 탑 하나가 나타났다. 코니컬 타워Conical Tower다. 이것은 황금 교역로를 통제하며 부귀영화를 누렸던 옛 쇼나왕국의 권위와 기술력을 보여준다. 시멘트나 모르타르를 쓰지 않고 쌓은 10미터 높이의 돌탑은 왕의 거대한 남근을 상징한다. 우뚝 솟은 남자의 상징에 주술적 의미를 부여하는 것은 동서고금이 다르지 않았던 모양이다. 하지만 이 유적이 진정으로 짐바브웨 선조들의 작품으로 인정되기까지는 우여곡절이 많았다. 19세기 후반, 그레이트 짐바브웨를 탐사한 유럽의 고고학자들은 이것이 솔

로몬왕의 전설 속에 등장하는 오필왕국의 수도라고 발표했다. 미개한 아프리카 원주민들이 이런 대규모 건축물을 건설했을 리가 없다는 편견에 사로잡혀 내린 결론이었다. 1950년대에 들어서야 그레이트 짐바브웨는 이 일대를 지배한 쇼나족의 작품이었다는 연구 결과가 나왔다. 위대한 유적의 진정한 주인이 밝혀지기까지 무려 85년이 걸린 것이다.

마룰라나무로 둘러싸인 쇼나족의 성채.
그레이트 짐바브웨

성을 나서자 느티나무를 닮은 주변의 나무들을 가리키며 가이드가 말한다.

"마룰라나무예요. 아마룰라를 만드는 원료죠."

척박한 모래흙을 뚫고 자라 풍요롭기 그지없는 열매를 맺는 마룰라나무. 주변 풍경이 황량할수록 이 나무는 그 존재감을 더한다.

아프리카는 극단적이다. 나이로비의 마사지 아줌마처럼, 르완다와 우간다의 항공사처럼, 아프리카의 많은 것들은 투박하고 서툴다. 하지만 그런 것들에 실망해서 대상이 지닌 진정한 가치를 놓친다면, 가끔씩 비루함의 정글을 뚫고 날렵하게 솟아오르는 비범함을 알아채지 못할 것이다. 나에겐 그 레이트 짐바브웨가 그랬고, 쇼나족의 조각 작품이 그랬고, 아마룰라가 그랬다. 행여 아프리카가 당신의 신경을 긁을 때 – 입국심사관이 대놓고 웃돈을 요구하고, 합승 트럭 운전사는 100킬로미터 남짓한 거리를 열두 시간 걸려 도착하고, 마사지 아줌마가 한 시간이 넘도록 당신을 주무르며 수다를 이어갈 때 – 를 대비해 배낭 안에 미리 챙기시라. 청심환과 같은 아마룰라 미니어처 한 병을.

끝내 사라지지 않을
금단의 열매

수단
*
아라기

2003년 봄, 나는 수단 남부에 자리한 도시 와우Wau에 있었다. 1983년 이후 20년 넘게 계속된 내전의 참상을 취재하기 위해 선택한 장소였다. 온통 반군으로 둘러싸인 탓에 들어가는 방법이라곤 비행기밖에 없었는데, 수송기를 개조한 것이라 창문도 몇 개 없었다. 비행기가 착륙을 시도하자 기체는 지진을 만난 농가의 헛간이라도 되는 양 몹시 덜컹댔다. 나중에 내리고 나서야 조금 전 비행기가 닿은 곳이 붉은 흙에 자갈이 굴러다니는 벌판 한가운데라는 것을 알았다. 어딘지 화성 표면을 연상시키는 그 공항(어쨌거나 비행기가 착륙한 곳이니까!) 한구석엔 뭔가 영화적인 느낌을 풍기는 조형물 하나가…… 아니라 비행기 한 대가 거꾸로 처박혀 있었다.

"저건 뭔가요?"

마중 나온 유니세프의 현지 직원에게 물었다.

　"아, 저거요. 내전 중에 대공포에 맞아서 추락한 정부군 비행기예요."

　"저대로 두나요?"

　"치우려고 해도 그럴 만한 장비가 없어요."

　덤덤한 대답이 돌아왔다.

　직원의 안내를 받아 도착한 곳은 와우에 한 곳밖에 없다는 유니세프의 게스트하우스였다. 외국에서 고위 관료가 시찰을 와도 이곳에 묵는다는데, 시설은 열악하기 그지없었다. 전기가 밤 7시부터 11시까지 네 시간밖에 들어오지 않아 냉장고 문을 열면 온갖 쉰내가 쓰나미처럼 밀려왔다. 냉장고가 쥐로부터 음식물을 보호하는 창고 구실밖엔 하지 못하는 셈이었다. 밤에도 기온이 40도 밑으로 떨어지지 않는 탓에 스

편지(옛날 이발소에서 머리카락을 털 때 많이 쓰던 재질)로 만들어진 매트리스엔 땀이 한 바가지씩 배어들곤 했다.

4일에 걸친 취재 기간 동안 유일한 위안이 있었다면, 우리 숙소와 담을 맞대고 있는 에티오피아 출신 의사 말릭의 집 뜰에 모여 앉아 갓 로스팅한 커피를 마시며 이런저런 이야기를 나누는 것이었다. 커피의 원산지나 다름없는 나라답게 수단 사람들의 커피 사랑도 유별난 면이 있는데, 커피를 마실 때면 생두를 직접 볶는 것부터 시작하는 것이 보통이다. 갈색으로 그을린 커피를 맷돌에 갈아, 물구멍이 하나뿐인 주전자에 넣고 가루째 끓이는 것이 수단식 커피다. 필터는 우리가 흔히 빨랫줄로 사용하는 나일론 끈. 이것을 적당한 길이로 잘라 손으로 비벼 얇은 섬유뭉치처럼 만든 뒤 주전자 주둥이를

수단에서 커피 한잔하자는 것은 커피콩을 볶는 일부터 시작하자는 의미다.

틀어막으면 준비 완료다. 맛도 맛이지만 눈앞에서 커피가 만들어지는 전 과정을 감상하고 나면 커피는 한 잔의 음료에서 한 편의 퍼포먼스가 되고, 한껏 높아진 맛에 대한 기대는 가슴을 뛰게 한다. 그렇게 잔뜩 달아오른 뒤 혀에 닿는 한 모금의 커피가 맛이 없다면 오히려 이상할 것이다. 바로 눈앞에서 고기를 구워주는 한식당이 해외에서 인기를 얻는 것도 이와 비슷한 이유에서이지 않을까.

에티오피아인 아버지와 수단인 어머니 사이에서 태어난 말릭은 누구보다도 이 지역의 상황에 대해 마음 아파하며, 각 부족의 특성이나 그들 간 갈등의 원인 등 수단 내전을 이해하는 데 필수적인 정보들을 이야기해주었다. 한국에서 피상적으로 알고 온, 북부의 이슬람 원리주의 정권에 대한 남부 기독교 반군의 저항이라는 구도는 '만인의 만인에 대한 투쟁'과도 같은 이곳의 현실 속에서 너무나 빨리 힘을 잃었다. 이곳의 갈등 요인을 이해하기 위한 키워드는 오로지 부족. 영국의 식민지 지배 아래에서 동족은 서로 다른 나라로 갈리고, 함께 살아서는 안 될 부족끼리 같은 국경선 안에 묶이다 보니 일어나고 있는 참상이었다. 그의 이야기에 귀를 기울이며 아프리카가 처한 현실에 비로소 눈이 뜨이는 심정이었다. 하지만

말릭은 너무나 지적인 동시에 너무나 지역적인 사람인지라,
강한 아프리카 악센트에 실린 그의 고급 영어 어휘를 알아듣
기 위해 정신을 집중하다 보면 어느새 저만큼 기울어진 달빛
만큼 시샤(수단식 물담배)의 석탄불도 사그라들곤 했다.

　마지막 날 밤, 우리가 충분히 믿을 만한 친구들이라는
것을 확신하게 되었을 때쯤 말릭은 냉장고(마찬가지로 잠깐
들어온 전기로 만들어진 냉기를 그저 지키고 있을 뿐인)에서 투
명한 액체가 담긴 병 하나를 꺼내왔다.

　"하르툼Khartoum(수단의 수도)의 감옥에 가보면 남자의
80퍼센트는 이걸 마시다 잡혀 왔고, 여자의 80퍼센트는 이걸
만들다 잡혀 왔지."

　"이게 뭔데?"

　"아라기Araqi라고 해. 수수로 만드는 이 지역의 전통 증류
주지. 이건 그중에서도 구하기 힘든 '아라기 수꾸수꾸(최고급
아라기)'야."

　수단의 중앙 정부는 이슬람 원리주의에 기초하고 있다.
이슬람법인 '샤리아'가 국가를 운영하는 기본 규범으로 자리
잡고 있는 이 나라에서 술은 금단의 열매다. 하루 일과를 '끝
내기 맥주'로 마무리하지 않으면 영 찜찜한 기분이 드는 나

도, 수도인 하르툼에선 네덜란드에서 수입된 무알코올 맥주를 홀짝이는 것이 고작이었다. 교민분들이 집에 초대라도 해주시면 에티오피아에서 밀수입된 비장의 조니워커 레드를 맛볼 수 있었다. 그나마 그 조니워커도 처음 주문하는 사람에겐 배달되지 않는다. 몸에 아무것도 지니지 않은 밀수 조직의 막내가 일단 주문한 사람을 찾아와서 보고, 경찰의 함정이 아니라는 것을 확인한 후에야 귀하디 귀한 위스키 한 병이 모습을 드러낸다. 무알코올 맥주에 조니워커를 탄 무척이나 맛없는 액체를 우리는 '수단 맥주'라고 불렀다. 이런 수단 땅에서, 그것도 하루 다섯 번 메카를 향한 기도를 빼놓지 않는 독실한 무슬림에게 술대접을 받는 것보다 비현실적인 것이 있을까. 하지만 금지하면 할수록 더 하고 싶어지는 게 사람 본성이다. 2010년 3월 수단의 대통령 알 바시르가 특별 담화를 통해 "술을 마시거나 파는 자들은 모두 채찍질을 당할 각오를 해야 할 것이다"라고 한 것에서 알 수 있는 두 가지는 수단 정부의 이슬람법 준수에 대한 열의가 대단하다는 것과 그럼에도 불구하고 술 마시는 사람들이 그만큼 많다는 것이다('샤리아'에 의하면, 음주자는 채찍으로 40대를 맞아야 한다).

말릭은 도시 사람들이 흔히 이용한다는 밀주 제조법도

가르쳐주었는데, 생각보다 매우 간단했다. 과일과 효모, 그리고 주사기만 있으면 되니까.

"그레이프푸르트처럼 즙이 많은 과일에 주사기로 효모 용액을 넣는 거야. 5cc 정도면 적당하지. 그리고 상온에 하루 이틀 둬. 그걸 반으로 갈라서 짜면 과실주가 되는 거지."

음주가 자유로운 대한민국에서 아직 이 방법을 시도해볼 기회는 없었지만 혹시 누가 알겠는가. 외딴 무인도에 고립되어 쓸쓸히 표류 1주년을 기념하고자 할 때, 이 방법을 떠올리게 될지.

수만 년에 걸친 인류의 역사에 있어 현대의 종교라는 것이 생겨난 것은 불과 최근 2천 년 내의 일이다. 가장 젊은 종교인 이슬람교가 탄생한 것은 7세기 때 일이니 수단엔들 아랍엔들 그 전부터 내려오던 전통술이 왜 없었겠는가. 다만 변한 것은 그것을 대하는 사람들의 태도였을 텐데, 말릭의 태도는 심플했다.

"쿠란(이슬람교의 경전)엔 '술 마시고 취하지 말라'는 말씀은 있어도 '술을 마시지 말라'는 말씀은 없거든. 그리고 신은 우리가 불완전한 존재들이라는 것을 이미 알고 계시지."

신께서 우리의 불완전성을 이미 알고 계시다는 말만

큼 애주가의 불안한 영혼을 달래주는 것이 또 있을까. 그 한마디에 우린 신자로서의 죄책감, 취재의 성패에 대한 불안감 따윈 잠시 접어두고 눈앞의 비밀스러운 즐거움에 집중하기로 했다.

아라기는 수수로 만든 증류주다. 제조 현장을 직접 보지 못해 세밀한 과정은 알 수 없지만 1차 발효로 얻어진 낮은 알코올 도수의 양조주를 끓여 먼저 증발해 나오는 알코올 증기를 모은다는, 증류주의 가장 기본적인 대원칙에서 벗어나지 않는 술이다. 우리나라의 전통 소주, 중국의 바이지우白酒, 일본의 쇼츄燒酎와 서양의 위스키, 코냑, 보드카 등이 모두 이 증류주에 속한다. 최초의 양조주에서 알코올 성분만을 농축시킨 것이기에 증류주는 보통 30-80도의 강한 도수를 지니게 된다. 하지만 강한 알코올의 자극적인 맛 사이로 고개를 내미는, 재료와 숙성 방법에 따른 독특한 풍미는 증류주가 품고 있는 커다란 매력이다.

"이 술을 제대로 즐기려면 꿀을 타서 마셔야 해. 하지만 이 마을에 그런 게 있을 리 만무하니 오늘은 스트레이트로 마시자."

시샤를 한 모금 빨며 말릭이 잔을 내밀었다. 잔 속에 담긴 무색투명한 액체는 모닥불 불빛을 머금고 넘실댔고, 그때마다 잔 가장자리를 따라 꼬리를 남기며 묵직하게 흘러내리는 모습이 이 술의 높은 도수를 말해주고 있었다.

"토스트Toast(건배)."

"⋯⋯."

아라기 수꾸수꾸와의 첫 대면은 강렬했다. 지금까지 먹어본 어떤 술보다도 거칠고 드라이했다. 곡주로서 가질 수 있는 향기 따윈 사치라는 듯이, 너의 목구멍을 태워버리는 것만이 존재의 이유라는 듯이, 투명한 불꽃이 혀 뒤쪽을 담금질하며 넘어갔다. 식도를 타고 넘어간 술은 미치광이 의사가 헤비메탈 음악을 들으며 MRI를 찍는 것처럼, 내 식도와 위가 대충 어떻게 생겼다는 것을 새삼 확인시켜주었다. 그리고 이내 찾아오는 정적.

마지막 날 밤, 말릭과 함께 아라기가 든 페트병을 놓고 마주 앉았다.

여러 나라를 방문하며 현지의 전통 증류주를 마실 때마다 나는 일종의 접신과도 같은 체험을 한다. 한 민족이 발전시킨, 먹고사는 문화의 피라미드 정점에 위치하는 것이 증류주Spirit이기에. 그리고 그 제조 방법 역시 곡물이든, 과일이든, 벌꿀이나 동물의 젖이든, 그 지역의 자연이 가진 풍미의 정수Spirit만을 모으는 어려운 과정이기에. 따라서 증류주를 마시는 것은 그것을 만든 사람들의 오랜 역사를, 그것이 담긴 USB 메모리를 내 몸에 꽂는 것처럼 단시간에 주입하는 행위다. 마치 영화 〈매트릭스〉에서 주인공 네오가 단 몇 초 만에 가라테와 헬리콥터 조종법을 몸에 다운로드하는 장면처럼.

아라기 수꾸수꾸는 나에게 척박하고 혹독한 수단 남부의 자연을, 부족 간의 오랜 싸움 속에 고단한 삶을 살아가고 있는 사람들의 성정을, 그리고 종교적 박해에도 불구하고 끊임없이 이어지는 전통이 가진 생명력을 떠올리게 해주었다.

"지금은 이걸 제대로 만들 줄 아는 사람들이 몇 남지 않았어. 이것도 이웃 마을의 할머니한테 어렵게 구한 거야."

말릭이 약간 서글픈 듯한 목소리로 말했다. 하지만 알 수 있었다. 아무리 이슬람 정권의 탄압이 심하고 사람들이 그 존재 자체를 죄악시하더라도, 아라기 수꾸수꾸는 할머니에게서 며느리로, 어머니에게서 딸로 계속 명맥을 이어갈 것임을. 그리고 부족 간의 다툼에 지친 사내들이 흉금을 터놓고 대화하고 싶어질 때 그 자리를 지킬 것임을.

지구 반대편,
같은 아픔을 공유한 술

밀라위와 페루
＊
까냐주와 까냐소

2010년 봄, 아프리카 말라위에서 〈세계테마기행〉을 촬영하고 있었다. 출연자는 바로 나. 처음 프로그램을 시작했을 때 출연자를 구할 시간이 없어 직접 출연한 적이 있는데, 다행히 반응이 나쁘지 않았다. 그래서 그 뒤로도 종종 (출연자가 촬영 중간에 도망갈 것 같은) 험한 오지로 떠날 때는 출연자까지 겸하곤 했다. 직접 출연할 경우 가장 큰 이점은 연출자와 출연자의 고민이 완벽하게 일치한다는 것이다. 일반적인 경우 연출자가 어느 곳으로 가야 할지 몰라 머리를 싸매고 고민하면 출연자를 비롯한 모든 제작팀이 불안에 떨기 마련이다. 그러나 직접 출연하는 경우는 그것조차 촬영거리가 된다! '여행지에 관한 정보가 모자라서 어디로 가야 할지 고민이 되었다'라는 내레이션에 그보다 더 어울리는 장면은 없을 테니 말이다.

그럼에도 불구하고, 말라위는 좀 심했다. 여행 정보가 상세하기로 이름난『론리플래닛』영문판을 뒤져봐도 말라위에 대한 내용이라곤 중부 아프리카의 몇 나라가 묶여 있는 챕터에서도 고작 몇 페이지에 불과했다. 프로그램 특성상 모든 것을 완벽히 세팅해놓고 가는 것은 힘들다고 해도, 무엇부터 손을 대야겠다는 큰 그림 정도는 그려놓고 출발하곤 했다. 하지만 홍콩과 남아공을 거쳐 말라위에 도착했을 땐 그야말로 모든 일정이 백지인 상태. 이 프로그램을 시작한 지 얼마 되지 않았을 때라면 그 중압감만으로도 미치고 팔짝 뛰었겠지만, 다행히 살짝 불안할 뿐 그렇게까지 코너에 몰린 기분은 들지 않았다. 어디에서부터 시작하면 될지 대충 알 것 같았기 때문이다. 그것은 바로, 수도 릴롱궤Lilongwe에 있는 배낭여행자들의 숙소였다. 대항해시대에 선교사들이 있었다면 21세기엔 배낭여행자들이 있다. 아무리 정보가 희박한 지역이라고 해도 그곳의 게스트하우스엔 "아, 거기? 나 지난달에 갔었는데 말이야……"라고 운을 띄우는 장기 여행자가 한 명쯤 있기 마련이다.

남아공에서부터 트럭을 타고 올라오는 여행자들을 포함해 온갖 국적의 배낭족이 모여드는 '마부야 캠프Mabuya Camp'

를 찾아간 지 이틀째 되던 날, 랄프를 만났다. 승합차를 개조
해 만든 노란 캠핑카에서 내리던 그는 양손에 지팡이를 짚고
있었다. 10년 전 오토바이 사고로 인해 두 다리가 마비된 그
는, 그때까지 즐기던 모든 익스트림 스포츠들을 접어야 했다.
랄프는 원래 독일에서 목수일을 했는데, 공부를 더 해서 열차
인테리어 회사의 매니저가 되었다. 예전만큼 몸을 움직이진
못해도 더 여유 있는 생활을 할 수 있게 된 것이다. 하지만 그
는 늘 꿈꿔오던 아프리카 종단만큼은 포기할 수 없었다. 그리
하여 2년 전, 사륜구동 승합차 한 대를 사서 내부의 모든 것
을 뜯어내고 직접 만든 설비들을 채워 넣었다. 자신의 몸에
꼭 맞는 캠핑카가 탄생한 것이다. 그는 그렇게 만든 차를 몰
고 스페인까지 내려온 다음 지중해를 건넜다. 아프리카 서해
안을 따라 18개국을 거치며, 최남단 케이프타운에 도착한 것
이 네 달 전이었다. 종단이라는 목표는 이미 달성했지만 아프
리카의 내륙 지역까지 좀 더 여행하고 싶었던 그는 빅토리아
폭포가 있는 짐바브웨를 거쳐, 말라위 호수에 들렀다가 이곳
까지 온 참이었다. 내 입장에서 보자면 랄프는 방송의 신께서
보내주신 천사가 아닐 수 없었다. 다소 독특한 취잿거리와 향
후 일정에 도움이 되는 정보, 그리고 이동수단을 한꺼번에 해

결할 수 있었으니 말이다. 이렇듯 여행은 늘 놀라운 만남들로 가득 차 있다. 여행자의 마음이 그것들을 외면하지 않을 만큼 열려 있기만 하면, 그것은 좁은 문을 소리 없이 통과해 들어오는 고양이처럼 어느새 내 앞에 와 있곤 한다.

꼬불꼬불한 산길을 하루 종일 달려 도착한 곳은 무아Mua. 현지인들의 전통 예술과 공예를 전승시키는 데 40년이 넘는 세월을 바친 한 캐나다 신부님이 '무아 미션'이라는 공동체를 이끌고 계신 곳이다. 촬영은 순조로웠다. 결혼식 때 추는 전통 춤과 이성을 유혹하는 원초적인 춤사위까지, 격정적인 타악기 리듬에 맞춘 아프리카의 몸짓은 나도 모르게 춤판에 뛰어들게 할 정도로 매혹적이었다. 촬영을 마치고 땀에

흠뻑 젖어 랄프를 쳐다보니 연신 싱글벙글이다.

"정말 멋졌어! 아프리카 춤은 언제 배운 거야?"

"배운 게 아니라…… 몸 안에 있던 게 자연스럽게 나온 느낌이랄까?" (결국 막춤이란 얘기)

"네가 춤추는 동안 나는 저쪽에서 그 춤만큼 멋진 걸 발견했지."

랄프의 말을 듣고 무작정 그를 따라 한 마을 사람 집에 들어섰다. 뿌연 연기와 함께 톡 쏘는 향기가 연신 풍겨왔다. 반사적으로 입안에 침이 고였다. 술 끓이는 냄새다. 향기를 따라 안뜰로 들어서자 나는 흥분한 나머지 들고 있던 모자를 구겨질 정도로 움켜잡고 말았다. 멋진 말라위식 증류기가 눈앞에 나타난 것이다. 아담하고 둥근 형태의 아래틀과 위틀을 진흙으로 봉한 것은 우리나라의 소줏고리와 닮았지만, 알코올 증기를 냉각수가 들어 있는 외부의 수조에 통과시켜 술을 얻는 구조는 서양 증류기인 팟스틸Pot Still과 동일했다. 이 증류기 하나가 이 집 안뜰에 자리 잡기까지 얼마나 긴 세월이 걸렸을까. 날름거리는 불꽃 속에서 달콤한 한숨을 내쉬는 증류기는 자신의 얼굴에 난 흉터로 살아온 세월을 알아맞혀 보라며 무언의 질문을 던지는 스핑크스 같았다.

1   까냐주를 만드는 말라위식 증류기

2   모양은 투박하지만 기능은 유럽식 팟스틸과 다를 게 없다.

안에서 끓고 있는 것이 무엇인지 물으니 사탕수수를 발효시킨 술이라고 했다. 1리터짜리 병 하나에 500콰차(당시 기준 우리 돈 약 3천 원). 사지 않고는 배겨낼 수 없는 가격이다. 방금 받아낸 투명한 술을 플라스틱 컵에 따라 코끝에 가져가니, 가정식 증류주 특유의 옅은 숯불 냄새가 풍겼다. 찌르르하게 목울대를 울리는 자극적인 맛에서 투박하지만 순수한 서민의 정취가 느껴졌다.

"워우, 끝내주는데."

슈납스Schnapps(체리,자두, 배 등으로 만드는 유럽식 증류주)의 나라에서 온 랄프에게도 이 술은 신선한 충격이었던 모양이다.

"마음에 드는데요. 이 술 이름이 뭐죠?"

술 만드는 아주머니에게 돌아온 대답을 듣고, 아까 증류기를 처음 봤을 때보다 더 놀란 나머지 한동안 멍하니 있을 수밖에 없었다. 아주머니가 알려준 술의 이름이 '까냐주'였기 때문이다.

시간을 더 거슬러 올라가 2008년 가을, 난 페루 쿠스코에서 자동차로 꼬박 하루가 걸리는 산골 마을 끼꼬 그란데Quico Grande에 있었다. 잉카 제사장의 후예들로 알려진 께로족의 생

페루 께로족의 영토로 향하는 길

활 모습을 취재하기 위해서였다. 께로족은 스페인 정복자들
에 의해 전파된 기독교 신앙 이외에도 산의 신령인 '아뿌', 호
수의 여신인 '마마꼬챠', 대지의 여신인 '빠챠마마'를 섬기는
데, 중요한 일이 있을 땐 반드시 데스파쵸Despacho라고 하는 의
식을 치른다. 정갈하게 펼쳐놓은 보자기 위에 코카 잎과 사탕,
옥수수와 조 등 각종 곡식을 차려놓고 말린 야마Llama(남아메
리카에 서식하는 낙타과의 동물)의 태아를 올려놓은 뒤, 신께 정
성스레 기도를 올리고 제물을 태우는 것이다. 이때 빠질 수 없
는 것 중 하나가 술이다. 의식을 시작하기 전, 참가자들은 몸
과 마음을 정화시키는 의미로 독한 술을 한 잔씩 마시고, 의식
중에도 술을 땅에 부어 대지의 여신에게 바친다. 이것은 옥수
수로 만든 술 '치챠'를 신께 바치던 잉카시대의 관습에서 비롯

1

2

1   야마는 안데스의 가장 큰 재산이다. 야마의 태
아를 말린 것은 대지의 여신에게 올리는 제례에 빠져선
안 되는 제물이다.

2   코카 잎과 까냐소를 대지의 여신에게 바치는
데스파쵸 의식을 치르고 있다.

한 것일 텐데, 지금은 치챠보다도 도수가 높은 사탕수수 증류
주가 주로 사용된다. 이 술의 이름이 바로 '까냐소'다.

시간과 공간을 뛰어넘어 아프리카와 페루의 외딴 마을
에 거의 비슷한 이름을 가진, 동일한 재료로 만든 술이 존재
한다는 건 어떻게 해석해야 할까? 그 해답의 열쇠는 1494년,
유럽의 두 나라 사이에 맺어진 조약에 있다. 콜럼버스가 신대
륙을 발견하고 2년이 지난 후, 당시로선 해외 식민지 개척의
선두 주자였던 포르투갈과 스페인은 양국 사이의 충돌을 예
방할 목적으로 교황에게 중재를 부탁해 토르데시야스 조약
을 체결한다. 아프리카 서쪽 끝에서 약 480킬로미터 떨어진
곳을 기준으로 하여 서쪽은 스페인의 영토로, 동쪽은 포르투
갈의 영토로 선언한 것이다(남미에서 이 기준선은 브라질 동부
지역을 지난다. 이 때문에 브라질은 남미에서 유일하게 포르투갈
의 식민지가 되었고, 아직까지 포르투갈어를 사용하고 있다). 자
기들 마음대로 지구의 소유권을 양분한, 지금으로선 황당하
기 짝이 없는 조약이지만 당시에는 신세계 개척에 따르는 불
필요한 갈등을 미연에 봉합한 솔로몬의 지혜쯤으로 여겨졌
던 모양이다. 이 조약에 기초해 스페인은 브라질을 제외한 남
미 전역을, 포르투갈은 브라질, 인도, 아프리카를 식민지로

거느리게 되었다.

　이 식민지들의 공통점은 열대에서 아열대에 걸쳐 있다는 것인데, 노예를 동원해 대규모 농장을 만들고 그 생산품을 유럽에 가져다 팔면 엄청난 수익을 기대할 수 있었다. 이런 무역 방식에 가장 어울리는 작물 중 하나가 바로 사탕수수였다. 남아시아가 원산지인 사탕수수는 고온다습한 기후에서 잘 자란다. 사탕수수로 설탕을 처음 만들어낸 것은 인도인들이었고, 이 기술은 기원전 4세기경 알렉산더 대왕의 부하들에 의해 아랍에 전파된다. 그 후 천 년 동안 설탕 제조는 아랍인들에 의해 이루어졌고, 유럽 판매를 독점했던 베네치아 상인들은 설탕 무역을 통해 엄청난 부를 축적했다. 이것이 르네상스를 촉발시킨 힘이라고 보는 학자들도 있다. 스페인과 포르투갈이 새롭게 획득한 식민지에 대규모 사탕수수 농장을 만드는 데 열심이었던 것은 어찌 보면 당연한 선택이었다.

　1600년 무렵, 아메리카 대륙의 설탕 생산은 세계에서 가장 규모가 큰 동시에 엄청난 돈벌이가 되는 산업이 되었다. 식민지 획득에서 한발 뒤져 있었던 영국은 신대륙의 부족한 노동력 수요에 눈을 돌려 유리구슬, 총, 옷감 같은 것들을 아프리카에서 노예와 교환하고, 이들을 서인도제도에서 팔아

치운 뒤, 그 돈으로 설탕을 사서 유럽으로 돌아오는 중계 무역에 열을 올렸다. 이것이 악명 높은 삼각 무역이다. 사탕수수는 무더운 신세계의 기후 속에서 흑인과 인디오의 피를 마시며 무럭무럭 자라났다. 비슷한 재료가 있는 곳에서는 비슷한 술이 태어나기 마련이다. 다만 출생지에 따라 이름이 달라질 뿐이다. 까냐소가 태어난 페루는 스페인의 가장 중요한 식민지였고, 까냐주의 고향 말라위와 이웃한 모잠비크는 아프리카에서 가장 중요한 포르투갈의 식민지였다. 사탕수수는 포르투갈어로 '까나 지 아수까르Cana de Açúcar', 스페인어로는 '까냐 데 아수까르Caña de Azúcar'라고 한다. 까냐주와 까냐소. 이젠 읽는 분들도 이 이름들이 어디서 유래한 것인지 눈치챘을 것이다.

랄프와 헤어지기 전날 밤, 우리는 말라위 호숫가에 앉아 물 위에 비친 별빛을 안주로 까냐주를 마셨다. 어딘지 그리운 그 맛은 나를 순식간에 지구 반대편 페루의 산골 마을로 이동시켜주었고, 내가 결혼식 대부를 서는 바람에 나의 대자가 된 디오니시오와 그의 가족을 떠올리게 해주었다. 다음 기회에 안데스산 중턱에서 까냐소를 마시게 된다면 나는 랄프를, 그리고 웃을 때 보이던 말라위 사람들의 하얀 치아를 떠올리게 되리라.

지구 반대편에서, 서로 다르지만 같은 상처를 안은 사람들을, 그들을 괴롭히던 지배자의 언어로 위로하는 술. 이 술을 마시는 동안만큼은 그들의 아픔이 내 아픔이고 그들의 기쁨이 내 기쁨이었다.

아마존 정글의
막걸리

페루
＊
마사또

　　페루 북부의 이키토스는 '자동차로 갈 수 없는 곳 중 가장 큰 도시'라는 별명답게 빽빽한 밀림으로 둘러싸여 오로지 비행기와 배로만 접근이 가능하다. 그리고 정글의 무수한 지류들을 받아들이며 몸집을 불려온 우카얄리강과 마라논강은 이곳에서 비로소 합쳐져 아마존강이라는 이름의 도도한 흐름이 된다. EBS 〈세계테마기행〉의 촬영을 위해 이키토스 공항에 내린 것은 2008년 2월이었다. 우리의 목적지는 이키토스에서도 차로 한 시간, 다시 보트로 세 시간을 가야 하는 리베르타드Libertad(자유) 마을. 스페인 지배자들의 학대로부터 벗어나 자유를 찾은 원주민들이 정착한 곳이라서 이런 이름이 붙었다고 한다. 양식과 연료를 가득 실어서 물 위로 겨우 5센티미터 남짓밖에 떠 있지 않은 배들과 손으로 깎아 만든 카누에 탄 어부들만이 이따금씩 스쳐 지나갈 뿐, 아마존의 열

대우림은 고요했다. 하지만 잠깐 배를 멈추면 깊이를 가늠할
수 없는 자연의 품속에 얼마나 많은 야생동물이 살아가고 있
는지 금세 알 수 있다.

"내 거야! 우리가 먹을 거라고!"

이용택 촬영감독이 우리의 아침거리를 훔쳐 달아나려는
원숭이 한 마리에게 빵 봉지를 빼앗으며 내뱉은 말이다. 가이
드인 엔리께가 수상쩍게 흔들리는 나뭇가지 아래에 배를 대
자, 아직 끝나지 않은 우기로 인해 먹을 것이 부족해진 양털
원숭이 가족이 우리 배로 뛰어내린 것이다. 식량을 지키기 위
해 촬영도 잊고 배낭을 끌어안은 이 감독과 주린 배를 채우려
고 필사적으로 덤벼드는 원숭이들의 대결로 배 안은 금세 난
장판이 되었다.

"끼익!"

"어어어어! 저거 찍어야지! 저거!"

이 감독과 원숭이들의 활극을 촬영하다가 반사적으로
소리가 난 곳으로 카메라를 돌리니, 이번엔 자이언트수달 한
마리가 이쪽으로 헤엄쳐오고 있었다. 잠시 후, 나는 내 눈을
의심해야 했다. 멀리서 줌렌즈로 당겨 찍는 것도 감지덕지인
판에, 아마존의 자이언트수달이 천연덕스럽게 우리 배에 올

라타는 것이 아닌가! 녀석은 우기로 불어난 강물 속에서 먹이를 찾는 것이 힘들었던 듯, 짧은 다리를 열심히 놀리며 배 안을 샅샅이 뒤지고 다니기 시작했다.

"가릉…… 가릉…… 가릉……."

가이드 엔리께의 여덟
살 난 아들 후니오르가 마침
잡아두었던 피라냐 한 마리
를 던져주자, 자이언트수달
은 고양이의 골골거림을 닮

은(하지만 그것보다 다섯 배는 큰) 소리를 내며 뜯어먹기 시작
했다. 원숭이들의 표정은 더욱 불만스러워졌고, 우리는 결국
빵 한 봉지를 원숭이 가족의 몫으로 내어줄 수밖에 없었다. 태
곳적 노아의 방주가 이런 분위기였을까. 잠시 동안 배 위에 평
화가 찾아왔다. 배가 부른 자이언트수달은 커다란 눈을 끔뻑
이며 내 허벅지에 머리를 올려놓았고, 빵을 맛있게 먹어 치운
원숭이들은 이 감독의 뺨을 핥으며 애정표현에 열심이었다.
애써 담담한 표정을 지으며 원숭이 두 마리의 애무를 받던 이
감독의 모습은 영락없는 두목 원숭이였다.

하지만 해가 지고 배가 상류의 좁은 수로로 접어들자 평

화는 깨졌다. 배가 그만 얕은 모래톱 위에 얹히고 만 것이다. 이 감독과 엔리께가 너 나 할 것 없이 강물로 뛰어들어 배를 밀고 당기길 한 시간여. 끌어내도 자꾸 걸리는 통에 나중엔 아예 배를 밀고 물속을 걷는 형국이었다. 다행히도 수위가 명치께밖에 차지 않았지만, 거센 물살 속에서 배를 밀고 나가는 것은 중노동에 가까웠다. 게다가 한 번씩 깊어지는 곳에선 배를 미는 일행의 머리통이 물속으로 사라졌다 나타나곤 했다. 다시 넓은 수로로 빠져나와 모터에 시동을 걸었을 땐, 정말이지 눈물이 나올 것만 같았다. 30분쯤 더 달리자 멀리 리베르타드의 불빛이 보였다.

밤공기는 후끈한 열기와 불쾌한 진동음을 내는 모기들의 날갯짓 소리로 가득했다. 엔리께의 사촌 누이가 사는 오두막집에 들어섰을 때 우린 이미 완전히 녹초가 되어버려서, 식욕은커녕 모기를 쫓기 위해 손사래 칠 힘도 남아 있지 않았다.

"이것 좀 들어요."

엔리께가 부엌에서 희고 걸쭉한 액체가 담긴 컵을 가져오며 말했다.

"기운이 날 겁니다."

액체는 시원하고 달콤했다. 살짝 나는 풀냄새와 시큼한

리베르타드 마을에는 어둠이 일찍 찾아온다.

뒷맛이 갈증을 없애고 입맛을 돌게 해주었다. 식도를 넘어가고 난 뒤 느껴지는 꽤나 뻑뻑한 질감은 공기 빠진 타이어에 바람을 채우듯, 속이 텅텅 비어 반으로 접혀버린 내 위장을 모양 좋게 펴주는 듯했다. 두 잔만 더 마시면 허기마저 가실 참이었다.

"이게 뭐죠?"

"마사또Masato라고 해요. 유까Yuca를 발효시켜 만든 술이죠. '정글의 맥주'라고 할 수 있어요."

듣고 보니 혀 뒤에 남아 있다 올라오는 희미한 술기운이 느껴졌다. 맥주라기보다는 막걸리에 더 가까운 느낌이었다.

유까는 '카사바'라고도 한다. 생명력이 강하고 어떤 환경에서든 잘 자라 남미에서 가장 흔하게 구할 수 있는 먹을거리다. 고구마와 무를 반씩 닮았는데, 삶으면 맛도 그 중간쯤이다. 껍질엔 독이 있어 정글 원주민들이 화살을 만들 때 쓰기도 하지만 삶으면 독성이 사라진다. 이 유까에서 녹말만을 추출해 가루 형태로 가공한 것이 바로 식품공업에 널리 쓰이는 타피오카 전분이다. 공교롭게도 우리나라의 희석식 소주를 만드는 주정의 대표적인 원료가 바로 이것이니, 머나먼 아마존 정글까지 와서 한국에서 먹는 소주와 친척지간인 술을 만

1

2

1   마사또를 만들기 위해 삶은 유까를 으깨고 있다.

2   유까는 녹말이 함유된 뿌리식물로 남미, 동남아시아, 아프리카 등 열대 지방에서 널리 재배된다.

나게 된 셈이다. 일국을 대표하는 술의 원료가 그 나라와 아
무런 상관없는 지구 반대편에서 온 값싼 녹말이라는 점에 생
각이 미치자 왠지 모를 씁쓸함이 밀려왔다.

그런 일들과는 무관하게 마사또는 참으로 마음에 드는
술이었다. 소박하고 깔끔하면서도 어딘지 모를 거친 맛이 정
글의 밤과 잘 어울렸다. 사실 이 마사또가 없다면 정글의 잔치
인 까르나발Carnaval(카니발)도 존재할 수 없다. 해마다 2월이
되면, 브라질의 리우데자네이루, 이탈리아의 베네치아와 마찬
가지로 이곳에서도 까르나발이 열린다. 예수의 고난을 기억하
는 사순절 금식에 들어가기 직전, 마음껏 먹고 마시고 춤추는
까르나발이 본래의 기독교적인 의미와 가장 멀어지는 곳이
바로 이 정글 안일 것이다. 사람들은 일주일 내내 물 풍선을
던지거나 숫제 양동이로 물을 퍼다 부으며 서로를 골탕 먹이
고, 까르나발 당일엔 '우미샤Humisha'라고 불리는 선물을 매단
기둥을 빙빙 돌며 정글의 칼인 마체테Machette로 그 기둥을 두
들겨댄다. 칼집이 점점 깊어지다가 이내 기둥이 넘어지면, 그
때 진정한 지옥의 문이 열린다. 사람들은 일제히 새된 소리를
지르며 달려들어 선물(대부분 플라스틱 그릇)을 차지하기 위해
난투극을 벌인다. 주먹이 오가는 싸움은 아닐지라도, 그리고

모두가 웃음기를 입에 머금고 있다고 하더라도 손이 허공을 가르는 속도나 사람들 틈에 머리를 쑤셔 넣는 박력은 분명 종합격투기의 그것이다. 결과적으로 남는 것은 다 깨진 플라스틱 파편들뿐이지만, 그것들 중 한 조각이라도 차지한 사람은 세상에서 가장 행복한 미소를 지어 보인다. 이 불가해한 광란의 총연출을 맡고 있는 것이 바로 마사또다. 이 시기만큼은 마사또를 돈 주고 살 필요가 전혀 없다. 골목을 돌아서는 순간, 마사또가 담긴 컵을 건네는 누군가와 반드시 마주칠 수 있을 테니까.

어느새 마사또 한 사발을 다 비우고, 조금 더 줄 수 있는지 물으니 엔리께의 사촌 누이가 부엌에서 뭔가를 꺼내왔다. 밀가루 풀처럼 걸쭉한 유까 반죽이다. 마사또를 만들 땐 유까를 삶은 뒤 잘 으깨 발효된 반죽 상태로 보관하다가 마실 때야 비로소 물과 설탕을 섞는다. 냉장고가 없는 정글 한복판에서 한번 삶은 유까는 쉽게 변질되기 마련이다. 하지만 발효를 시키면 더 오래 두고 먹을 수 있다. 마사또는 우리네 김치처럼 식품의 보존 기간을 늘리는 지혜가 반영된 음료인 것이다.

"우기에 먹을 것이 떨어지면 며칠 동안 이 마사또로 버티기도 해요. 몇 잔 먹으면 힘이 나고 술기운에 기분까지 좋아지죠. 하지만 먹을 것이 없는 현실을 바꿔주진 못해요. 게다가 아이들이 먹을 것도 이 마사또뿐일 땐……."

엔리께가 말꼬리를 흐렸다. 분위기도 바꿔볼 겸 내가 화제를 돌렸다.

"그나저나 유까는 당분이 적어서 발효가 바로 일어나진 않을 텐데, 어떤 방법을 쓰는 거죠?"

"아, 그거요."

엔리께가 갑자기 키득거렸다.

알코올 발효는 간단히 말해 효모균의 작용으로 당분이 알코올로 변하는 과정이다. 때문에 당분이 풍부한 과일이나 벌꿀을 이용해 술을 만드는 것은 쉽다. 그러나 당분을 함유하지 않은 곡식이나 유까로 알코올을 만들기 위해선 한 가지 과정이 더 필요한데, 바로 전분을 당으로 전환시키는 당화糖化다. 이 당화 기술을 알아낸 것은 인류가 정착농경을 시작한 이후이니, 곡주는 과실주에 비해 한참 늦게 세상에 등장한 셈이다. 동양에선 특수한 곰팡이(누룩균)를 이용해 곡물의 당화를 촉진하고 서양에선 전분을 당으로 바꾸는 성질이 있는 몰트를 섞어주는데, 이 아마존 정글 한가운데선 어떤 방법을 쓰는지 몹시 궁금했다.

"우린 씹어요."

"예?"

"유까 반죽을 입에 넣어 우물거리다 뱉으면 발효가 시작
되죠."

"······."

갑자기 간밤에 달게 물을 마시고 다음 날 그것이 해골바
가지에 담겼던 것임을 알아챈 원효의 심정이 이해가 갔다.

밥을 오래 씹다 보면 그 맛이 점점 달게 변한다. 이것은
우리의 침 속에 포함된 아밀라아제라는 효소가 밥 속의 전분
을 당분으로 바꿔주기 때문이다. 누룩이나 몰트를 사용하기
이전부터, 고대인들은 이러한 침의 성질을 발견해 술을 만드
는 데 이용했다. 조선의 백과사전 『지봉유설』(1614)에는 "처
녀들이 밥을 씹어 만든 술을 미인주美人酒라 한다"라는 언급
이 있고, 중국이나 일본의 오키나와에서도 비슷한 기록들이
발견되는 것으로 보아 인체 효소를 이용한 당화법은 전 세계
적으로 널리 퍼져 있음을 짐작할 수 있다. 햅쌀의 추수를 마
친 뒤 곱디고운 처녀들이 둘러앉아 수숫대로 이를 닦고, 바닷
물로 입을 헹군 뒤 자기들끼리 재잘대는 것도 잠시 잊은 채
엄숙하게 쌀을 씹어 술을 빚는 광경이라니. 술을 만드는 과정

에서까지 로맨티시즘을 찾으려 했던 고대인들의 풍류가 묻어난다. 그러므로 이 머나먼 아마존 정글까지 와서 고대 인류의 지혜가 담긴 술을 알게 된 것은 참으로 영광스러운 일이 아닐 수 없으며, 인간과 술이 함께한 여정을 탐구하는 구도자와 같은 삶을 살고 있는 나로선 운명과도 같은 만남이라고도 생각하지만…….

오오, 엔리께. 이 마사또만큼은 당신이 씹은 게 아니라 당신 사촌 누이가 씹은 거라고 말해줘요. 제발.

잉카의 항아리에 담긴
유럽의 혼

안데스 지역을 다시 찾은 건 4년 만이었다. 몸이 아직 고산지대를 기억하고 있을 리 만무했다. 착륙하자마자 정신을 못 차리고 헤매게 되는 해발 3천 800미터의 라파스La Paz(볼리비아에서 가장 큰 도시)보다는 한결 나았지만, 3천 300미터라고 얕보다가는 층계참에 주저앉아 밭은 숨을 한참 몰아쉬어야 하는 곳이 쿠스코다. 도착 다음 날, 우리 일행은 서울로 치면 상봉동 시외버스 터미널쯤에 해당하는 산티아고 버스 터미널로 향했다. 그곳에서 마추픽추로 향하는 4일간의 여정을 시작할 참이었다. 쿠스코에서 마추픽추까지는 약 110킬로미터. 그 거리를 네 시간 만에 주파하는 느긋하기 그지없는 기차는 1등석의 경우 우리 돈으로 왕복 70만 원, 가장 싼 3등석을 타더라도 왕복 10만 원이 넘는다. 달리는 거리를 고려하면 세상에서 가장 비싼 기차표다. 거기에 비하면 로컬 버스와 산악

자전거, 그리고 트레킹으로 이루어진 '잉카 정글 트레일' 코스
는 5만 원이 넘는 마추픽추 입장료를 포함해 약 30만 원이다.
식대와 숙박비가 포함된 가격이니 매력적일 수밖에 없다.

잉카의 공중 도시 마추픽추

산타마리아에 도착한 건 저녁 6시가 다 되어갈 즈음이
었다. 아침 9시에 쿠스코를 출발해 세 시간 동안 버스를 타고
해발 4천 300미터의 아브라 말라가에 도착해, 다시 자전거를
타고 다섯 시간을 내리달은 우리는 파김치가 되어 있었다. 게
다가 마침 까르나발 축제 기간이라 만나는 마을 사람들마다
우리에게 물을 뿌려대는 통에 온몸은 말 그대로 젖은 솜처럼

무겁기만 했다. 피곤한 몸으로 샤워를 마치고 식당에 모여 앉았을 때, 통역 겸 가이드인 호세는 칠레에서 온 까롤리나와 스페인어로 농담을 주고받는 데 열중하고 있었다. 그 광경을 보고 있자니 오늘 이 친구가 가이드로서 한 영어라곤 숫자와 "좋아", "나빠", "오케이" 같은 간단한 표현들밖에 없었다는 사실이 떠올랐다.

"호세, 이리 와봐. 넌 영어 가이드면서 왜 영어를 못해?"

"아니다. 호세, 영어 가이드."

"그래? 그럼 내일부터 제대로 된 영어를 하면 30달러 다 주고 아니면 20달러밖에 못 주겠어."

"……?"

"(한숨 한 번 쉬고) 너, 영어 잘하면? 30달러. 아니면? 20달러. 내일부터. 오케이?"

"노노노노노! 요 아블로 잉글레스 무이 비엔(나 영어 엄청 잘해)! 뚜 아스 디초 뜨레인따 돌라레스, 까람바(네가 30달러라고 말했잖아, 젠장)!"

"(다시 한숨 한 번 쉬고) 요 노 아블로 에스빠뇰(나 스페인어 못 알아들어)."

"너! 스페인어 잘하는구나! 그럼 노 프라블럼!"

"······."

"게다가 호세, 케추아어(페루의 원주민 언어)도 아주 잘한
다!"

'어쩌라고······.'

말해 무엇 하랴. 이미 엎질러진 물인 것을. 게다가 우린
이미 첩첩산중까지 들어온 참이었다. 하지만 그 대화 이후 호
세는 부쩍 긴장한 듯 뭐든 우리에게 도움이 된다는 걸 보여주
기 위해 열심이었다. 한동안 부산스럽게 움직이던 그는 식사
를 마친 우리 앞에 자랑스럽게 피처 하나를 내밀었다.

"이게 뭐야?"

"나 이거 잘 만든다. 페루 최고. 맛 최고다."

그 안에는 하얀 거품을 머리에 인 노란 음료가 넘실대고
있었다. 일행이 모두 마시고도 남을 넉넉한 양이었다. 입에
갖다 대자 섬세한 거품이 윗입술을 간질였다. 조심스럽게 잔
을 더 기울이자 차가운 솜사탕 같은 거품을 헤치고 부드러우
면서도 달콤한 액체가 입안으로 흘러들어왔다. 하지만 상냥
했던 첫인상은 이내 톡 쏘는 향기로 바뀌며 피곤했던 몸에 활
기를 불어넣었다. 내가 마신 것은 페루의 국민 칵테일, 피스
코 사워Pisco Sour였다.

　페루의 어느 술집에서든 맛볼 수 있는 피스코 사워는 발효시킨 포도즙을 증류해 만든 남미식 브랜디 피스코에 시럽과 라임즙을 더한 것이다. 여기에 첨가되는 또 한 가지 요소인 달걀흰자는 자칫 시고 자극적일 수 있는 맛에 부드러운 질감을 더한다. 마지막으로 풍성한 거품 위에 살짝 뿌려진 비터 Bitter(앙고스투라 등의 허브에서 추출한 칵테일용 향신료)의 쌉쌀한 향을 느낄 때면, 어느새 잔은 비어 있고 손은 다음 잔을 따르게 된다. 여섯 명이 두 순배씩 돌아 피처 하나를 다 비워갈 때쯤 일행들에게 물었다.

　"그럼 피스코는 페루의 대표적인 술이겠네?"

　그러자 칠레에서 온 까롤리나와 그의 남자친구가 열을 올리며 끼어들었다.

　"무슨 말씀! 칠레산이 훨씬 더 품질이 좋다고. 페루 사람들이 자꾸 피스코가 자기네 술이라고 우길 때마다 속상해 죽겠어."

　"맞아. 일단 우리 칠레는 포도부터 다르잖아."

　갑자기 영어가 유창해진 호세가 맞받아친다.

　"뭐? 노노노! 피스코, 원래부터 페루 것이다. 칠레, 도둑질하려 한다. 페루 피스코 최고!"

"뭐라고? 무슨 섭섭한 소리를⋯⋯."

그날 밤, 나는 본의 아니게 남미에서 가장 해묵은 논란에 불을 붙이고 말았다. 피스코가 과연 페루의 것인가, 칠레의 것인가 하는 문제는 두 나라 사이에서 오래전부터 논쟁거리였다. 페루 정부는 '피스코'라는 이름 자체가 자국의 인디오 부족 이름을 딴 것이니만큼 페루 영토 내에서 생산되는 것에만 피스코라는 이름을 붙여야 한다는 입장이다. 한편 칠레는 '피스코'란 남미에서 생산되는 포도 증류주에 붙는 일반적인 명칭이며 페루, 칠레 공통의 마케팅을 통해 시장을 넓히는 것이 두 나라에 더 도움이 된다는 주장을 하고 있다.

2010년 다시 한번 페루를 방문했을 때, 장대한 와카치나의 모래언덕을 보며 머릿속을 스친 생각은 '여기서 멀지 않은 곳에 피스코의 고장, 이카Ica가 있다!'라는 거였다. 사실 이 지역은 사막이다. 서쪽 바닷가를 흐르는 차가운 훔볼트 해류는 저기압을 만들어내고, 이것은 물의 증발을 억제해 주변의 땅을 사막으로 만든다. 그렇다고 이곳이 불모지라는 의미는 아니다. 오히려 그 반대다. 페루에서 포도가 가장 많이 생산되는 지역이기 때문이다. 이를 가능케 하는 것은 바로 풍부한 지하수다. 곳곳에 오아시스가 흩어져 있는 것에서 알 수 있듯이, 이 지역엔 거대한 지하수맥이 존재한다. 잉카시대부터 원주민들은 이 물을 이용해 감자와 고구마를 재배했다. 16세기에 이 지역을 처음 발견한 스페인 정복자들의 머릿속에 가장 먼저 떠오른 생각은 아마도 '이제 와인을 마실 수 있겠다!'였을 것이다. 농업용수를 제공하는 잉카의 정교한 관개수로가 건재했고, 포도 재배에 최적인 물 빠짐 좋은 모래질 토양인 데다가, 풍부한 일조량은 포도의 당도를 높인다. 와인 제조에 필수적인 다디단 포도가 자랄 수 있는 환경인 것이다. 1563년 이카에 유럽인들의 거주지가 만들어진 지 얼마 되지 않아 주변엔 포도 농장과 와인 양조장이 생겨났고, 이 지역은 금세 페루 최고의 와인 산지가 되었다. 양조주가 풍부한 지역에선 이내 증류주가 출현하기 마련. 페루 사람들의 주장에 따르면 피스코는 바로 이곳에서 탄생했다.

취재하기로 한 사막 투어 일정이 오후에 잡혀 있어 잠시 짬이 난 사이에 망설임 없이 이카로 향했다. 길가에 늘어서 있는 와이너리와 피스코 증류소들은 저마다 오랜 역사와 전통, 그리고 인심 좋은 시음 행사를 앞세워 술 향기에 취해 모여든 여행자들을 유혹하고 있었다. 150년 동안 6대에 걸쳐 피스코를 만들어온 엘 까따도르El Catador 와이너리의 소유주

엔리께 까라스꼬 씨가 뜰 안에 늘어선 3천 개의 토기 단지를 자랑스럽게 보여주었을 때, 나는 피스코 논쟁에서 페루 사람들 편이 되기로 마음먹었다.

"17세기에 스페인 사람들이 이곳에 포도나무를 심고 와인을 만들기 시작했을 때 가장 문제가 된 것은 오크통을 만들 나무가 없다는 거였죠. 대신 그들은 인근에 살던 피스쿠Pisqu 인디오들이 사용하던 토기를 발견했어요. 잉카의 술이었던 치챠를 보관하는 용도로 사용하던 것인데 와인을 발효시키기에도 그만이었죠. 지금은 이 토기들을 보띠하Botija라고 부르지만 예전에는 이것 자체를 피스코라고 불렀습니다."

피스쿠 인디오는 이카에서 북쪽으로 70킬로미터 떨어진 빠라까스에 살던 부족인데, 이들을 정복한 잉카인들에 의해 '피스쿠'라고 불리게 되었다. 잉카의 언어인 케추아어로 '작은 새'라는 뜻이며 해안을 뒤덮은 무수한 바닷새떼에서 유래한 이름이다. 이들은 토기 제조에 능했다. 특히 길이가 1미터쯤 되는 옥수수 모양의 단지는 그 자체가 돈의 역할을 할 정도로 중요했다. 옥수수즙으로 만드는 맥주인 치챠를 발효시키기 위해선 꼭 필요한 도구였기 때문이다. 차츰 이 부족의 이름은 그들이 만드는 단지, 더 나아가 그 단지에 담긴 술

을 의미하는 단어가 되었고, 이들의 스페인 농장주들도 포
도 증류주를 '피스코'라고 부르게 되었다. 이 술을 다른 지역
으로 실어나르던 항구 역시 '피스코'였는데, 이 항구는 이카
에서 서북쪽으로 76킬로미터 떨어진 곳에 아직도 남아 있다.
1630년 이곳을 통해 운반된 피스코의 양은 2천만 리터에 달
했다고 한다.

해마다 엘 까따도르 와이너리에선 포도즙이 생산되는
60일 동안, 하루 24시간 내내 쉬지 않고 증류기를 가동해 6만
리터의 피스코를 생산한다. 200년 묵은 단지들이 자칫 부서질
수 있기 때문에 스테인리스 용기를 쓰는 것 이외엔 모든 것을
옛 방식 그대로 고수한다. 이 중 가장 품질이 좋은 피스코는
'모스또 베르데Mosto Verde(녹색 포도즙)'라고 부르는데, 이런 이
름이 붙은 이유에 대해 까라스꼬 씨는 이렇게 설명했다.

"모스또 베르데를 만들기 위해 전혀 다른 품종의 포도를
사용하는 줄 아는 사람들이 있지만 그건 사실이 아닙니다. 여
기서 초록색은 '다 익지 않은 것'을 의미하죠. 일반적으로 피
스코를 만들기 위해선 15일간 발효시킨 포도즙을 사용해요.
그런데 모스또 베르데를 만들 땐 7일간만 발효시킨 포도즙을
씁니다. 당연히 알코올 함량이 적기 때문에 같은 도수의 술을

만들기 위해선 두 배 이상의 재료가 들죠. 하지만 상대적으로 발효 기간이 짧아 신선한 과일 향이 그대로 살아 있답니다."

피스코를 만드는 증류 솥은 사람 키의 두 배 정도 되는 거대한 아궁이 위에 자리 잡고 있었다. 이 와이너리와 역사를 함께해온 증류 솥의 색깔은 세월만큼이나 깊고 짙은 검은색이었고, 불을 때지 않았는데도 뜨거운 기운이 느껴졌다. 아아, 고향에서 즐기던 술을 이역만리 남미에서 만들어낸 순간 스페인 사람들이 느꼈을 환희란! 그렇게 만들어진 와인을 가지고 떨리는 심정으로 첫 증류를 마쳤을 때 피어올랐을 피스코의 향기는 또 어땠을까. 오래된 술도가의 정취에 내가 잠시 말을 잊고 있을 동안 까라스꼬 씨는 조용히 모스또 베르데의 마개를 땄다. 코 안쪽이 파르르 떨려왔다.

1

2

1 피스코 증류기. 유럽식 단식 증류기를 사용한다.

2 200년이 넘은 피스코 토기들. 파손 위험이 있어 더
이상 피스코를 담는 데 사용하지 않는다.

커피와 술이 건네는
극단적 위로

베네수엘라
＊
미체

    베네수엘라. 흔히 '미인' 아니면 독재자 '차베스'로 기억되는 나라다. 하지만 나에게 다가온 베네수엘라의 이미지는 '익스트림Extreme(극단적인)'이었다. 일단 자연환경부터 그랬다. 눈이 시리도록 푸르른 카리브해부터 해발 5천 미터에 달하는 안데스의 고산지대, 7미터가 넘는 아나콘다가 몸을 뒤척이는 야노스 대평원까지, 도무지 한 나라 안에 있다고는 믿어지지 않는 것들이 뒤섞여 공존한다.

    하지만 산마루가 높으면 계곡도 깊은 이치일까. 이 나라가 가지고 있는 어둠 또한 극단적으로 깊다. 특히 수도 카라카스는 잠깐만 돌아다녀도 위에 열거한 모든 아름다움을 싹 잊게 될 만큼 스트레스 지수가 높은 곳이다. 국가에서 제시한 공식 환율은 1달러당 4.3볼리바르지만, 암달러상들이 바꿔주는 시중 환율은 8-9볼리바르에 달한다. 공식 환전소에서 환전을 하다간 정부에게 사기를 당하는 꼴이다. 1910년대 베네수엘라에서 처음으로 석유가 발견된 이래, 이 나라의 경제 정책은 온통 석유로 인한 이익의 극대화에 초점이 맞춰져 있었다. 당시 국가가 처한 경제 상황은 생각하지 않고 원유의 판매가를 안정시킬 생각만 하다 보니, 그리고 자국민들이 필요로 하는 달러를 유통시키는 것에는 도통 서툴다 보니, '베네수엘라 정부가 희망하는' 자국 화폐의 가치와 '국민들이 생각하는' 자국 화폐의 가치에 커다란 차이가 생겨버렸다. 외국인을 대하는 카라카스 사람들의 태도도 썩 유쾌하진 않다. 사회주의 정권이 들어선 이후 부유층이 몰락하고, 극단적인 경제 정책 탓에 나라 살림이 어려워지긴 했지만 한때 베네수엘라는 유럽보다 잘사는 나라로 유명했다. 그런 이유에선지 이 도시에선 외국인을, 그중에서도 특히 아시아인을 아래로 보는 분위기가 느껴진다. 이곳에서 사용하는 말 중 '치노Chino'는 원래 '중국인'이라는 뜻이지만 뉘앙스는 '황인종 녀석'에 가깝다. 다른 남미 국가에선 아시아 사람이 지나가면 작은 소리로 "치노"라고 하며 자기들끼리 시시덕거리는 일은 있어도 면전에 대고 그렇게 부르는 일은 많지 않다. 하지만 카라카스의 길거리를 걷다 보면 2-3분에 한 번씩은 "어이! 치노!"라고 외치는 사람과 마주친다. 남녀노소를 가리지도 않는다. 쥐 방울만 한 녀석이 만면에 웃음을 띠고 "치노!" 하며 지나갈 땐 정말이지 뒤를 쫓아가서 한 대 쥐어박고 싶은 심정이다.

한번은 로케스 군도Los Roques의 투어 가격이 얼마인지 알아보기 위해 여행사 간판에 쓰인 번호로 전화를 걸었던 적 이 있다. 전화상으로 가격만 얘기해달라는데도 굳이 자신이 나갈 테니 기다리라고 신신당부를 하던 그 남자는, 30분이 지나서야 술 냄새를 풍기며 나타났다. 보아하니 친구들과 낮 술을 걸치다 뛰어나온 모양이었다. 다른 여행사의 투어도 대 충은 알아봤던 터라, 그가 부른 가격이 30퍼센트 이상 비싸 다는 건 금세 알 수 있었다. 우리와 이야기를 하면서도 지나 가는 배낭족들에게 계속해서 호객행위를 해대는 그에게 더 이상 시간을 빼앗기고 싶지 않았다. 나는 점잖게 "조건이 맞 지 않는 것 같으니 다음 기회에 이용할게요"라고 말했다. 그 러자 그 남자가 이렇게 나온다.

"너 태도가 왜 그래?"

"무슨 소리야?"

"내가 여기까지 나오도록 해놓고 지금 뭐 하는 짓이야?"

"내가 분명히 전화로만 이야기해줘도 된다고 했지? 그

리고 잠깐이면 된다더니 30분이나 기다리게 한 건 누군데?"

"네가 지금 무척이나 똑똑하고 잘난 줄 아는 모양인데, 그렇다고 네 맘대로 투어 가격을 컨트롤할 수 있을 것 같아? 가격을 정하는 건 나야!"

"알았으니까 그만하자고."

쓸데없는 감정 소비에 짜증이 난 내가 서둘러 대화를 마무리 지으려 한 것이 그치의 화를 더 돋운 모양이었다.

"뭐? 너 내가 누군 줄 알아? 내가 몇 군데 연락만 하면 너 같은 놈쯤은……."

"그만하자고 했지!"

내가 소리를 꽥 지르자 눈이 동그래진 그는 속사포처럼 스페인어로 욕을 늘어놓기 시작했다. 5음절에 한 번씩 '치노'라는 단어를 섞어가며. 사실 욕이라는 것은 어휘보단 분위기와 억양이 핵심이기 때문에 상대가 나에게 전혀 알아듣지 못하는 언어로 욕을 한다고 해도 쉽사리 알아챌 수 있다. 하지만 그것과는 별개로 누가 나를 욕하는 건 알아들어야겠기에, 각종 언어별 욕설은 평소에 미리 구비해두는(?) 편이다. 그치의 욕을 듣는 순간 나도 모르게 질겅질겅 씹듯이 내뱉은 건, 한 번도 입 밖에 내리라곤 상상하지 못했던 스페인어 문장이었다.

"이호 데 라 뿟따(이 창녀의 자식아)!"

상황은 일촉즉발. 치노의 입에서 그토록 문법적으로 완벽한 욕이 튀어나오리라곤 생각도 못했는지, 완전히 꼭지가 돌아버린 그자는 나가서 결판을 짓자는 듯 주먹을 빙빙 돌리기 시작했다. 나 역시 각오를 마치고 하단전으로부터 기를 끌어올리기 위해 한국어 욕을 한 바가지 쏟아내고 있을 무렵, 그제야 더러운 인상 뽑기 대회가 있다면 세계 2위 정도는 가볍게 차지할 것 같은 우리 팀 카메라 감독이 끼어들었다.

"워워, 모두 진정들 하시고."

"이봐, 형제! 저 자식이 나한테 뭐라고 하는지 들었지?"

때려죽일 듯 덤비다가 갑자기 치노 중 한 명과 형 동생을 먹는 그의 처세술에 헛웃음을 흘리며, 나의 첫 스페인어 욕 필드 테스트는 그렇게 마무리되었다.

이런 기억들을 안고 정글과 안데스가 만나는 산간지대인 메리다에 도착했다. 다음 촬영 아이템인 커피 농가를 찾아 해발 2천 미터의 고원지대를 헤매고 다니기 시작할 무렵, 나의 지친 심신은 그 어느 때보다도 위안이 필요한 상태였다. 그것도 보통의 위안이 아니라 즉각적이고 광범위한, 종합선물세트급 위안이. 하지만 늘 구름과 안개가 끼어 있는 안데스의 날씨는 나의 피곤함을 더욱 부채질하고 있었다. 맑은가 하면 다시 흐려지고, 마을의 전경이라도 찍을라치면 어느새 두터운 수증기 장막이 드리워지는 일이 반복되면서, 두뇌와 안구에도 습기가 차오르기 시작했다. 날씨가 이 모양인 이유는 그곳이 안데스산맥의 중턱에 위치한 운무림Cloud Forest 지대였기 때문이다.

저지대에서 습기를 품고 올라온 바람이 산맥을 넘어가며 계속적으로 비와 안개를 만들고, 적도라는 특성상 연중 비슷한 기온이 계속되는 이 지역의 기후에 가장 잘 어울리는 작물이 바로 커피다. 커피는 기후와 토양에 민감하기 짝이 없는 식물이다. 그래서 커피가 자랄 수 있는 북위 25도-남위 25도 사이의 지역을 '커피 존'이라고 부른다. 이런 커피 존 가운데서도 완벽에 가까운 조건을 지닌 베네수엘라에서 생산된 커피는 부드러운 신맛과 와인을 닮은 향기로 일찍이 브라질과 콜롬비아를 능가하는 최고의 맛이라 칭송받은 바 있다. 하지만 모든 인력과 자본을 끌어들인 석유 산업이라는 블랙홀 앞에선 커피도 예외일 수 없었다. 석유 관련 직종의 인건비가 상승하자 커피를 재배하던 농부들은 밭을 버리고 유전으로 달려갔고, 해마다 커피콩을 말리느라 분주하던 아시엔

다Hacienda(농가 주택이 딸린 대규모 장원)들은 주인을 잃고 빈 집이 되거나 호텔로 바뀌었다. 베네수엘라의 연간 커피 생산량은 자국 내 연간 소비량에도 못 미친다. 20세기 초 세계에서 제일가던 커피 수출국이 커피 수입국으로 추락할 위기에 처해 있는 것이다.

우리가 산타크루스데모라Santa Cruz de Mora의 산비탈에 자리 잡은 한 커피 농가를 방문했을 때는 마침 수확철이었다. 한 무리의 농부들이 허리에 노란 바구니를 차고 울긋불긋하게 익은 커피 열매를 따는 데 여념이 없었다. 한동안 그들과 함께 우거진 커피나무 사이를 헤매다가 농가로 돌아왔을 땐 구름 한 장이 산비탈을 따라 올라가며 안개비를 뿌린 탓에 온몸이 젖어 있었다. 안주인 디아나 씨는 짙은 와인 색의 커피가 담긴 잔을 우리 일행에게 내놓았다.

"고생들 하셨어요. 한번 드셔 보세요. 몸을 덥히는 데엔 이것만 한 게 없죠."

감사를 표하며 잔을 받아들고 무심히 입에 흘려 넣다가, 문득 동작을 멈추고 손에 든 커피와 디아나 씨의 얼굴을 번갈아 쳐다보았다. 그것은 단순한 커피가 아니었다. 다시 한번 코로 가져가 천천히 향기를 맡아보자, 갓 볶은 커피 특유의

안데스의 운무림 속에 펼쳐진 산타크루스데모라의 커피밭 풍경

알싸한 향기 사이로 희미하지만 산뜻하고 매운 기운이 올라
왔다. 다시 입안으로 흘려 넣자 커피의 쓰고 신맛이 혀를 타
고 넘어갈 때쯤 짜릿하지만 감미로운 뒷맛이 느껴졌다.

"커피에 미체Miche라는 술을 탄 거예요. 여기선 깔렌따디
또Calentadito(몸을 덥혀주는 술)라고 부르죠."

미체는 이 지역의 커피 농부들이 일반적으로 마시는 술
로, 농축된 설탕 덩어리인 빠넬라Panela로 만든다. 남미의 다
른 지역에서 사탕수수의 즙이나 즙을 짜고 남은 당밀시럽으
로 술을 만드는 것과는 또 다른 제조법이다. 아마도 사탕수수
가 자라기 힘든 고지대 정글이다 보니 운반과 보관이 용이한
빠넬라를 이용하는 방법이
발달한 것 같다. 빠넬라를
잘게 부수어 물과 섞으면 사
탕수수즙이나 다름없는 상
태가 되기 때문이다. 이 과
정을 거쳐 일주일간 발효시
키면 술이 되는데, 이것을
다시 증류하면서 아니스라
는 허브가 가득 담긴 바구니

를 통과시키면 술에 독특한 향기가 배어든다. 이렇게 만들어
진 미체는 그냥 마시기도 하지만 쌀쌀한 고지대의 날씨를 이
겨내기 위해 커피에 타서 마실 때도 많다고 한다.

커피와 술은 우리에게 잠깐 동안의 '위안'을 선사하는 것
들이다. 하지만 커피가 선사하는 위안과 술이 선사하는 그것
은 정확히 반대 방향에 위치한다. 커피는 대표적인 흥분제다.
우리 몸에 활력을 주고 정신을 맑게 해준다. 반면에 술은 안
정제라고 할 수 있다. 신진대사를 느리게 하고 느긋한 기분이
들게 한다. 많은 사람들이 술을 흥분제라고 생각하지만, 그것
은 느긋해진 기분 탓에 그동안 억제되어 있던 언행이 가능해
지는 것을 두고 생겨난 오해다. 얼핏 생각하면 합쳐져 그 효
과가 0이 되어버릴 것 같은 모순적인 두 액체. 하지만 안데
스 산자락에서 자란 최고의 흥분제와 정글의 안정제를 한꺼
번에 투여받은 나는, 몸에 더운 기운이 돌며 머리가 맑아지고
마음은 너그러워지는 상태가 되었다. 극단적인 나라에 어울
리는 극단적인 위안. 그 순간 카라카스의 번잡함은 우주의 티
끌로도 여겨지지 않았다.

살아남은 자들을 위한
한 잔의 위로

볼리비아
※
싱가니

포토시Potosi의 세로리코 산중턱. 갱도 안엔 축축한 공기
가 무겁게 가라앉고 있었다. 안으로 들어갈수록, 매캐함과 뒤
섞인 습기의 농도는 더 짙어졌고, 천장은 점점 더 낮아졌다.
그림자는 음침한 헤드랜턴 불빛에 악마처럼 춤췄다. 갱도가
좌로 우로, 위로 아래로 꺾어지기를 몇 차례나 했을까. 그해에
광부 생활 32년째를 맞이한 브루노 영감이 말했다.

"여기야. 다 왔어."

더 이상 들어갈 수 없는 막다른 골목이다. 세 명의 광부
가 주섬주섬 연장을 꺼낸다. 그로부터 두 시간 남짓 좁다란
갱도 안에는 수압으로 움직이는 드릴과 망치질 소리가 요란
하게 울려 퍼진다. 밖으로 퍼질 방법이 없는 음파는 귀마개도
하지 않은 사람들의 고막을, 가슴팍을, 등짝을 사정없이 갈겨
댄다. 팝콘을 튀기는 거대한 압력밥솥 안에 서 있는 기분이

다. 연장 소리가 잦아들자 브루노 영감이 가방에서 보자기로 곱게 싼 물건을 꺼낸다. 집에서 미리 잘라 종이에 말아온 폭약과 도화선이다.

"치이이이……."

도화선이 불꽃을 내며 갱 안에 얼마 있지도 않은 산소를 빨아들이자 검은 공기는 더 무겁게 가라앉는다. 시간이 멈춘 듯 타들어가는 불꽃을 멍하니 바라본다. 아름답다.

"뛰어! 빨리, 빨리! 저 아래로 꺾어진 굴까지!"

브루노 영감의 쉰 목소리가 귓전을 때리자, 그제야 두뇌는 현실 세계로 돌아오며 근육이 한껏 수축하도록 명령을 내린다. 급하게 방향을 전환하다가 촬영감독이 미끄러져 넘어지는 장면이 눈꼬리에 스쳐 지나간다. 길은 끊길 듯하다가 아슬아슬 옆으로 꺾여 이어진다. 다급한 발소리가 멈춘 곳에 웅크린 그림자 다섯 개가 모여든다. 그로부터 1분. 아마도 내 삶에서 가장 무겁게, 느리게 흘렀을 시간.

쿠궁…… 쿵. 쿠구궁…….

연속적인 폭발음과 함께 몸이 잠깐 납작해지는 것 같은 느낌이 든다. 영화에서 많이 본 폭발보다는 차분하지만, 훨씬 더 섬뜩하고 무표정한 에너지가 바위를 뒤흔든다.

"이제 됐어. 연기가 가라앉을 때까지 한나절은 기다려야 작업할 수 있으니 일단 나가자고."

브루노 영감이 헬멧을 고쳐 쓰며 말했다. 나가는 길에 그가 미로 같은 굴 안에서 갑자기 방향을 튼다. 입구와는 영 다른 쪽이다. 한참을 걷자 어둠 속에서 기괴한 형체가 모습을 드러낸다. 머리에는 뿔, 입에는 담배, 한 손에는 술병, 다른 손엔 바위를 깨는 꼬챙이를 들었다. 붉은 망토가 등을 따라 흘러내린다. 그리고 민망하리만치 거대한, 성이 잔뜩 난 성기.

"띠오티 Tio라고 해. 광부들의 신이지. 어차피 하느님께선 이곳까지 들여다보시기 힘들거든. 그래서 우린 안전을 위해 땅속의 악마에게 제물을 바치지."

어둠에 익은 눈으로 살펴보니, 신상의 발치에 무수히 많은 코카 잎Coca(안데스에 자생하는 관목류의 잎으로, 피로를 가시게 해주는 성분이 함유되어 있다. 코카인의 원료로도 쓰인다)과 플라스틱 술병이 쌓여 있다. 브루노 영감도 가방에서 담배 하나와 코카 잎 한 움큼, 그리고 조그마한 술병을 꺼낸다. 정성스럽게 담배에 불을 붙여 띠오의 입에 물리고, 코카 잎에 자신의 숨을 불어넣어 발치에 뿌린다. 신상의 얼굴과 허공을 번갈아 바라보며 중얼거리는 폼이 아마도 방금 터뜨린 광맥에

서 노다지라도 캘 수 있기를 기도하는 모양이다. 병을 열어
무색투명한 액체를 신상 주변에 조금씩 뿌리는 것으로 의식
은 마무리된다. 브루노 영감은 신상 앞의 바위 턱에 앉아 코
카 한 움큼을 입안 한 구석에 밀어 넣고 씹기 시작했다.

"아까 뿌린 거 술이죠? 무슨 술이에요?"

"이거? 술이지. 술 맞지. 후후."

브루노 영감의 알 듯 말 듯한 웃음이 마음에 걸렸지만
술에 대한 호기심이 애써 불안함을 밀어낸다. 액체가 반나마
남아 있던 병을 기울여 내용물을 입에 머금으려는 찰나, "안
돼! 마시지 마!"

다급한 영감님의 목소리가 동작을 얼어붙게 만든다.

"그건 100퍼센트 알코올이야. 오직 띠오에게 바칠 때만
쓰지. 물론 가난한 사람들은 거기에 물을 타서 마시기도 해.
아마 그거 세 모금이면 오늘 하루 종일 취해 있을걸."

어둠 속에서도 충분히 느껴질 만한 형형한 안광을 담아
쏘아보자, 영감은 그제야 웃음을 그치고 일어나 입구를 향해
걷기 시작한다. 불어오는 바람에 물기가 말라간다 싶더니 저
멀리 빛이 보인다. 뒤통수에서 느껴지는 띠오의 시선을 뒤로
하고 햇살 속에 파묻힌다. 살 것 같다.

광산에서 한참을 내려온 골목길. 하루 일을 끝낸 광부들이 맥주 박스를 의자 삼아 모여 앉았다. 비로소 세로리코가 파란 하늘을 배경으로 한눈에 들어온다. 포토시 어느 곳에서든 시선을 피할 수 없는, 바라봐야만 하는 산. 이 산의 높이는 원래 5천 150미터였던 것이, 400여 년이 흐르며 4천 820미터로 내려앉았다. 그 잘려나간 높이만큼 채굴된 은이 스페인의 지갑을 두둑이 채웠고, 더 나아가 서구의 자본주의를 태동시켰다. 한때는 은을 채굴하기 위한 광부와 그들의 가족을 합친 20만 명이 산자락에 얼기설기 들어선 판자촌을 빼곡히 채운 적도 있었다. 그들 중 많은 수가 갱도 안에 묘비도 없이 묻혔다. 무너져 내린 바위에 깔려 죽고, 지배자들에게 맞아 죽고, 은을 정련할 때 쓰이는 수은의 증기를 들이마시고 폐에 구멍이 나 죽은 원주민들의 피와 뼈가 비어버린 광맥을 채웠다. 그들의 영혼은 후손들이 가끔 가져오는 값싼 알코올과, 생전에도 그들을 잠을 잊은 노동으로 몰아넣었던 코카 잎의 냄새 속에 여전히 띠오의 세계를 떠돌고 있는 것은 아닐까.

세로리코Cerro Rico의 뜻은 '풍요로운 산'이다. 하지만 이제 이 산은 전혀 풍요롭지 못하다. 은이 모두 고갈되어버렸기 때문이다. 그래도 아직 원주민 광부의 후손들은 광산에 기대

살아간다. 정복자들이 크게 한몫 잡은 판의 개평처럼 남겨놓
고 간 주석과 아연이 그들의 주 수입원이다.

"아깐 미안했어. 이거나 한잔 들어."

브루노 영감이 권하는 술잔에는 맑고 투명한 술이 찰랑
거리며 달콤한 향기를 풍겼다.

"싱가니Singani야. 원래는 맥주 한잔 간단히 하고 마는데,
당신 때문에 샀어."

싱가니는 포토시에서 멀지 않은 따리하Tarija의 고원지대
에서 자라는 포도로 만든 증류주다. 이 지역을 차지한 스페인
정복자들은 다른 곳과 마찬가지로 어떻게든 와인을 만들 궁
리부터 했다. 와인은 가톨릭교회의 성체 의식에서 예수의 피
를 상징하기에, 없어서는 안 될 귀중품이었기 때문이다. 그

후 와인을 증류해 도수 높은 술을 만드는 방법이 전해지면서 정복자들에겐 아무리 오래 저장해두어도 상할 염려가 없는, 그리고 가끔씩 휘발성 강한 광기를 북돋워주는 객지 생활의 벗이 생겨났다. 오늘날 싱가니는 볼리비아를 상징하는 술이 자 포토시의 광부들이 가끔씩 한껏 기분을 내고자 할 때 취흥을 더해주는 음료다. 이것을 따뜻한 우유에 타서 마시는 수꿈베Sucumbé는 겨울의 한기를 이겨낼 수 있도록 도와주는 소중한 존재이기도 하다.

"쿨럭. 쿨럭……."

브루노 영감이 싱가니 한 잔을 말끔히 비우고 짙은 기침을 해댔다. 그는 진폐증(광산의 먼지가 허파에 쌓여 생기는 질병) 환자다. 마땅한 치료 방법이 없는 병의 성질상 그는 아마도 몇 년 안에 일을 접어야 할 것이다. 그리고 값싼 알코올을 물에 타 마시며 좋았던 옛날을 추억하겠지. 그 길지 않을 세월마저 지나면, 그 역시 띠오를 만나러 갈 채비를 해야 할 것이다. 그가 아직 외지 사람에게 싱가니를 대접할 돈이 있다는 것이, 그리고 술잔을 들어 올릴 힘이 남아 있다는 것이 문득 다행스럽게 여겨졌다.

"살룻Salud!"

　　그의 주름진 눈을 바라보며 건배를 하고, 싱가니를 가만
히 입에 머금었다. 앞날에 뭐가 있든 없든, 그 순간만큼은 햇
살이 찬란했다.

삼바 댄서의 체취를 닮은
열대 칵테일

브라질
※
까이삐리냐

"또-미! 또-미! 또-미!(마셔라! 마셔라! 마셔라!)"

"알았어요! 알았다고!"

사람들 하는 짓, 특히나 남자들 하는 짓은 어딜 가나 다 비슷하다. 브라질 리우데자네이루 축구 리그의 라이벌 클럽 플라멩구와 보타포구 경기 직후, 나는 한 무리의 보타포구 서포터들과 함께 마라카낭 경기장 앞 맥줏집에 자리를 잡았다. 내가 집중적으로 촬영하던 보타포구 팀의 승리로 경기가 끝난 것까진 좋았다. 그리고 승리감에 도취한 사람들을 따라와 브라질 축구 문화의 정열적인 현장을 카메라에 담은 것까지도 나쁘지 않았는데, 이들에게 확실한 만족감을 선사하지 않고서는 숙소로 돌아갈 수 없다는 현실을 깨달았다. 그것은 그들 앞에서 대판 취하지 않고선 자리를 뜰 수 없으리란 의미였다. 파란만장한 학창 시절과 업계에서의 갖은 고난을 거치며 단련된 몸. 웬만한 음주로 무너질 실력은 아니었으나 끊임 없이 나를 노리고 몰려오는 쇼피Chope(생맥주) 잔 공세에 데 미지가 쌓여가고 있었다. 이 서포터즈의 이름이 보타 숍Bota Chopp이란 것을 알게 된 건 그로부터 조금 뒤였는데, 보타포 구 팀과 생맥주를 의미하는 '숍'의 합성어였다. 무슨 설명이 더 필요하겠는가. 갑자기 터져 나온 환호성에 옆을 돌아보니, 부르르르(표현할 의성어가 이것밖엔 없다!) 삼바 스텝을 밟는 여성들과 야구모자를 뒤집어쓴 아저씨 한 명이 무척이나 즐 거운 표정으로 라임과 얼음이 든 잔을 내어왔다.

"이 특별한 친구에게 리우의 맛을 보여주자고!"

'아니, 이미 충분히 맛보고 있는데…….'

"또-미! 또-미! 또-미!"

벌써 두 시간째 잊을 만하면 들려오는 또-미 또-미다. 끄어어! 뭐가 온들 상관없다는 심정으로 잔에 담긴 음료를 입안으로 털어 넣었다. 술집이 떠나갈 듯한 환성이 울려 퍼졌 다. 그런데 입에 털어 넣은 음료는…… 으흠?

한 잔 더 먹고 싶다!

하지만 무지막지한 술 공세엔 살짝 괴로운 티를 내주는 것이 술자리 이방인의 의무가 아니던가. 얼굴을 있는 대로 찌

푸리며 빈 잔을 머리 위로 가져가자 사람들은 세 시간 전 보
타포구의 결승골이 터졌을 때만큼이나 즐거워했다. 그런데
잔을 다 비우고 나니, 시원하고 상큼하기만 했던 맛과는 매치
가 잘 안 되는 묵직한 술기운이 올라왔다.

"야, 너 이씩. 카메라 잘 챙기고 있쥐?"

"넵! 탁 PD님, 염려 마십쇼! 누가 가까이만 와도 제가
다 처치하겠습니다!"

조연출로 온 허 PD는 내 혀가 꼬부라지고 있음을 느끼자
카메라를 붙잡은 팔뚝이 두 배는 굵어질 정도로 힘을 주었다.

"야, 내가 이렇게 술 마쉬는 것도 다 업무야. 알아? 뭐 막
간을 이용해 스트레스 좀 풀겠다는데, 불만 있쉬?"

"절대 아닙니다!"

사실 이 촬영을 나오기 전날까지 사무실에서 밤샘했던
것을 아는 터라, 나를 보는 허 PD의 눈엔 살짝 연민의 빛마저
감돌았다. 하지만 내가 막춤인지 삼바인지 모를 동작을 선보
이며 집어등集魚燈을 따라가는 오징어처럼 밤거리의 춤꾼들
틈에 합류하자 그의 눈빛은 지하철에서 주정뱅이를 바라보
는 이의 그것으로 바뀌었다.

내가 이름도 모른 채 마셨던 음료의 정체는 까이삐리

냐Caipirinha였다. 페루의 피스코 사워, 쿠바의 쿠바 리브레와
함께 남미를 대표하는 칵테일 중 하나다. 주재료는 라임과 설
탕 그리고 브라질의 국민주라고 할 수 있는 카샤사Cachaça다.
40도가 넘는 증류주이니만큼 맥주로 어지간히 취해 있던 나
에게 최후의 일격을 가한 것도 무리는 아니었다. 사탕수수로
만드는 이 술은 럼과 형제지간이지만, 럼은 사탕수수에서 설
탕을 정제하고 남은 당밀시럽을 주원료로 하고 카샤사는 발
효된 사탕수수즙 자체로 만든다. 증류 후 나무통 숙성 과정
의 여부에 따라 화이트(증류하자마자 바로 병에 넣은 것)와 골
드(나무통에서 3년간 숙성시킨 것)로 나뉘는데, 까이삐리냐에
는 향이 더 단순한 화이트 카샤사를 쓰는 것이 일반적이다.

　　당분이 있는 곳에서 알코올 발효가 일어난다는 사실을
다시 한번 상기해보면, 설탕의 원료가 될 만큼 당분이 풍부한
사탕수수는 대단히 매력적인 술의 원료임을 알 수 있다. 하지
만 유럽인들은 16세기에 남미를 식민지화한 이후로도 포도
를 이용해 술을 만드는 데에만 골몰했다. 사탕수수로도 멋진
술을 만들 수 있다는 사실을 알아낸 것은 오히려 설탕 공장에
서 강제 노역에 시달리던 노예들이었다. 그들은 사탕수수에
서 짜낸 즙(또는 당밀)을 방치해두면 발효가 일어난다는 것을

알게 되었다. 그리하여 서인도제도에선 럼이, 브라질에선 카샤사가 태어났다.

탄생 초기, 노예들이나 먹는 싸구려 술로 매도당했던 것에 비하면 최근 카샤사의 위상은 놀랄 만큼 달라졌다. 브라질에서만 4천 종 이상이 생산되는데, 2007년 한 해에만 15억 리터가 소비되었다. 대부분이 까이삐리냐를 만드는 데 사용되었을 것이다.

까이삐리냐를 다시 만난 것은 브라질 최고의 관광도시 포스두이구아수에서였다. 연간 100만 명 이상의 여행자가 찾는 이곳은 2.7킬로미터에 걸쳐 이어지는 275개의 폭포가 지상 최대의 장관을 연출한다. 도착한 첫날 브라질 쪽 전망대를 촬영한 것을 시작으로, 아침 일찍부터 아르헨티나 국경을 넘어 '악마의 목구멍Garganta del Diablo'으로 향했다. 영화 〈미션〉의 마지막 장면에서 로버트 드니로가 십자가에 묶인 채 떨어지는 곳으로도 유명한 이 장소는 정말 지옥으로 가는 문처럼 느껴졌다. 주변의 모든 것이 그 안으로 빨려드는 듯한 착시현상에, 조금만 정신을 놓치면 어느새 난간을 넘어 그 안으로 몸을 던질지 모를 형국이었다. 그래서였는지 촬영을 마쳤을 땐 나도 모르게 안도의 한숨이 흘러나왔다. 오후엔 폭포에 근접할 수 있는 소형 보트에 올라 '삼총사 폭포Cataratas do Três Mosqueteiros'로 향했다. 악마의 목구멍에 비하면 실개천이 떨어지는 것처럼 보였는데, 실상 그 아래로 배를 대자 떨어지는 물줄기 압력에 뇌진탕이라도 일어나는 것이 아닐까 싶었다. 카메라를 방수 케이스에 넣었지만 촬영이 끝나고 열어보니 안은 이미 물바다였다. 다행히 회로에 이상이 생기진 않았으나 조금만 더 있었으면 촬영이고 뭐고 다 마감해야 할 뻔한 순간이었다.

가슴을 짓누르고 있던 커다란 중압감이 사라지자 스스로에게 작은 선물을 주고 싶어졌다. 밤공기가 후끈한 포스두이구아수에서도 가장 뜨겁다고 소문난 곳, 삼바 리듬과 아름다운 브라질 여성들의 육감적인 몸짓이 교차하는…… 아니, 할 것으로 예상되는 나이트클럽에 가보기로 한 것이다. 하지만 폭포 아래에서 카메라가 절단나지 않은 것으로 그날 치 나의 운은 다한 모양이었다.

"그러게, 모르면 사람들한테 물어봤어야 할 것 아니냐고!"

20헤아이스(당시 가치로 한화 약 1만 3천 원)짜리 나이트클럽 입장권을 두 장이나 덜컥 사놓고 두 시간이나 기다려야

입장할 수 있다는 사실을 알게 되었을 때, 나는 애꿎은 허 PD
에게 있는 대로 소리를 질러댔다(이런 걸 두고 '유체이탈 화법'
이라고 하던가?). 저녁 8시에 표를 살 때는 아무 말 없다가 문
안쪽으로 들어가려니 무섭게 생긴 흑인 아저씨가 우리를 막
아선 것이다. 두 시간은 더 있어야 영업을 시작한다나. 아저
씨의 인상을 보니 입장권을 환불해 달라고 했다간 나의 육신
을 환불하게 될 사태가 일어날 듯싶고, 그렇다고 쿨하게 입장
권을 포기하자니 나의 쪼잔함이 용납하지 않았다. 나이트클
럽의 위치가 시내에선 많이 떨어져 있어서 주변은 황량하다
못해 을씨년스럽기까지 한데, 어쨌거나 두 시간을 버틸 장소
를 찾다 보니 맞은편에 포장마차처럼 생긴 간이주점이 눈에
들어왔다. 길지 않은 음료 목록에서 가장 윗줄에 적힌 것은
다름 아닌 리우의 밤을 블랙아웃시켰던 마성의 음료, 까이삐
리냐였다.

"이걸로 주세요."

인상 좋게 생긴 청년의 손이 바빠졌다. 익숙한 솜씨로 라
임을 썰어 셰이커에 넣고, 설탕을 넉넉히 뿌린 다음 머들러(칵
테일을 만들 때 재료를 으깨는 작은 공이)로 찧기까지 손놀림에
막힘이 없었다. 같은 동작을 하루에 수백 번씩 반복해서 얻어

진 장인의 풍모가 엿보였다. 라임과 설탕이 사각사각, 경쾌한 소리를 내며 한 몸이 되자 잔 얼음을 넣고, 마지막으로 선반에서 카샤사 병을 꺼내 셰이커에 붓는 것으로 준비가 끝났다. 셰이커는 발사 준비를 마친 우주선처럼 입구가 봉해진 후, 공중으로 치솟아 리드미컬하게 뒤섞여 우리 앞에 착륙했다. 틴컵과 유리잔이 분리되자 흘러나오는 액체에선 얼핏 삼바 댄서의 땀 냄새 같은 독특한 군내와 상큼한 과일 향이 동시에 풍겼다. 잘 으깨진 얼음은 이구아수 폭포의 미니어처인 양, 유리잔 속으로 낙하하며 예쁜 소음을 만들어냈다. Simple is the best. 까이삐리냐의 맛을 이보다 더 잘 표현할 수 있는 문장이 있을까. 특별히 숨어 있는 뒷맛을 분석해보려 시도할 필요도 없이,

신선한 라임을 충분히 넣는 성실함이 맛에 그대로 반영될 수밖에 없는 단순함. 열대의 칵테일이 대부분 그러하듯 까이삐리냐 역시 한낮의 열기에 지친 심신과 미각을 단숨에 균형 상태로 되돌리는 힘을 가졌다. 그런데

인심이 좋다 해야 할지, 이건 잔이 커도 너무 크다. 한 모금, 두 모금. 한 잔, 두 잔······.

"야 이 자식아! 너까지 잠들면 어떡해!"

둘 다 까이삐리냐에 취해 그만 테이블에 엎드려 깜빡 잠이 들었던 모양이다. 이번에도 상큼한 맛에 반해 연거푸 석 잔이나 마셔댄 탓이다. 침을 닦으며 고개를 드는 허 PD에게 신경질을 부리고 나서 시계를 들여다보니 아뿔싸, 오픈 시각에서 두 시간이나 지난 후였다. 나이트클럽 앞에는 족히 200미터는 될 만한 긴 줄이 늘어서 있었다. 은행에 가도, 공항에 가도 일단 줄이 늘어서기 시작하면 좀처럼 줄어들지 않는 브라질 상황을 감안할 때, 새벽 2시 이전에 나이트클럽 안으로 발을 들여놓을 가능성은 거의 없었다. 망할 놈의 까이삐리냐! 이렇게 나를 보내버리기냐!

"시 벵데 잉그레수! 뜨링따 헤아이스!(표 있습니다! 30헤아이스예요!)"

암표 장수 한 명이 우리 옆을 스치고 지나갔다.

"시······ 벵데······ 잉그레수······."

한국에서 온 '초보 암표상' 두 명이 그 뒤를 따르며 어색한 발음으로 따라 외치기 시작했다.

불타는
축제의 연료

콜롬비아
아구아르디엔떼 *

　브라질의 리우데자네이루는 말할 것도 없고, 페루의 이
키토스, 볼리비아의 오루로 등 까르나발이 열리는 남미 도시
들은 한 해의 달력이 까르나발을 기점으로 시작되고 끝난다
고 해도 과언이 아니다. 사람들은 다가오는 축제로부터 오늘
을 살아야 할 이유를 얻고, 지금 눈앞에서 펼쳐지는 무용수들
의 행진으로부터 고단한 삶에 대한 보상과 위로를 받는다. 그
리고 축제가 끝나는 그 순간부터, 또다시 내년의 까르나발을
향한 기다림이 시작된다. 이처럼 까르나발에 생을 거는 사람
들이 많은 만큼 여기에 동원되는 물자와 인원은 상상을 초월
한다. 도시끼리의 경쟁도 치열하다. 규모와 명성에서 부동의
1위는 당연히 브라질 리우 까르나발이지만, 그다음은 우리라
고 부르짖는 도시들이 줄을 섰다. 콜롬비아의 바랑키야도 그
중 하나다.

콜롬비아에서 네 번째로 큰 상업 도시인 바랑키야는 항구를 끼고 발달한 덕에 일찍부터 정착한 백인들과, 노예로 팔려온 아프리카 흑인들, 주변 인디오 부족이 공존하며 복닥대는 장소가 되었다. 상권이 형성되면서 인구의 유입은 더욱 늘어났고, 각 인종과 집단마다 고향에서 가져온 것들을 펼쳐놓다 보니 문화적 다양성도 자연스럽게 확대되었다. 이렇듯 서로 간에 신기한 것들, 보여줄 만한 것들이 많은 곳에서 축제가 탄생한다. 뒤섞여 끓어넘치기 직전인 에너지가 폭발하지 않고 일정한 방향으로 흐를 수 있는 도랑을 만들어주는 것. 그것이 바로 축제다.

해마다 2월이 되면 바랑키야 사람들의 가슴속은 두근거림으로 가득 찬다. 까르나발의 주요 캐릭터들을 묘사한 색종이 장식이 집집마다 내걸리고, 호텔과 상점들은 마리몬다Marimonda(코끼리 귀에 남성 성기 모양의 코를 가진 바랑키야 까르나발의 상징적 존재) 차림을 한 마네킹을 문 앞에 세워 둔다. 라디오에선 까르나발 시즌이 왔음을 알리는 노래를 온종일 틀어대고, 흥분한 사람들 옆을 지나가는 자동차는 한바탕 인공 눈 스프레이 세례를 받을 각오를 해야 한다. 이때 유독 마음이 바빠지는 이들은 거리 행진에 참여하는 댄스 그룹 소속 무용수들이다. 이들은 매일같이 모여서 그간 준비해온 춤사위를 맞춰보고, 의상과 소도구를 점검한다. 1년을 하루같이 꿈꿔온 그날, 자신의 모든 것을 쏟아내기 위해 철저한 준비를 한다. 이들이 바라는 것은 오직 한 가지. 행렬이 지나는 도로변에 늘어선 관중들의 환호성이다. 부자든, 서민이든, 흑인이든, 백인이든, 인디오든 이날만큼은 모두가 갈채를 받을 자격을 얻는다. 오로지 퍼포먼스와 춤사위만으로 그들 모두는 슈퍼히어로가 된다. 그리고 그때의 고양감이 남긴 짜릿한 여운 속에서 다시 내년의 까르나발을 준비하는 것이다.

사실 까르나발은 유럽 가톨릭의 전통으로, 신도들이 사순절(예수가 40일간 광야에서 금식하며 고행한 것을 기념하는 기간)을 앞두고 금식 기간에 들어서기 전에 마지막으로 먹고 마

시며 즐겼던 것에서 유래했다. 이것이 남미에 들어와 정착하면서 이토록 성대한 축제로 거듭난 것은, 이 땅이 겪어야 했던 비극과 무관하지 않다. 15세기부터 시작된 스페인과 포르투갈의 식민 지배 아래 대규모로 유입된 흑인 노예들은 고향에서 정교한 타악 장단과 특유의 리듬감을 가져왔고, 그것은 인디오, 유럽인의 문화와 뒤섞이며 다양한 음악과 춤을 탄생시켰다. 스페인 지배자들의 입장에서는 언제 터질지 모르는 흑인과 인디오 노예들의 불만을 무마시킬 당근(노예의 개체수를 늘리기 위한 성관계의 자유까지 포함하는)이 필요했다. 자연스럽게 까르나발은 유럽인과 아프리카인 그리고 인디오 모두의 축제로 자리 잡았고, 고향을 떠나 힘들게 살아가던 사람들의 고통은 축제의 기쁨 속에서 치유되었다. 그들에게 놀 수 있는 마당을 처음 마련해준 것은 유럽인들이었지만, 그 마당을 채우는 내용물의 다채로움은 이내 본고장인 유럽을 능가하게 되었다.

축제 당일, 도로가 통제되고 좋은 자리를 차지하기 위해 일찍부터 몰려든 구경꾼과 상인들의 실랑이가 잦아들 때쯤 꽈렌따 거리에서 그란 빠라다Gran Parada라고 불리는 축제의 본 행렬이 출발한다. 화려하게 치장한 무용수들이 각자 소

속된 댄스 그룹의 명예를 걸고 경쾌한 춤사위와 함께 거리를
활보한다. 축제에서 선보여지는 춤은 크게 네 가지다. 얼굴을
하얗게 칠하고 뺨에 붉은색 점을 찍은 채 추는 춤은 가라바또
Garabato라고 하는데, 이 분장은 살아 있는 생명을 상징한다. 이
들 주변에 악마의 형상으로 큰 낫을 들고 돌아다니는 무용수
는 인간이 제아무리 노력해도 결코 떨칠 수 없는 죽음의 그림
자를 상징한다. 돌아다니는 악마에겐 눈길도 주지 않고 춤에
몰두해 있는 이들의 모습에선 어차피 찾아오는 죽음일랑 신
경 쓰지 말고 오늘을 즐기라는 메시지가 느껴진다. 흑인들이
주로 추는 마팔레Mapalé는 아프리카 대륙의 뜨거운 에너지가
느껴지는 대단히 격렬하고 역동적인 춤이다. 동물 분장을 하
고 원초적인 몸짓으로 온몸을 흔드는 동작은 아프리카의 혈
통을 이어받지 않고서는 흉내낼 수 없을 정도다. 콩고Congo라
는 춤도 그 이름만큼이나 아프리카의 색채를 많이 띠고 있다.
머리 위로 길이 1미터는 족히 됨직한 커다란 화관을 쓰고 나
무칼을 든 모습이 아프리카의 주술사를 연상시킨다. 그리고
이 축제의 가장 대표적인 춤인 꿈비아Cumbia는 아프리카 리듬
에 인디오의 피리 선율과 스페인풍 춤이 합쳐진 것으로, 이 축
제의 성격을 가장 잘 드러내는 상징적인 존재이기도 하다.

　　바랑키야 까르나발을 상징하는 춤이 꿈비아라면, 까르
나발을 대표하는 술은 당연히 아구아르디엔떼Aguardiente다.
축제 기간 동안 거리 곳곳에선 아구아르디엔떼 병을 손에 든
사람들을 쉽게 만나볼 수 있다. 술 인심도 후해서, 낮부터 얼
큰히 취해 자신만의 춤사위에 빠져 있는 아저씨와 눈이라도
마주치면 잔을 내밀며 함께 마시자고 권유하는 경우가 다반
사다. 사실 '아구아르디엔떼'라는 명칭은 보통명사에 가깝다.
스페인어에서 '물'을 뜻하는 '아구아'와 '불타는'이라는 뜻의
'아르디엔떼'가 합쳐진 이 단어는 말 그대로 '불타는 물'을 의
미한다. 똑같은 의미로 영어에는 '파이어워터Firewater'라는 표
현이 있고, 네덜란드어에서 유래한 '브랜디Brandy'는 '불타는
와인Brandewijn'을 뜻한다. 우리의 '소주' 역시 불에 태운다는
의미를 가진 '소燒'와 술을 뜻하는 '주酒'가 합쳐져 만들어진
단어이니, 증류주의 타는 듯한 느낌을 표현한 이런 식의 단어
조합은 전 세계인이 공유하는 것임을 알 수 있다.

　　스페인어를 사용하는 나라에선 아구아르디엔떼라는 이
름을 가진 술을 흔히 발견할 수 있는데, 구체적인 제조법은 나
라마다 약간씩 다르다. 스페인 북부 갈리시아 지방에서 주로
생산되는 스페인의 아구아르디엔떼는 이탈리아의 그라파와

마찬가지로 와인을 생산하고 남은 포도의 과육과 껍질을 발효시킨 포미스Pomace를 증류해 만든다. 도수는 50도에 맞춰져 있다. 남미에서 가장 유럽적이라고 할 수 있는 칠레도 이 방법으로 만든 술을 아구아르디엔떼라고 부른다. 하지만 그 외의 남미 국가에서 아구아르디엔떼라고 하면 보통 사탕수수즙을 발효시켜 증류해 만든 술을 가리킨다. 브라질의 카샤사, 베네수엘라의 미체, 코스타리카의 구아로 등은 모두 이 아구아르디엔떼의 다른 이름이라고 할 수 있다. 에콰도르에선 아구아르디엔떼를 마실 때 시나몬 스틱 또는 과일주스를 첨가하는 경우가 많은데, 베네수엘라와 콜롬비아에선 증류 단계에서 아니스라고 하는 이집트 원산의 향료를 넣는다. 사람들이 흔히 이야기하는, '치약 냄새'의 주인공이 바로 이것이다. 먼 옛날부터 그리스와 로마 사람들은 이 향료가 정신을 맑게 해주는 힘이 있다고 여겨 음식부터 술까지 다양한 식품에 첨가해 활용했다. 지금까지도 남미, 유럽은 물론 중동에서도 술 제조에 널리 쓰이고 있으니 아니스 향을 풍기는 다양한 술의 매력과 멀어지고 싶지 않다면 치약 냄새라는 선입견은 빨리 걷어버리고 그 향기가 주는 깔끔함에 매료되어볼 일이다.

'불타는 물'이라는 표현이 가지는 형용모순만큼이나 아

구아르디엔떼의 맛은 극단을 넘나든다. 안데스의 냇물처럼 투명한 빛깔은 그 안에 감춰진 폭발적인 에너지를 전혀 짐작할 수 없게 만든다. 입에 털어 넣는 순간 가장 먼저 느껴지는 것은 알코올을 얻을 수 있는 가장 순수한 원료인 당이 농축된 달콤함이지만, 그것은 이내 50도의 알코올이 식도 표면을 자극하는 폭력적인 느낌에 의해 제압당한다. 그러고는 이내 그 알코올이 휘발하며 만들어내는 찬 기운에 실려, 아니스의 깔끔한 향기가 비강을 가득 채운다.

여러 가지 면에서 아구아르디엔떼는 바랑키야 까르나발과 똑 닮았다. 인도가 원산인 사탕수수를 남미로 가져온 것은 유럽인이었고, 그것을 원산지에서보다 더 무성하게 키워낸 것은 남미의 토양과 아프리카인의 노동력이었다. 까르나발이 유럽의 형식에 식민지의 내용을 담아내는 것처럼, 아구아르디엔떼도 스페인 술의 이름을 빌려 식민지 사람들의 땀과 눈물을 담아낸다. 고된 일상을 잠시 잊고

아구아르디엔떼는 맑고도 무거운 안데스의 구름을 닮았다.

이웃과 즐거움을 나누는 것이 축제의 목적이라고 한다면, 아구아르디엔떼가 사람들에게 선사하는 것도 이와 크게 다르지 않다. 잠깐 동안의 즐거움을 뒤로하고 일상으로 돌아가야 할 때 느껴지는 약간의 쓸쓸함까지 포함해서.

축제의 마지막 날, 바랑키야에서는 축제를 상징하는 인물인 호셀리또 까르나발Joselito Carnaval의 장례식이 열린다. 그는 축제 기간 동안 아구아르디엔떼를 너무 많이 마셔 죽은 것으로 묘사된다. 음주와 호색의 화신인 호셀리또의 시신 뒤로, 그의 정력을 의미하는 커다란 모조 성기와 그가 생전에 즐기던 술병을 든 사람들이 울며 뒤따른다. 여성들은 그의 잠자리 실력이 얼마나 뛰어났는지, 남자들은 그가 얼마나 좋은 술친구였는지에 대해 이야기한다. 쾌락의 결정체, 호셀리또의 장례식은 그해 축제가 끝났음을 의미한다. 물론 이것은 상징적인 것으로, 그는 내년 까르나발이 열리기 전날 부활해 축제를 즐기다 또다시 죽음을 맞이할 것이다.

축제의 끝은 기다림의 시작을 의미한다. 다음 까르나발이 열리려면 1년이나 남았는데 벌써부터 삶의 고통을 잊고 싶어진다 해도 걱정할 필요는 없다. 그들 곁엔 아구아르디엔떼가 있으니까.

엘도라도처럼
희미해진 순수함

에콰도르
*
뿌로

해외 출장을 나오면 본업인 다큐멘터리 제작 외에 그 나라의 진귀한 술이 행여 눈에 띨세라 눈과 귀를 활짝 열고 다니는 편이다. 콜롬비아와 에콰도르를 돌며 19세기 독일 탐험가에 대한 다큐멘터리를 촬영하고 있을 무렵, 에콰도르의 키토를 떠나 리오밤바로 향하는 사륜구동 자동차 안에서 우리의 가이드 프랭클린이 이런 얘기를 했다.

"에콰도르 술이라면 '뿌로Puro'가 최고야. 강하고, 순수하지. 하지만 일반 상점에선 팔지 않아. 만드는 게 불법이 되어버렸거든."

이 말을 듣자마자 출장 오는 비행기 안에서 만난 옆자리 아저씨가 해준 말이 생각났다.

"술에 관심이 많다고? 남미 최고의 술은 아구아르디엔떼야. 콜롬비아, 에콰도르 다 마찬가지지. 어디서든 꼭 맛보도록 해. 에콰도르에 가면 순수하다는 의미로 '뿌로'라고 부르는 모양이더라고."

　　허풍이 심하기로는 세계선수권 우승을 따 놓은 당상인 라틴 남자가 하는 말은 절반 내지 3분의 1로 적당히 볼륨을 조절해 듣는 것이 맞다. 하지만 몇 번이나 같은 소리를 듣게 되면 귀가 솔깃, 아니 혀가 솔깃해지기 마련이다.

　　뿌로는 사탕수수로 만드는 남미의 증류주 '아구아르디엔떼'의 일종이다. '불타는 물'이라는 뜻을 지닌 이 어휘만큼 다양한 종류의 제조법을 아우르는 술의 이름도 없을 것이다. 원래 스페인의 아구아르디엔떼는 와인을 증류해 만든 일종의 브랜디였다. 이것이 남미에 오면서, 원료가 포도에서 사탕수수로 변했다. 아프리카의 리듬과 유럽의 선율이 남미에서 만나 삼바와 보사노바가 되었듯, 남인도 원산의 사탕수수와 유럽의 증류 기술이 남미 땅에서 만나 새로 꽃을 피운 것이다. 콜롬비아식 아구아르디엔떼는 아니스 향을 첨가해 화려함을 더하는데, 에콰도르식은 증류한 상태 그대로 아무것도 첨가하지 않는다. '순수함'을 뜻하는 '뿌로'는 아구아르디엔떼계의 가양주라고 할 수 있다. 만드는 이와 시기에 따라 도수마저 그때그때 변하는 뿌로야말로 남미 아구아르디엔떼의 원형이다.

하지만 뿌로를 구하는 것은 만만치 않았다. 변두리의 구멍가게 앞에서, 허름한 식당에서 밥을 먹을 때마다 혹시 뿌로가 있느냐 물었지만 돌아오는 것은 "정부에서 금지해 더 이상 팔지 않는다"라는 대답뿐이었다.

"몇 달 전에 메탄올이 들어간 뿌로를 마시고 죽은 사람이 있대. 그 후로 부쩍 단속이 심해져서 구하기 힘들게 되었다는군."

상점 주인과 이야기를 나눈 후 프랭클린이 한 말이다. 젠장. 어딜 가나 돈 보고 달려드는 비숙련자들이 문제를 만든다. 증류주 제조는 예술이라고 할 정도로 정교한 과정이다. '얼마만큼 발효된 원주를 어느 정도의 불로, 얼마나 오랫동안 끓여낼 것인가?'라는 문제는, 오랫동안 축적된 선조들의 지혜에 경험을 보태 완벽하게 자신의 것으로 만들어낸 사람이 아니고서는 풀기 힘든 고차 방정식이다. 얻어지는 술의 양을 좀 더 늘여볼 심산으로 끓어 나오는 액체를 너무 조급하게, 일찍부터 받아내다 보면 사람 몸에 해로운 물질까지 술에 섞이게 된다. 그중 대표적인 것이 바로 메틸알코올, 즉 메탄올이다. 다량을 섭취하면 눈이 멀거나 목숨까지 잃을 수 있는 무서운 독이다. 술을 음식이 아닌 돈으로 생각한 얼치기들 때문에 독성 물질의 위치로 전락한 뿌로는, 에콰도르의 깡촌에서도 점점 더 구하기 힘든 물건이 되어가고 있었다.

내가 에콰도르에서 찾아야 하는 것은 뿌로뿐만이 아니었다. 우거진 밀림이 접근하고자 하는 인간의 의지를 시험하는 곳, 엘오리엔테의 시리푸노Shiripuno 강가에서 우리 촬영팀은 40마력짜리 모터가 달린 카누에 올랐다. 에콰도르 최후의 원시 부족이라고 하는 와오라니Huaorani족을 만나고자 함이었다. '야수니Yasuni 정글에 사는 와오라니'라고 하면 에콰도르 여행자들에겐 바다 건너 있다고 하는 이어도나 율도국, 북구 신화에 나오는 발할라 궁전에 거주하는 존재들 같은 뉘앙스를 풍긴다. 관광객을 상대하는 거의 모든 호텔 로비에는 눈가에 붉은 칠을 하고, 벌거벗은 채 독침을 입에 물고 겨냥하고 있는 와오라니의 사진이 걸려 있을 정도다. 코카에서 만난 지역 관광청 책임자는 우리가 와오라니를 만나러 정글로 들어간다고 하자 자못 진지한 표정으로 말했다.

"그곳은 모든 것이 보존되어 있는 곳이지. 모든 것이 순수함 그 자체야. 당신들은 정말 많은 것을 보게 될 거야."

하지만 강을 가로막은 나뭇더미를 정글도로 베어내고, 달려드는 모기떼와 싸우며 이틀간 정글 깊숙이 들어가 마주친 와오라니들은, 상상 속 원시 부족과는 차이가 있었다. 그들 대부분은 – 'NKIE'나 'ADIDOS' 따위가 쓰인 – 허름한 중국제 티셔츠를 걸치고 있었고, 야자나무 잎사귀를 엮어 만든 전통 가옥들은 널빤지와 양철 지붕으로 이루어진 '현대식' 가옥으로 변모해가는 중이었다. 마을엔 – 아무도 원하지 않았지만 – 정부에서 제공해준 디젤 발전기가 들어왔고, 총이 정글의 식물에서 얻은 독액 '쿠라레'와 입으로 부는 바람총 '오메나'를 대체해가고 있었다. 나는 맥주 한 병 구하기 힘든 정글속에서 홀로 신세 한탄만 늘어놓았다. 이틀에 걸쳐 정글 안으로 들어왔는데 제대로 된 원시 부족 하나를 만날 수가 없다니! 그리고 뿌로? 그런 게 있기는 한 걸까? 집단으로 상상해낸 유니콘 같은 걸로 얼빠진 외국인을 놀린 거 아냐? 이 못믿을 라티노들! 미에르다Mierda(똥)나 처먹어라! 미지근한 탄산음료만 벌컥벌컥 목울대를 울리며 사라져갈 뿐이었다.

김빠진 환타만큼이나 미적지근한 취재를 마치고 키토로 돌아온 나는, 꿩 대신 닭이라도 잡는 심정으로 숙소 근처의 주류 가게를 찾았다. 비록 민가에서 만든 가양주를 맛보는 것

은 실패했지만 일반 대중들이 가장 대중적으로 즐겨 마신다는 공산품이라도 구해볼 참이었다. 점원의 추천을 받아 아구아르디엔떼에 자두 향을 첨가한 '수미르Zhumir'와 일반 아구아르디엔떼 '까냐 마나비따Canã Manabita' 한 병씩을 사서 술잔에 따라놓고 홀로 난롯가에 앉았다. 집에서 만든 뿌로의 맛은 어떨지 알 길이 없으나, 사탕수수 이외엔 아무것도 들어가지 않은 까냐 마나비따는 드라이하면서도 묵직했다. 자두 향 산뜻한 수미르는 우울했던 마음을 조금이나마 가볍게 해주었다. 술잔 너머로 일렁이는 난로의 불빛이 기분 좋은 어른거림을 만들어냈다. 황금의 땅 엘도라도를 찾다가 실패하고 도회지로 돌아온 콩키스타도르Conquistador(스페인 정복자)를 맞이해준 것도 이런 향기와 훈훈함이었을 테지.

'원형'이 사라져가는, 또는 변화해가는 시대에 사는 것은 우리 세대의 운명이다. 당면한 변화에 실망하고 화를 내봤자 달라지는 것은 없다. 그것은 그것대로 현실을 왜곡한다. 나의 호기심을 충족시키기 위해 에콰도르 사람들에게 안전성이 확보되지 않은 뿌로를 계속 마시라고 강요할 수 있겠는가? 원시 부족에 대한 고정관념을 만족시키기 위해 와오라니족에게 옷을 입지 말고 살아 달라 부탁할 수 있겠는가? 그것보단 좀 더 다양한 향을 첨가해 분화를 거듭하고 있는 아구아르 디엔떼의 변모를 지켜보든가, 여전히 원시적인 선의와 직관을 지닌 부족이 현대 문명을 어떻게 받아들이는지를 관찰하는 편이 훨씬 더 현실적이다. 그러한 서사가 판에 박힌 원시 타령보다 더 힘이 있다.

그래도 언젠가는…….

언젠가는 마지막 뿌로가 사라지기 전에 맛볼 수 있는 특권이 내게 주어진다면 좋겠다. 에콰도르 정부에서도 위성으로만 추적한다는 완벽한 원시 부족, '따로메나니족'을 담는 카메라가 나의 것이었으면 좋겠다. 마지막 '원형'들이 기억의 저편으로 사라지기 전에 그 모든 것을 내 오감으로 느낄 수 있으면 좋겠다.

모든 사라져가는 것들을 위하여,

건배.

진정한
남자의 술

멕시코
＊
테킬라

지금까지 해외 다큐멘터리 제작을 해오면서 가장 큰 보탬이 된 것을 꼽으라면 무엇보다도 영어일 것이다. 비록 자막 없는 영화를 보는 건 아직도 부담스럽지만 꼭 필요한 내용에 한해 큰 어려움 없이 외국인과 의사소통할 수 있다는 건 유용한 살림 밑천이었다. 한참 영어로 대화하다 보면 한 번씩 "그런데 어학연수는 어디서 하셨나요?"라는 질문을 듣게 될 때가 있다. 그럴 땐 이렇게 대답하곤 한다.

"원주에서 했습니다."

1998년, 나는 원주의 한 육군부대 장교로 복무하고 있었다. 딱히 군인의 길에 끌렸던 것은 아니고 개인 사정상 대학교를 4년 연속으로 다니기 위해 선택한 방법이었다. 학군단 교육을 받는 동안 적성에 맞지 않는 규율과 이런저런 제약 때문에 마음고생도 많았지만, 장교가 되면서 얻은 것도 많았다.

그중 가장 마음에 드는 것은 비상상황이 아니라면 퇴근 이후 언제든 외출이 가능하다는 점이었다. 그 특권을 십분 이용해 밤마다 원주 시내 마실 순례에 나섰고, 그러다 보니 자연스럽게 미군들과 친해졌다. 그때만 해도 원주 인근에는 두 개의 커다란 미군 부대가 주둔하고 있었다. SOFA 협정(한미 주둔군 지위에 관한 협정)의 불평등함이나 미국이 한국 현대사에 드리운 그늘 따위를 넘어, 같은 시기에 군생활을 하는 동료라는 동질감으로 친한 친구들이 꽤 많이 생겼다. 덕분에 내 영어 실력도 나날이 향상되었다.

친하게 지내는 미군들 중엔 유독 헬리콥터 조종사들이 많았다. 금요일 밤에 그들을 바에서 만나기라도 하면 으레 테킬라 판이 벌어지곤 했다. 테킬라에 대한 첫 기억은 초등학생 때 본 〈쓰리 아미고〉라는 코미디 영화였다. 주인공들이 멕시코의 시골 마을을 찾아가 바에 들러 위스키를 시키자 바텐더가 이것밖에 없다며 내놓은 술이 바로 테킬라였다. 그걸 마시고 주인공들이 거의 쓰러지다시피 하는 장면을 보며 내 머릿속엔 '테킬라=사람이 먹기엔 좀 거시기한 무엇'이라는 등식이 자리 잡았다. 그 뒤 군인이 된 후 관람한 〈물위의 하룻밤〉이라는 에로 영화에는 테킬라에 대한 전혀 다른 이미지가 등장했다. 여주인공이 손에 든 테킬라를 원샷한 뒤 연인의 얼굴에 소금과 레몬즙을 뿌리고, 그것을 아주 끈적끈적하게 핥은 것이다. 이걸 보고 나서 그 술에 대한 이미지는 밤을 뜨겁게 달구는 야릇한 무엇으로 바뀌었다. 하지만 내 미군 친구들에게 테킬라는, 일주일을 말끔하게 닦아내고 또다시 다음 임무를 수행할 수 있게 해주는 지우개 같은 것이었나 보다. 그들은 곧잘 자신의 일주일을 깨끗이 지우기 위해 테킬라 몇 잔이 필요한지 성실하게 숫자를 세어나가곤 했다. 보통 열에서 열다섯 잔 사이가 되면 테킬라는 더 이상 지우개가 아닌 항공연료가 되어 모두의 기분을 하늘로 붕 띄웠다.

나보다 열두 살 많은 브라이언 로마이어 준위는 이혼한 지 얼마 되지 않은 전투 헬기 조종사였다. 테킬라를 시키고 레몬즙과 소금을 깨작거리고 있는 나를 보고 그가 말했다.

"남자의 테킬라는, 이거야."

그는 테킬라 한 잔을 목울대 안으로 던져 넣고 곧바로 얼음물이 든 500cc 잔을 꿀꺽꿀꺽 들이켰다. 불과 얼음의 충돌. 정확하게 명치 부근에서 피어오르는 두 전극 사이의 스파크. 절레절레 고개를 흔드는 그의 모습은 러시아 선수의 무지막지한 펀치를 얻어맞고도 눈의 초점을 잃지 않으려 애쓰는

록키를 연상시켰다. 그 뒤로 나의 테킬라 잔 주변에서 레몬즙
과 소금은 자취를 감췄다.

테킬라는 아가베Agave라고 하는 멕시코산 용설란으로
만든다. 아가베 잎은 다량의 즙을 함유하고 있다. 그것을 채
취하여 발효시키면 아즈텍인들이 즐겨 마시던 탁주인 뿔께
Pulque가 된다. 이것을 끓여 알코올 성분을 모은 것이 바로 테
킬라다. 특유의 알싸한 향기 때문에 마르가리따Margarita, 테
킬라 선라이즈Tequila Sunrise, 롱아일랜드 아이스티Long Island Ice
Tea 등 다양한 칵테일의 베이스로 쓰이는데 스트레이트로도
인기가 높다. 미국에 처음 소개된 것은 19세기 말경이지만
1960년대 멕시코 올림픽을 거치며 테킬라는 세계적인 인기
를 얻게 되었다. 씁쓸하고 거친 뒷맛, 그리고 그 뒤에 숨겨진
발광의 에너지. 여러 가지 면에서 테킬라의 이미지는 남성적
이다. 그런 이유로 테킬라는 때로 남자의 눈물을 묵묵히 지켜
보는 동반자가 되기도 한다.

한 해가 거의 저물어가던 어느 겨울밤, 부대에 있던 나
는 브라이언 준위에게 한 통의 전화를 받았다.

"한잔해야겠어. 지금 바로."

그와 자주 만나던 장소로 택시를 타고 가니 비행복을 벗

지 않은 브라이언이 한 손에 테킬라 병을 들고 앉아 있었다.

"오늘은 기념일이야."

"무슨 일인데 그래?"

"야간 비행 임무를 마치고 돌아오는데 내 기체의 한쪽 엔진이 꺼지지 뭐야. 순식간에 300피트를 내려앉았지. 가까스로 자세를 바로잡았는데 또 한쪽이 꺼지는 거야. 할 수 있는 건 기도밖에 없더군. 다른 건 몰라도 아들 녀석이……."

벌겋게 상기된 눈에 습기가 반짝였다.

"엄청난 기세로 하강하는데 잠깐 동력이 들어오더라고. 꽤 야단스럽게 내려앉았는데 다행히 논바닥이었어."

거기까지 듣고 나는 그의 손에서 테킬라 병을 넘겨받아 두 잔을 따랐다.

"축하해. 살아 돌아온 걸."

잔을 비운 두 남자는 말이 없었다. 하지만 뜨끈하고 칼
칼하게 목구멍을 넘어간 테킬라는 투박한 손으로 등을 두드
리는 친구처럼 과묵한 위로를 전하고 있었다.

고마워요,
C.C. 할머니

캐나다
*
캐나디언 클럽

"우우우우웅······."

비행기가 활주로 위로 떠오르기 시작하며 몸이 의자에 깊숙이 파묻혔다. 두 달 동안 콜롬비아, 에콰도르 촬영을 마치고 드디어 집으로 향하는 길이다(그래봤자 두 번을 갈아타야 하는 여정의 첫 번째 비행기일 뿐이지만). 바퀴를 집어넣는 가벼운 충격음이 들리고 비행기는 이내 평형을 되찾았다. 좌석벨트 사인이 꺼지고, 음료를 서빙하는 첫 번째 카트가 다가왔다. 비행기를 탈 때 가장 기다려지는 순간이다. 혼자 해외 출장을 다니기 시작할 무렵부터, 이 순간은 나에게 하나의 의식과도 같았다. 출발할 땐 포기할 건 포기하고 집중할 곳에 집중하자는 다짐을 담아 스스로에게 건배했고, 집으로 올 땐 그간의 고생에 대한 위로를 술잔에 담아 몸 안에 흘려 넣었다. 그러기 위해 첫 한 잔은, 기내에서 서비스하는 주류 중에서도 스스로가 납득할 수 있는 클래스여야 했다.

"무엇으로 드릴까요?"

"음…… 좀 센 술로는 뭐가 있죠?"

나른한 해방감에 한잠 푹 자고 싶어 물었다.

"도수가 높은 걸 찾으신다면 C.C.가 있죠. 저희는 캐나다항공이니까요."

"C.C.가 뭐죠?" ('캠퍼스 커플'이나 '참조'는 아닐 테고?)

"'캐나디언 클럽Canadian Club'의 약자예요. 캐나다에서 가장 유명한 위스키죠. 드셔 보시겠어요? 참고로 진저에일Ginger Ale(생강으로 맛을 낸 탄산수)과 함께 드시면 아주 잘 어울립니다. 저희는 그걸 'C.C. 진저'라고 부르죠."

"네, 그럼 그걸로 한 잔 주세요."

스튜어디스가 거품이 이는 진저에일이 담긴 잔과 함께 흰 라벨이 붙은 조그마한 미니어처 병을 내밀었다.

세상에서 '위스키'라고 부를 수 있는 술을 만드는 나라는 다섯 곳이 있다. 스코틀랜드, 아일랜드, 미국, 일본, 그리고 캐나다. 사실 캐나다 위스키는 나머지 국가들에 비해 지명도가 한참 떨어진다. 종주국이라고 할 만한 스코틀랜드나 아일랜드에 필적할 만한 네임 밸류가 있는 것도 아니고, 일본처럼

세세한 부분까지 장인정신이 깃든 작품을 만드는 것도 아니
다. 그렇다고 미국 위스키처럼 마케팅이 글로벌한가 하면 그
것도 아니다. 사실 캐나다 위스키가 하나의 장르로 자리 잡은
데엔 미국이 큰 역할을 했다. 1920년대, 미국은 금주법이라
는 역사에 길이 남을 바보짓을 시작한다. 법령 하나만 바꾸면
7천 년 넘게 술을 마셔온 인간들이 하루아침에 오랜 습관을
버릴 것으로 생각했던 것이다. 순진했던 기대의 결과는 재앙
에 가까웠다. 술이 희귀품이 되며 오히려 사람들의 소비를 부
채질한 것이다. 여기에 기생해 밀주를 사업 아이템으로 삼은
마피아는 전국적인 거대 조직으로 성장했다. 술을 마시는 행
위가 법의 보호 바깥에 놓이게 되자 양을 늘릴 목적으로 공업
용 알코올을 섞은 정체불명의 술이 나돌았고, 이를 마시고 목
숨을 잃는 사람들이 속출했다. 1933년 공식적으로 폐지될 때
까지, 금주법은 미국이라는 나라에 길고 어두운 그림자를 드
리웠다. 하지만 금주법 시대는 캐나다의 위스키 제조업자들
에겐 새로운 기회였다. 쓸모없어진 미국의 위스키 증류 설비
가 캐나다로 헐값에 팔려와 생산량을 늘리는 데 일조했고, 오
대호를 통해 조각배로 캐나다산 위스키를 운반해 파는 밀수
업자들이 떼돈을 벌게 된 것이다(마피아의 전설적인 대부 알 카

포네도 그들 중 하나였다). 캐나다의 증류소들은 때 아닌 호황을 맞게 되었고, 이에 힘입어 캐나다 위스키는 미국 위스키와도 다른, 독립적인 길을 가게 되었다.

빈 잔에 따라 창가에 비춰본 캐나디언 클럽은 스카치위스키보다 좀 더 밝은 연노랑 빛을 띠고 있었다. 코에서부터 소리 높여 자기의 캐릭터를 외치는 싱글몰트 위스키와는 달리, 향만 가지고는 '음, 그래. 위스키군' 하는 것 외엔 많은 정보를 주지 않는다. 한 모금 입에 머금어도 크게 달라지는 것은 없다. '어엿한 위스키', 그 이상도  이하도 아닌 부담 없는 맛이다. 딱 고기 고명이 올라가지 않은 동네 냉면 정도의 분위기다. 하지만 동네 냉면을 완성시키는 것은 다진 양념이 아니던가. 캐나디언 클럽과 딱 들어맞는 양념이 바로 진저에일이라는 사실을 깨닫는 데까지는 그리 오랜 시간이 걸리지 않았다.

캐나디언 위스키는 몰트가 주재료를 이루는 다른 위스키

들과는 달리, 호밀Rye로 만든 라이 위스키와 옥수수Corn로 만든 콘 위스키를 블렌딩하여 만든다. 숙성 기간도 3년으로 짧은 편이다. 그래서 스코틀랜드나 일본산 위스키와 비교해보면 특유의 훈연향이나 복잡한 아로마 따위가 거의 느껴지지 않는다. 단순하고 정직하고 젊다. 빨간 체크무늬 남방에 멜빵 청바지를 입은 벌목꾼의 손에 들려 있으면 딱 어울릴 듯한, 그런 맛이다. 여기에 쌉싸름하면서도 매운 향기를 담고 있는 진저에일이 첨가되면, 마치 테트리스에서 고대하던 긴 조각이 날아와 박히는 것 같은 효과가 난다. 어딘지 비는 것 같던 곳에 생강의 매운 향이 합쳐지며 청량함과 진득함과 맵싸함이 절묘하게 조화를 이룬 기분 좋은 음료가 탄생하는 것이다. 마실수록 왠지 건강해지는 느낌이 드는 건 덤이다(사실 이건 좀 위험하다). 아마도 캐나다의 깨끗한 이미지와 생강의 기운이 합해져 이런 분위기를 덧입히는 것이리라.

남미에서 한국으로 돌아오는 여정은 언제나 멀고도 험하다. 우리 일행을 실은 비행기는 캐나다 토론토에 도착해, 정신없는 환승 과정을 거쳐 다시 밴쿠버로 향했다. 여기에서 장장 열두 시간을 대기해야 인천공항으로 향하는 AC63편을 탈 수 있다. 마지막 비행기에 올랐을 땐 정신이 몸에서 비상

사출되기 일보 직전이었다. 공간이 좀 더 넓은 비상구 좌석을 배정받아서 다리를 쭉 뻗을 수 있는 것까진 좋았는데, 문제는 온도였다. 항공기 구조상 공기 순환 시스템이 근처에 위치해 있어 '이거 외풍이 들어오고 있는 거 아니야?'라고 느낄 정도로 온도가 꽤 낮았던 것이다.

"여기 담요 한 장 더 가져다주시겠어요?"

"아, 지금 바쁘니까 요것만 좀 하고요."

흰머리가 희끗희끗한 나이 든 여승무원이 한쪽 눈을 찡긋하며 말했다. 그리고 15분이 넘도록 아무런 소식이 없었다. 한동안 남미에서 지내며 많이 느긋해졌다고는 하지만 한국에서 40년 넘게 살며 단련된 '어떻게 고객에게 이럴 수가' 정신과 '컴플레인 신공'이 고개를 쳐들기엔 충분한 시간이었다.

승무원을 호출하는 버튼을 눌렀는데도 응답이 없어 '이제 정말 쳐들어가서 한바탕해야 하나'를 진지하게 고민하고 있을 무렵, 담요 두 장과 함께 그 승무원이 다가왔다.

"정말 미안해요. 오늘따라 정신이 없네요. 이건 원래 승무원들이 쓰는 담요인데 좀 덮으세요. 따뜻할 거예요. 그리고…… 뭐 마실 거라도 가져다드릴까요?"

몸은 덜덜 떨리는데 '마실 거'라는 단어에 혀가 제멋대로 반응했다.

"CCCC…… C.C. 진저 주세요."

"캐나다에 오래 사셨나 봐요? 그걸 다 아시고? 당장 가져다드리죠."

그 뒤로 그 승무원 할머니는 내 C.C. 진저 잔이 빌 때마다 연거푸 세 번을 가져다주었다. 심지어는 땅콩까지.

"댁은 진짜 C.C. 가이C.C. Guy구먼."

"그렇다고 제가 여성스러운Sissy 건 아녜요. 하하."

이런 농담까지 자연스럽게 주고받게 되자 나는 캐나다 승무원 할머니와 '친구'가 되었다는 느낌이 들었다.

승객에게 무릎 꿇고 응대하는 한국 국적기의 승무원 서비스를 볼 때, 나는 마음 한구석이 불편하다. 고객이 존중받는 만큼 서비스하는 사람도 존중받아야 한다는 생각 때문이다. 어느 한쪽의 불균형을 전제로 하는 서비스라면 결국엔 부작용을 일으킨다. 만성화된 갑질이나 감정노동으로 인한 스트레스 따위다. 캐나다항공의 승무원들은 적어도 그런 면에선 한층 여유로워 보였다. 기내 면세품을 팔 때도 항공기 가운데 통로에 좌판(?)을 마련해놓고 필요한 사람이 오라는 식이다. 서비스 수준이 떨어진다고 생각할 수도 있지만 일하는 사람 입장에선 훨씬 효율적이다. 노동의 강도가 완화되니 승무원들에게도 생기가 돈다. 얼굴엔 억지로 지어낸 것 같지 않은 편안한 미소가 감돈다. 캐나디언 클럽을 마실 때 느껴지는 그 소박하고 편안한 느낌, 딱 그대로다. 그 자체로는 밋밋할 수 있지만 진심에서 우러나오는 친근함이 그들의 서비스에서 진저에일의 몫을 한다.

중앙 통로의 좌판으로 가보니 새롭게 친구가 된 할머니가 면세품을 파느라 열심이다.

"캐나디언 클럽 한 병 주세요."

"어련하겠어, C.C. 가이!"

할머니가 쇼핑백을 건네주며 한쪽 눈을 찡긋한다.

인천공항에 도착해 항공기를 떠날 때, 할머니는 양손까

지 휘저으며 커다란 미소를 지어 보였다.

"Bye, bye. C.C. Guy!"

건강하세요. C.C. 할머니. 잘 마실게요.

술 한 모금에 깃든
삶과 죽음

캄보디아
＊
쓰라 써

'오지 전문 프로듀서'라는 타이틀로 방송에 몇 번 얼굴을 내민 적이 있지만, 막상 '어떤 곳이 오지인가?'라는 질문엔 부끄럽게도 대답이 궁하다. 휴대폰과 인터넷 없이는 단 하루도 살아갈 수 없을 것 같은 오늘날 대한민국의 젊은 세대에겐 5G 통신망과 와이파이가 없는 곳이라면 어디든 오지처럼 느껴질 테고, 아무리 외진 곳에 사는 사람들이라고 해도 살아가는 데 별 불편함이 없다면 자신이 '오지'에 살고 있다는 자각이 없을 것이다. 그래서 언제부터인가 나름의 기준을 세워 오지를 구분하고 있다. 그것은 바로 '전기'가 들어오는가 하는 것이다. 별것 아닌 것 같아도 전기가 들어온다는 것은 길이 뚫린 지 꽤 되었다는 이야기고, 그 도로로 외지 사람과 물건이 들어온다는 이야기다. 그리고 전기가 있으면 집집마다 TV가 켜진다. TV는 바깥세상의 소식뿐만 아니라 삶의 방식, 그

리고 그것에 대한 선망까지 실어 나른다.

　2008년 방문했던 캄보디아의 몬둘키리는 그런 면에서 사라져가는 오지의 경계선 위에 있는 지역이었다. 포장이 되지 않아 우기 땐 제 역할을 못 하지만, 소수민족이 부족 단위로 갈라져 살던 촌락마다 길은 어김없이 이어졌고, 그 위로는 여성용 속옷부터 플라스틱 대야에 이르기까지 숲속 생활에 안락함을 더할 물품들을 바리바리 실은 오토바이 보부상들이 분주히 돌아다녔다. 길옆을 따라 나무로 만든 전봇대가 도열한 장병들처럼 세워지고, 전깃줄은 하루가 다르게 도시의 편리함이 미치는 영역을 넓혀가는 참이었다. 6년 전에 이 지역을 방문했던 선배 프로듀서의 말에 따르면, 그때까지만 해도 남녀를 불문하고 통치마 하나로 허리만 가린 채 살아가는 부족들이 꽤 있었다고 한다. 그러나 이제 상의는 물론 브래지

어까지 지역 주민들의 필수품이 되어버린 모양이었다. 물론 나이 드신 할머니들이 간간이 전통적인 모습 그대로 돌아다니는 것을 볼 수 있었지만, 위아래로 흰색 파자마를 곱게 차려입은 열여덟 살 마아치는 꿈에라도 그렇게 입고 다닐 생각이 없는 듯했다.

"저희 할머니 세대는 윗옷을 입으면 불편하다고 하시는데 저는 오히려 옷을 안 입는 게 부끄럽고 불편해요."

이 지역의 원주민은 프농족이다. 캄보디아 사회의 주류를 이루는 크메르족보다 체구가 작고 언어도 다르다. 가옥 구조도 전혀 다른데, 크메르족이 1.5미터 정도 높이의 기둥들 위에 마루를 얹는 주상가옥 형태의 집을 짓는 반면 프농족은 둥근 형태의 외벽을 대자리로 둘러치고, 나뭇잎으로 지붕을 이은 움막집을 짓는다. 하지만 이런 집들은 점점 사라져가고 있다. 세월을 견디고 살아남은 움막집들은 대부분 가장 형편이 어려운 사람들 차지다. 조금이라도 돈이 있는 사람들은 목수를 고용해 크메르 스타일의 집을 짓고 산다. 뚝딱거리는 망치질 소리는 몬둘키리에서 가장 흔하게 들을 수 있는 소리가 되었다. 이렇게 들어선 크메르식 가옥들도 머지않아 서양식 벽돌집으로 변해갈 것이고, 거기에 걸리는 시간은 프농족의 움막집이 사라지는 데 걸린 것보다 훨씬 짧을 것이다. 그것이 '오지'의 운명이다.

움막집들이 옹기종기 모여 있는 마을 어귀를 어슬렁거리다가 장작을 패고 있는 열 살 남짓한 프농족 소녀와 눈이 마주쳤다. 생각보다 전통적인 모습들이 눈에 보이지 않아 촬영거리가 모자랐던 판에 잘되었다 싶어 소녀의 일을 거들고 나섰다. 카메라가 준비되자 동행한 출연자 이우일 작가가 도끼를 건네받았다. 쌓여 있는 나무토막 중 그나마 쉽게 쪼개지겠다 싶은 놈을 골라서 도끼로 있는 힘껏 내려쳐보지만, 연신 이쑤시개 비슷한 나무 부스러기만 쌓여갈 뿐 좀처럼 쓸 만한 장작이 되질 않았다. 아까 소녀가 휘두를 땐 더없이 날카로워 보이던 도끼가 무딘 쇠몽둥이로 보일 판이었다. 땀을 뻘뻘 흘리며 나무토막과 씨름하는 모습이 보기에 딱했던지, 웃음을 머금고 지켜보던 소녀의 어머니가 우리를 집 안으로 초대했다. 비가 들이치는 것을 막기 위해 나뭇잎 아래 푸른색 비닐을 덧댄 집 안에는 묘한 색의 햇살이 새어 들어오고 있었다. 우리가 평상 위에 자리를 잡자 주인아주머니는 항아리 하나를 내왔다. 비닐과 고무줄로 단단히 봉해둔 마개를 열자 잘 익은 술 특유의 새콤달콤한 향기가 풍겨 나왔다. 하지만 항아리를 흔들어도 찰랑거리는 소리는 나지 않았다. 캄보디아의 전통술 '쓰라 써Srah Sor'다. 이 술엔 물기가 없다. 쌀과 누룩 그리고 각종 약재를 섞어 항아리 안에서 발효시키고 마실 때야 비로소 물을 부어 우려내기 때문이다. 주인아주머니가 딸에게 바나나 잎을 따오게 한 후, 그것으로 항아리 주둥이를 막고 거기에 다시 긴 대롱을 꽂았다. 이렇게 세팅(?)된 술은 모두가 같은 대롱으로 돌려 마시는 것이 법도다. 한국 사람들이 술잔을 돌리듯, 모두가 같은 항아리의 술을 나눠 마심으로써 둘러앉은 사람들의 결속감과 친밀함을 키우는 것이다.

이런 식의 항아리 술은 동남아시아 전역에서 찾아볼 수 있다. 태국과 라오스의 '라오 하이Lao Hai', 베트남의 '즈어우 껀Rượu cần' 등이 쓰라 써의 다른 이름이다. 쓰라 써의 농도는 타는 물의 양에 따라 다르다. 하지만 애초에 물을 별로 섞지 않고 발효시킨 고농도의 알코올이기 때문에 마시다 보면 금세 취기가 오른다. 취해서 후각이 무뎌진 후에도 곡물과 약초의 짙은 향이 느껴진다. 지나가는 길손들을 위해 몇 주 동안 공들여 담근 술 항아리를 연 주인아주머니의 친절함은, 항아리 안에서 오래 숙성된 술 향기처럼 긴 여운을 남겼다.

사라져가는 오지를 소개하는 프로듀서의 심정은, 손님

들을 위해 오래 묵힌 술 단지를 열어야 하는 주인장의 마음과 비슷하다. 단지를 여는 순간, 숙성은 끝난다. 그리고 손님들이 그 술을 찾는 횟수가 늘어날수록 단지는 비어간다. 그 술이 진한 여운을 남긴 채 사라져버리는 순간, 손님들은 어서 다른 술을 내오라며 성화를 부린다. 캄보디아라는 술 창고에 다시 손을 댄 건 그로부터 1년 후다. 우리는 몬둘키리에서 북쪽으로 150킬로미터 정도 내륙으로 더 들어간 라타나키리의 반룽으로 향했다. 크메르어로 숲을 뜻하는 '키리'가 붙는 지역들 중에서도 도로 사정이 가장 열악한 곳이니만큼, 몬둘키리보다 더 오지다운 모습을 볼 수 있을 것이라는 기대가 컸다. 주로 프농족이 거주하는 몬둘키리와 달리, 이 지역은 크룽, 땀뿐, 자라이, 까쪽, 프농 등 10여 개의 소수민족들이 저마다 촌락을 이루고 살아가는 곳이다. 그중에서도 특이한 장례 풍습을 가지고 있다는 땀뿐족을 만나보기로 했다.

　　라타나키리의 유일한 대중교통 수단이라 할 수 있는 것은 오토바이 택시다. 운전하는 청년의 허리를 부여잡고 비포장도로를 내달린 지 한 시간. 몇 번이고 진창에 처박힌 오토바이를 끌어내는 사이, 커다란 돼지 두 마리를 양옆에 매단 오토바이가 유유히 지나갔다. 진흙에 땀투성이가 된 우리의 모습과 대비돼 묘하게 현실감이 떨어지는 광경이었다. 톤레산 강가에 도착했을 땐 이미 모두 녹초가 되어버린 상태. 하지만 땀뿐족이 사는 카쫀 마을에 가기 위해서는 이곳에서 배를 타고 두 시간가량 물살을 거슬러 올라가야 한다. 이따금씩 보이던 전봇대가 더 이상 우리를 쫓아오지 못하게 되었을 때, 우리는 배에서 내렸다.

숲속으로 10분쯤 들어갔을까. 작은 집들이 옹기종기 모여 있는 마을 같은 것이 눈에 띄었다. 하지만 뭔가 이상했다. 일단 너무나 고요했다. 정자처럼 생긴 집들도 사람이 살기엔 너무 작았고 주변을 둘러싼 열대우림은 가까스로 공간을 내주었을 뿐, 조금만 더 인기척이 뜸해지면 이곳을 온통 덮어버릴 기세였다.

"땀뿐족의 공동묘지입니다."

동행한 현지 가이드 스뻐가 말했다.

"땀뿐족의 묘지를 보면 죽은 사람이 무슨 일을 했는지 뭘 좋아했는지, 그리고 무슨 이유로 죽었는지 알 수 있어요."

무덤 앞에 서 있는 입상들은 망자를 묘사한 것인데, 표정이 제각각이었다. 이승에 여한이 없는 듯 편안한 얼굴을 하고 있는 것들도 있고, 한눈에 봐도 사연이 많은 듯한 것들도 있다. 그중에서 유독 슬픈 표정을 하고 있는 한 여인의 조각상이 눈에 밟혔다. 자세히 보니 생식기에서 피를 흘리는 모습이 묘사되어 있었다.

"이 여자는 출산 중에 사망했어요."

스띠가 담담한 목소리로 말했다.

작은 집처럼 꾸며진 각각의 무덤엔 다양한 도구들이 걸

땀뿐족의 공동묘지

려 있다. 어망이나 대나무 바구니는 물론이고 북 같은 악기와 자전거까지 보인다. 모두 망자가 생전에 즐겨 사용하던 물건들이다. 한 아주머니의 묘지엔 바나나나무가 자라나 탐스러운 열매를 주렁주렁 매달고 있었다. 밤에 혼령들이 마실이라도 나올라치면 나눠 먹을 음식을 준비하는 담당은 아마도 이 아주머니일 것이라는 상상을 하니 슬며시 미소가 지어졌다. 이렇듯 땀뿐족에게 죽음은 삶의 연장이다. 이승에서 저승으로 삶의 터전이 바뀔 뿐 일상은 여전히 계속된다고 생각하기에, 죽음을 대하는 이들의 태도는 지극히 담담하다.

묘지에서 배로 20분쯤 떨어진 카쫀 마을에서 담 깜뿐 할아버지를 만났다. 담 할아버지는 그해 일흔다섯으로 땀뿐족 마을의 촌장이었다. 그는 몇 년 전 농사일을 하다가 쓰러져 몸의 오른쪽을 아예 못 쓰게 되어버렸다고 했다. 마을 귀퉁이의 외진 집에서, 할머니의 도움을 받아 도시에서 구해온 링거를 맞으며 하루하루를 버티는 것이 할아버지의 일상이었다. 하지만 그런 할아버지가 매일 쉬지 않고 하시는 일이 있다고 했다. 불편한 걸음으로 우리를 집 아래로 안내하신 할아버지는 끌과 망치를 손에 쥐고 절반으로 나뉜 채 맞물려 있는 아름드리 통나무를 손질하기 시작했다.

"내가 들어갈 관이야. 옆에 것은 내 아내 거고."

담 할아버지의 얼굴에서 흐뭇함이 피어났다.

"이곳 사람들은 일찍부터 죽음을 준비해. 난 마흔다섯이
되던 1979년부터 시작했어. 정령이 꿈에 나타나서 이제 준비
를 해야 한다고 했거든. 사람이라면 누구나 죽잖아. 운전하다
가 죽기도 하고 농사를 짓다가 죽기도 해. 죽는다는 건 확실
한데 그것을 준비하지 않는다면 정말 멍청한 짓이지."

할아버지의 집 앞뜰엔 장례식에 참석할 하객들을 대접
할 때 쓸 물소 한 마리도 눈을 끔벅이고 있었다.

"이렇게 미리 준비해놓지 않으면 자식들이 음식거리를
구하러 이리저리 돌아다녀야 하잖아. 그러면 조문객들이 식
사라도 편히 할 수 있겠어?"

당연하다는 듯 오히려 되묻는 담 할아버지의 얼굴엔 걱
정거리를 모두 해결해놓은 사람의 평화로움이 가득했다.

"이리 와봐. 이 녀석들까지 있으니 정말 안심이거든."

담 할아버지가 가리킨 집 안 한 귀퉁이엔 50센티미터 정
도 높이의 항아리들이 여러 개 늘어서 있었다. 1년 만에 다시
만나는 쓰라 써였다. 겹겹이 비닐로 봉해둔 항아리들 중 하나
의 마개를 열자, 가득 담긴 갈색의 곡식으로부터 희미한 술

향기가 피어올랐다. 항아리에 물을 붓자 그 향기는 봉오리를
터뜨리는 꽃처럼 강렬해졌다.

"좋은 술이 있어야 사람들의 기분도 밝아지지. 그래야
장례식에 온 손님들이 먼 길 떠나는 데 덕담이라도 한마디 더
건네주지 않겠어?"

항아리를 어루만지는 할아버지의 얼굴엔 자신이 그 자
리에 초대받은 손님이라도 되는 양 즐거운 미소가 어렸다.

미리 마셔본 담 할아버지의 장례식 술은 달콤하면서도
쌉싸름했다. 그것은 슬프기도 하고 기쁘기도 한 맛이었다. 한
가지 확실한 것은, 전깃불이 들어오는 세상에선 사라져가는
삶과 죽음에 대한 깊고도 진한 통찰이 그 한 모금에 담겨 있
었다는 사실이다.

물아일체의
판타지를 마시다

동서양
＊
침출주

오래전 특집 다큐멘터리 촬영을 위해 아리랑 TV의 임원들과 파키스탄을 방문한 적이 있다. 그때 우리 일행은 뜻하지 않은 분의 영접을 받았는데, 국책 방송사의 높은 분들이 온다는 소식에 현지 한국대사관의 모 영사님께서 직접 공항까지 마중을 나오신 것이다.

"아이고, 먼 길 오느라 고생 많으셨습니다. 일단 호텔로 가시죠."

"나와 주셔서 정말 감사합니다. 그런데 웬 가방이죠?"

영사님은 신사복 차림과 도무지 어울리지 않는, 볼품없이 크기만 한 트렁크 가방 하나를 왼손으로 끌고 계셨다.

"아 이거요, 하하. 호텔에 도착한 뒤 차차 말씀드리죠."

후텁지근한 기운이 남아 있는 파키스탄 남부 카라치의 밤거리를 지나 호텔에 들어서자 서늘한 에어컨 바람이 목덜미를 쓸어내리는 게 마치 별천지처럼 느껴졌다. 간단히 짐을 푼 뒤 한 방에 모여 앉고 나서야 영사님이 가져온 그 큰 가방의 정체를 알 수 있었다.

"제가 이 가방을 가지고 나와야 여러분은 파키스탄에서 귀빈 대접을 제대로 받으시는 겁니다. 하하."

영사님이 호탕하게 웃으며 가방을 열자 그 안에서 하이네켄 캔맥주가 쏟아져 나왔다. 알고 보니 술이 금지되어 있는 파키스탄에서 외교관 특권으로 살 수 있는 수입산 맥주를 가져오신 것이었다. 긴 여행에 한껏 목이 칼칼해졌을 우리를 위한 배려였다.

"물론 5성급 호텔 정도면 바에서 술을 팔긴 하지만 가격이 만만치 않거든요."

우리를 위해 무거운 가방을 끌고 나오는 수고를 마다하지 않으셨던 영사님과는 그 후로 친분이 두터워졌다. 다른 일행은 돌아가고 후속 취재를 위해 혼자 남게 되었을 땐 아예 영사님의 숙소에서 신세까지 지게 되었다. 출국을 하루 앞둔 날 밤, 나는 영사님과 마주 앉아 외교관용 맥주를 몇 캔 더 축내고 있었다. 네다섯 캔이 비어갈 때쯤 영사님이 술 한 병을 가지고 나오셨다.

1

2

3

1-2   파키스탄 카라치 시내

3   파키스탄의 트럭아트

"탁 PD, 혹시 이 술 알아요? 멋모르고 주문했는데 은근히 맛이 좋더라고."

파키스탄에서는 외교관이라고 해서 술을 무한정 구매할 수 있는 것이 아니라 1년간 위스키 몇 병, 맥주 몇 박스, 와인 몇 병 하는 식으로 정해진 쿼터가 있다. 영사님은 주어진 쿼터를 최대한 활용하기 위해 연구하다 보니 위스키와 코냑 이외에도 리큐어Liqueur(혼성주)라는 카테고리가 따로 있는 것을 알게 되었다. 그리고 당연히 그 종류의 술도 쿼터가 허용하는 범위 안에서 최대한 구매해온 것이다. 그런 이유로 한국에선 관심도 가지지 않았던 술들을 이곳에서 맛보고 있다는 게 영사님의 설명이었다.

"알다 뿐인가요. 하지만 여기서 만나게 될 줄은 정말 몰랐네요."

영사님이 가져온 술은 '리큐어의 왕'이라고 불러도 손색이 없을 전설의 명주, 베네딕틴Benedictine이었다. 단아한 곡선이 아름다운 갈색 병은 마치 두 손을 모은 수녀를 연상시켰다. 잔에 따르자 짙은 황금빛 액체에선 무어라 표현할 수 없는 향기가 피어올랐다.

프랑스를 대표하는 리큐어 베네딕틴은 500년이 넘는 역

사를 자랑한다. 1510년 프랑스 북부의 한 수도원에서 베네딕
트파의 수도사 돔 베르나르도 뱅셀리에 의해 처음 제조되었
다고 하는데, 샤프론, 계피, 민트, 알로에 등 27종의 허브가 들
어간다. 이렇게 준비된 재료에 브랜디를 부어 약효 성분을 우
려낸 뒤, 다시 증류하는 복잡한 과정을 거쳐야 비로소 한 병
의 베네딕틴이 탄생한다. 처음엔 수도사들이 인근의 가난한
농부들에게 약으로 처방했는데, 이들의 건강이 놀라울 정도
로 좋아지면서 유명세를 타게 되었다. 이후 프랑스 왕이 강장
제로 애용할 만큼 명성을 얻었지만, 그 제조법이 사라질 뻔한
위기에 처한다. 프랑스 혁명과 함께 수도사들이 국외로 추방
되면서 제조가 중단되어버린 것이다. 1863년 수도원 재산 관
리인의 자손인 알렉상드르 르 그랑이 방대한 양의 서류 목록
속에서 베네딕틴 제조법이 적힌 문서를 발견하지 않았더라
면, 이렇게 음주의 불모지 파키스탄에서 말로만 듣던 명주를
만나게 되는 작은 기적은 일어날 수 없었을 것이다. 오늘날에
도 수도원의 관리를 받으며 만들어진다는 베네딕틴의 전 제
조 과정을 아는 사람은 코카콜라와 마찬가지로 당대에 오로
지 세 명뿐이라고 한다.

　　베네딕틴을 입에 머금은 순간 떠오른 것은 잘 짜인 오케

스트라의 연주였다. 다채로운 허브 향이 벌꿀의 달콤함에 녹아든, 산뜻하면서도 세련된 맛이 무척 인상 깊었다. 43도라는 다소 강한 알코올 도수가 무색할 정도였다. 하지만 약간 지나칠 정도로 정교한 그 느낌은 역시 술보다는 약에 가까웠다. 계속 복용하고 싶은 나머지 병이 낫지 않길 바라게 된다는 점이 문제겠지만 말이다. 베네딕틴은 실제로 자양강장은 물론 감기에도 효과가 있고, 말라리아 환자가 이 술을 마시고 원기를 회복한 사례도 있다고 한다. 레이블에 쓰인 'D.O.M.', 즉 '최고의 신에게 바친다Deo Optimo Maximo'는 표현 속 자신감엔 그럴 만한 이유가 있다.

이렇듯 재료가 가진 향기와 맛, 그리고 약효를 알코올에 용해시킨 술을 '침출주'라고 부른다. 리큐어에 해당하는 우리말 '혼성주'가 '곡물, 과실 이외에 다른 재료가 들어간 술'이라는 의미에서 재료상의 분류법에 해당한다면 침출주는 제조법상의 분류에 해당한다. 이 단어만 들으면 다소 생소하게 느껴질 수 있겠지만 사실 우리 주변에서 흔하게 볼 수 있는 인삼주, 머루주, 딸기주, 마가목주 등이 모두 이 범주에 속한다. 재료의 폭이 넓다는 점에서 침출주야말로 나라별로 색다른 변종이 무궁무진한 장르다. 그리고 계속 새로운 것들이 탄생하는 장르이기도 하다. 한때 선풍적인 인기를 끌었던 칵테일 '예거밤Jäger Bomb'에 들어가는 예거마이스터Jägermeister나 '아그와밤Agwa Bomb'의 주재료인 아그와Agwa도 각각 독일과 네덜란드에서 만들어진 침출주의 일종이다. 예거마이스터는 56종의 허브 성분이 포함되어 감기약과 소화제로 애용되던 것이다. 아그와는 남미에 자생하는 강장제인 코카 잎 성분이 함유된 술로, 술자리의 활력을 북돋워준다. 마티니의 재료로도 유명한 진Gin은 주니퍼베리와 고수, 시나몬, 레몬 껍질 등의 성분을 알코올에 녹여내 만든다. 17세기 네덜란드 레이던 대학교의 프란시스퀴스 실비우스 교수가 만들어낸 이 술 역시 처음엔 감기 치료제로 사용되었다.

서양의 침출주가 원재료의 약용 성분을 최대로 끌어내기 위한 과학적 연구의 산물이었다고 한다면 동양의 침출주는 자연을 만끽하고, 더 나아가 그것과 하나가 되기 위한 수단이었다는 느낌을 준다. 계절별로 나오는 과실과 약초에 소주를 부어 일정 기간 묵혀두었다가 마시는 우리의 '담근 술'은 거실에 보관하는 것만으로도 한 시점의 자연을 그대로 실내에 가져다놓은 듯한 느낌을 준다. 원재료를 독한 술에 담갔다가 다시 증류하는 과정을 거치는 서양과 달리, 재료를 넣은 채로 보관하다가 마시기 직전에서야 건더기를 걸러내는 동양의 담근 술은 장식품으로도 손색이 없다.

어린 시절, 울긋불긋한 열매들이 담긴 술통이 즐비한 이웃 아저씨네 거실 선반은 시큼하고 달콤한 술 향기와 함께 뭔가 범접할 수 없는 어른들만의 냄새를 풍기고 있었다. 그리고 그 중앙에 자리 잡은 것은 굵은 인삼과 허연 뱀 한 마리가 들어 있는 커다란 유리병이었다.

독을 지닌 생물을 약초와 함께 술에 넣어 침출주를 만드는 제조법은 아시아 일대에 널리 퍼져 있다. 캄보디아 몬둘키리의 술가게에 가면, 크기별로 쌓인 '쓰라 써' 단지들 사이에 각종 약초와 전갈 두세 마리가 사이좋게 들어앉은 병들을 쉽게 발견할 수 있다. 호기심에 구입한 그 술은 고단한 정글 촬영을 잊게 해주는 에너자이저 역할을 톡톡히 했다. 실제로 얼마나 몸이 좋아졌는지는 미지수지만, '뭔가 몸에 좋은

걸 먹었다'라는 플라시보 효과는 꽤 있었던 것 같다. 그리고 비주얼에 비해 맛도 의외로 괜찮았다. 아마도 풍부하게 들어간 약초 때문이었을 것이다.

캄보디아에선 정글 속에서 전갈주 한 병을 깨끗하게 비워버려 다른 고민을 할 필요가 없었지만, 베트남에선 어떻게 하면 도마뱀과 해마 그리고 인삼이 들어간 약술 '즈어우 투억 Rượu thuốc'을 집으로 가져갈 것인가 하는 문제로 고민했던 적이 있다. 즈어우 투억은 주류 전문점은 물론이고 고속도로 휴게소에서까지 팔고 있을 정도로 베트남을 대표하는 술 중 하나다. 하지만 재료가 재료인지라 공항에서 반출을 허가해줄지가 의문이었다. 결국 빈손으로 하노이 국제공항으로 향했던 나는, 공항 면세 구역에서 두꺼운 종이상자로 포장된 술 한 병과 마주쳤다. 포장지에 인쇄된 베트남어를 읽을 순 없었지만, 한자로 '人蔘 蛤蚧 海馬인삼 합개(도마뱀) 해마'라고 적힌 것을 보니 내가 찾던 녀석이 맞는 듯했다. 하지만 포장지엔 맑은 술만 그려져 있었고, 정작 그 재료들이 형태를 유지한 채 들어가 있을지는 알 수 없었다. 결국 내가 이 술을 집어 들도록 만든 것은 경고 문구 한 줄이었다. 박스를 봉인해놓고 '이것을 뜯으면 절대 안 됩니다'라고 적어놓은 것에서 뭔가 냄새가

났던 것이다. 동식물의 국제 거래를 막고 있는 국제관례를 거스르지 않으면서 자국의 특산물을 수출하려는 베트남 양조업자들의 고민이 묻어나는 부분이었다. 집에 도착해 상자를 열어본 순간, 그 안에선 엄청난 크기의 도마뱀과 예쁘장한 해마가 들어 있는 술병이 튀어나왔다.

이렇듯 동양의 침출주, 그중에서도 '남자의 건강에 좋은' 술에 들어가는 재료엔 공통점이 있다. '길거나 강하거나(혹은 강해 보이거나), 뭔가를 쏜다'는 것. 이런 조건을 만족하는 녀석들은 대체로 파충류거나 독이 있는 곤충이다. 이들의 능력에 대한 아시아 남성들의 프로이트적 선망이 침출주의 인기에 큰 역할을 했음은 누구나 짐작할 수 있다.

알코올의 작용으로 신경이 안정되어 평소에 잘 드러내지 않던 감정이나 욕구를 대범하게 표현하는 것, 즉 취하는 것을 목표로 술을 마시는 사람들이 있는가 하면, 술이 지닌 향미 자체를 즐기기 위해 술을 마시는 사람도 있다. 추위를 막기 위해 옷을 입기 시작한 다음엔 옷의 아름다움 자체에 의미를 부여하게 된 것처럼 말이다. 그런 의미에서 침출주는 가장 감각적인 술이다. 미각과 후각 그리고 시각과 혀로 느껴지는 촉각까지, 우리의 모든 감각기관을 만족시킨다. 재료를 통해 자연이 가진 신비로운 힘에 가까이 가고, 더 나아가 하나가 되는 듯한 느낌을 준다. 물론 실제로 약효까지 있다면 더할 나위 없겠지만, 그것보다 중요한 것은 마시는 사람의 상상력이 아닐까.

길고 가는 신체와 뾰족한 형태의 머리 때문에 '정력 증진'의 아이콘이 되어 수난을 당하는 생물들에겐 한없이 미안한 마음뿐이다. 그렇지만 어쩌랴. 그것이 뭇 아시아 남성들의 공통된 판타지인 것을. 그리고 '물아일체'의 가장 손쉬운 경지인 것을.

인류 최초의
증류주

아랍
＊
아락

　2011년 초, 파키스탄 중부의 촐리스탄 사막 지역에서 그간 만나본 사람 중 가장 신분이 높은 분과 만났다. 그의 이름은 오마르 압바시(가명). 300여 년에 걸쳐 촐리스탄 지역을 다스려온 바하왈푸르 왕국의 왕자다. 물론 파키스탄은 지금 이슬람 공화국이므로 왕자라는 신분이 공식적인 의미를 가지는 것은 아니다. 하지만 최소한 촐리스탄 사막의 유목민들에게 그의 이름은 가장 고귀한 존재와도 같다.

　"그래, 요즘은 좀 어떻게 지내십니까."

　우리 프로그램의 출연자로 동행한 사진작가 유별남 씨가 그의 손을 잡은 채로 물었다. 그는 3년 전 사막에서 오도 가도 못하고 있을 때 오마르를 만나 도움을 받았고, 그 후 계속 인연을 이어오고 있었다.

　"잘 지내요. 1년 전에 두 달간 납치당했던 것만 빼면…….

졸리스탄 유목민들의 군주에 대한 충성심은 사막의 바람을
이겨내고 서 있는 바하왈푸르 요새처럼 굳건하다.

그때 몸이 많이 쇠약해졌는데 지금은 거의 회복했어요."

너무나 엄청난 이야기를 너무나 담담하게 늘어놓는 그
에게서 격랑의 시대, 격랑의 땅에서 살아가는 이의 숙명 같은
것이 느껴졌다.

"무슨 일이 있었던 거죠?"

"결국은 돈이죠. 조금 남은 내 재산을 노린 건데, 타협이
잘돼서 몸값을 치르고 풀려났어요."

"과거 당신의 백성이었던 이들이 그런 일을 벌였는데 야
속하지 않으세요?"

"그들은 말투로 보아 이 지역 출신이 아닙니다. 졸리스

탄의 백성들은 그런 짓을 할 리 없어요."

이토록 철석같이 자신의 백성들을 믿고 있는 그가 이 지역의 실질적인 왕이었다면 꽤 근사했을 것이라는 생각이 들었다.

"그 일이 있고 나선 차 안에 늘 총을 가지고 다니죠."

영국제 기관단총을 뒷좌석에서 꺼내 보이며 그가 우리에게 던진 말이다.

1947년, 파키스탄이 인도로부터 분리, 독립할 때까지만 해도 파키스탄 영토 안에는 '나왑'이라 불리는 영주들이 다스리는 무수한 왕국이 있었다. 바하왈푸르 왕국은 그중 가장 부유한 왕국이었다. 심지어 파키스탄 정부가 독립 직후 돈이 없어 공무원들의 급료를 지급하지 못했을 때, 두 달 동안 급료를 대신 지불해준 것도 바하왈푸르 왕국이다. 그러나 중앙 정부보다 부유하고 강력한 왕국을 이슬라마바드 정권이 용인할 리 만무했다. 1970년대, 유산 상속을 둘러싼 가문 내의 다툼이 일어난 틈을 타, 파키스탄 정부는 문화재를 안전하게 보호한다는 명분을 내세워 압바시 가문 소유의 궁전 세 곳을 포함한 거의 모든 재산을 압류했다. 최근에는 일부 건물을 되찾았지만 내부의 귀중한 보물들은 이미 약탈당한 지 오래고, 바

하왈푸르 왕국의 정궁正宮이었던 곳은 여전히 군대의 본부로
쓰이고 있는 처지다. 할아버지의 보검을 암시장에서 돈을 주
고 되사야 했던 이야기를 들려줄 때, 오마르 왕자의 눈엔 눈
물이 고이고 있었다.

그날 저녁, 우리는 저녁 식사 초대를 받아 바하왈푸르 시
내에 있는 그의 집으로 향했다. 몰락했다곤 하지만 300년의
역사를 자랑하는 유력 가문이다. 집 밖에선 납치를 우려해 허
름한 옷에 야구모자를 쓰고 다니는 그였지만, 현관에서 우리
를 맞이했을 땐 진짜 왕자의 모습을 하고 있었다. 옷차림도 그
러했지만 그의 여유로운 태도와 기품 있는 언행은 억지로 배
운다고 되는 성질의 것이 아니었다. 응접실에서는 그와 친
한 바하왈푸르의 유지들이 모여 담소를 나누고 있었다. 가벼
운 인사가 오가고 담배 연기가 피어오르자, 가만있자 저게 뭐
더라…….

으흥? 맥주와 위스키다?!

알고 보니 이슬람 국가인 파키스탄에서도 술은 생산되
고 있었다. 파키스탄에서 유일하게 맥주를 생산하는 회사의
이름은 머리Murree인데, 이 회사의 역사는 1850년대로 거슬러
올라간다. 차츰 펀자브Punjab(파키스탄 동중부 지역으로 경제와

문화의 중심지)까지 지배를 확대하던 영국 왕실은 늘어가는 군인들에게 양질의 맥주를 공급할 필요를 느꼈고 1860년, 히말라야 산자락에 자리 잡은 해발 6천 미터의 고라 갈리Ghora Gali에 아시아 최초의 현대식 맥주 양조장을 열었다. 군인들에게 좋은 평을 얻었던 이 맥주는 1876년 미국 필라델피아에서 열린 주류품평회에서 우수 제품 메달을 차지했다. 또한 이슬람 정권이 들어선 이후에도 파키스탄 내의 비非이슬람교도인 기독교도와 힌두교도를 대상으로 명맥을 유지해오고 있다. 하지만 오마르 왕자의 응접실에 모여 앉은 사람들은 아무리

봐도 주기도문이나 밀교密敎의 진언을 외울 것처럼 보이진 않았다.

한국 사람들에게만 재미있을 법한 한 가지 사실은, 이 파키스탄산 술이 만들어지는 곳의 지명이 '물탄Multan'이라는 것이다. 결국 아무리 좋은 술을 만들어도 이름 때문에 '물탄 맥주', '물탄 위스키'가

파키스탄에서 생산되는 머리 맥주. 명목상으로는 이슬람교를 믿지 않는 기독교도와 불교도를 위해 만들어진다.

되어버리니 왠지 안타까운 느낌이 들었다.

'물탄 술'이지만 효과는 확실한 모양이었다. 술이 몇 순배 돌자, 방금 전까지 서양 문물의 무분별한 침투를 알라에 대한 믿음으로 막아내야 한다고 열변을 토하다 오셨을 것만 같은 풍채 좋은 아저씨가 자신의 아이폰을 오디오에 연결해 50년대 인도 가요를 틀기 시작했다. 왠지 이름이 무함마드일 것만 같이 생긴 아저씨는 거기에 맞춰 덩실덩실 춤을 추었다. 내 앞의 백발이 성성한 전직 장관님은 고장 난 라디오처럼 30분간 같은 이야기를 하고 또 하셨다. 그 순간만큼은 모여 앉은 사람들 모두 디오니소스교로 종교의 통일을 본 듯했다. 전직 장관님이 인도 편에 붙지 않고 파키스탄의 일원이 된 압바시 가문의 위대성에 대해 아홉 번째로 같은 이야기를 하시려 숨을 고르는 틈을 타 조심스럽게 여쭤봤다.

"여기 모인 분들은 모두 무슬림인 걸로 아는데요, 술을 드셔도 괜찮은 겁니까?"

"이슬람은!"

전직 장관님이 선언하듯 말씀하셨다.

"평화의 종교지. 아무것도 강요하지 않아. 무엇을 하든, 어떤 죄를 짓든 신께 심판을 받고 대가를 치르는 건 결국 개인이거든. 그래서 그 누구도 남의 신앙생활에 멋대로 개입할 권리는 없다고. 나는 스스로 술을 마시기로 선택했어. 그리고 남들보다 더 오래 기도를 하지. 난 신께서 나를 여전히 사랑하신다고 믿어. 그리고 이슬람은!"

장관님은 또 다른 반복의 무한 루프에 빠져들고 있었다.

7세기, 아랍 세계의 타락을 일소하고 새로운 도덕 체계를 세우려 했던 이슬람은 유독 금욕과 청빈을 강조했다. 이런 이슬람이 술의 해악에 주목했던 건 어찌 보면 당연한 일이다. 예언자 무함마드가 술의 무익함을 여러 차례 강조한 이래, 술은 아랍 세계에서 자취를 감추었다. 하지만 역으로 생각하면 율법으로 술을 금할 정도였으니 아랍 사람들이 얼마나 애주가들이었는지 알 수 있다. 술을 만드는 기술도 당연히 발달했는데, 증류주는 아랍(혹은 페르시아)의 발명품이라는 것이 정설이다.

양조주는 일반적으로 알코올 도수를 17도 이상으로 올리기 힘들다. 효모라는 미생물은, 산소가 있을 땐 당분을 분해해 물과 이산화탄소를 배출한다. 하지만 산소가 차단되면, 당분을 완전히 분해하지 못해 알코올을 만들어내게 된다. 이것이 바로 알코올 발효다. 그런데 알다시피 알코올에는 세균을 죽이는 힘이 있다. 결국 효모균은 (비극적이게도) 알코올 농도가 17퍼센트 정도 되었을 때 자신이 만들어낸 알코올에 의해 장렬한 죽음을 맞이한다. 이렇게 만들어진 양조주를 끓여 증기를 모으는 방법(증류법)을 쓰면 알코올 농도를 획기적으로 높일 수 있다. 아랍 사람들은 앞선 화학적 지식에 힘입어 이러한 증류 기술을 가장 먼저 습득했고, 그들이 만든 새로운 술을 '농축'이라는 뜻의 아랍어, '아락Arak'이라 불렀다. '알코올' 또한 아랍어에서 온 것인데, 열을 가해 불순물을 제거한 '고운 가루'라는 뜻의 '알 쿨Al Kuhl'이 그 어원이다. '알 쿨'은 라틴어와 불어를 거치며 그 뜻이 '증류해서 얻어진 액체'까지 확장되는데, 16세기에 영어로 유입되며 발음이 '알코올'로 변화했다. 17세기가 되면서 알코올은 '와인의 알코올Alcohol of Wine', 즉 양조주를 증류한 액체를 가리키는 말로 쓰이게 되었고, 1850년대 이후에는 그중에서도 에탄올(술)을 지칭하는 말로 자리 잡았다.

10여 년 전, 요르단의 퀸알리아 국제공항에서 비행기를 기다리며 면세점을 둘러보던 나는 눈이 번쩍 뜨였다. 내가 발견한 것은 인류 최초의 증류주 아락이었다. 당연히 요르단 내 판매는 금지였지만, 파키스탄과 마찬가지로 비이슬람 인구와 외국인을 위해 소량 제조되고 있었다. 사막에서 모래바람을 헤치고 피어난 한 떨기 장미꽃을 집어 드는 심정으로 아락한 병을 조심스럽게 집으로 모셔온 나는, 늘 새로운 술의 시음을 함께하는 모임인 '스피릿 브라더스' 친구들을 소집해 경건한 시음식을 가졌다. 떨리는 손길로 첫 잔을 따라 입으로 가져가봤다.

"……."

"이건 좀 아닌데."

"음, 나도 내가 생각했던 맛이 아니야."

솔직히 실망스러웠다. 우리가 입에 머금은 것은 지중해권에서 흔한 아니스라는 식물의 씨앗에서 얻은 향료를 첨가한 리큐어에 불과했기 때문이다. 이런 종류의 술로는 그리스의 우조Uzo나 이탈리아의 삼부카Sambuca 등이 훨씬 세련된 향을 낸다. 그들이 아류고 현재의 아락이 원조라고 주장할 수야 있지만, 내가 '아락'이라는 이름에 기대했던 것은 좀 더 순수하고 화끈한, 그동안 나를 즐겁게 해준 모든 술의 시원이라는 격에 어울리는 맛이었다.

증류주의 초기 발전 과정에 지대한 영향을 미쳤던 아랍 제국은 최근 몇백 년간, 적어도 술의 세계에선 그들의 영토를 거의 다 잃었다. 하지만 그것은 어디까지나 한 종교의 교리에 의한 것으로, 무척이나 부자연스럽게 느껴진다. 술은 먹고 남을 만큼의 과일과 곡식을 생산해낸 인간이 자신들의 성취를 축하하며 만들어낸 축제의 음료고, 인간이 추구하는 본질적인 쾌락과 맞닿아 있는 액체다. 이성과 율법으로 이것을 없애 버릴 수 있다고? 글쎄올시다. 그것은 아마도 이성과 율법이 인간에게 여유, 망각, 유희 같은 것들을 선사할 수 있을 때나 가능한 것이 아닐까.

　"이걸 마실 바엔 내가 이번에 중국에서 사 온 비닐봉지에 든 바이지우나 마시자고."

　관심을 잃고 다른 술을 따르는 친구들 옆에서 나는 아락을 몇 모금 더 들이켰다. 약간은 조잡한 그 맛에서 슬픔이 배어났다. 긴 세월 동안 종교의 눈치를 보며 제조법이 전승되기는커녕 만드는 이들의 자부심마저 위태로워진, 황야를 헤매는 리어왕과도 같은 술. 그것이 내가 아락에게 건네는 위로였다.

한 잔의 술에
담긴 기억

라오스
＊
비어라오

     홍대 근처에 가면 라오스 맥주인 비어라오Beerlao를 마실 수 있는 곳이 있다. 수준 높은 밴드들의 라이브공연이 자주 열리는 고급스러운 바인데, 가끔 들러보면 라오스 맥주가 꽤 나 인기다. 수입 맥주가 넘쳐나는 요즘, 맥주의 본고장 유럽을 제치고 하필이면 왜 동남아시아의 변방, 라오스에서 온 맥주를 찾는 걸까.

     물론 비어라오는 제법 맛있는 맥주다. 맥아와 라오스산 쌀을 배합하고 독일산 효모로 발효시켜, 역시 독일에서 수입한 홉을 첨가해 만들었기 때문에 부드러운 질감과 씁쌀한 맛의 조화가 일품이다. 예상컨대 그 맥주를 주문한 사람들의 상당수는 아마도 라오스 여행을 다녀온 사람들일 것이다. 여행지의 기억을 떠올리기 위해서 그곳에서 마셨던 술을 다시 맛보는 것만큼 좋은 방법은 없으니까.

술을 마시면 이성보다는 감성이 두뇌를 지배하기 시작하고 우리는 곧 외부와의 소통에 적극적이 된다. 장소가 되었든 사람이 되었든 (심지어는 동물에게도) 우리는 맨정신일 때보다 좀 더 적극적으로 상호작용을 시도하고, 의미를 부여한다. 그리고 그것은 우리의 무의식 속에 농축된 기억으로 저장된다(물론 너무 많이 마셔서 필름이 끊겼을 때는 예외로 치고). 그것을 다시 불러내는 마법의 열쇠는 그때 목울대를 울리던, 그리고 코끝에 맴돌던 맛과 향기. 그 조건만 충족시켜준다면 우리는 언제든 메콩강 변으로, 카리브해의 섬으로, 안데스의 산자락으로 순간이동할 수 있다. 참으로 멋지지 않은가!

그런 의미에서 우리 집 거실 한쪽을 차지하고 있는 술 전용 장식장은 각별한 의미가 있다. 출장 횟수와 지인들이 집을 방문하는 빈도에 따라 개수가 달라지기는 하지만 언제든 40병 정도의 재고(?)는 늘 유지하는 편이다. 이것이야말로 당장 세계 어느 곳으로든 떠날 수 있는 전용 출국장과 다름없기 때문이다. 이 장식장 안에는 한 병에 수십만 원을 호가하는 고급술은 거의 없다. 대신 방문했던 나라의 서민들이 마시는 '제법 괜찮은' 술들이 빼곡하게 자리를 차지하고 있다. 이런 술들은 면세점에서 쉽게 구할 수 없는 것이 대부분이기 때문에, 집까지 안전하게 모셔오려면 약간의 수고가 필요하다. 현재의 항공 법규상 100밀리리터가 넘는 액체의 기내 반입은 금지되어 있기 때문이다(망할 놈의 테러리스트들. 대체 액체 폭탄 따위는 왜 만들어가지고). 방법은 항공기 화물칸에 부치는 것뿐인데, 이 경우 가방에 가해지는 충격으로 병이 파손될 수도 있다는 단점이 있다. 운이 없을 경우엔 가방에 가해지는 충격이 건물 3층 높이에서 떨어지는 정도라고 한다. 몇 년 전, 몽골에서 지인이 우정의 표시로 준 후흐텡그르(푸른 하늘이라는 뜻) 보드카를 침낭에 싸서 집으로 부치는 짐에 넣었던 적이 있는데, 다행히 유리병은 무사했지만 부실하게 봉한 마개 덕에 보드카의 반 이상을 침낭 녀석이 마셔버리고 말았다. 이후로는 술병의 마개 부분을 장비 수리용으로 가지고 다니는 절연테이프로 밀봉해서 침낭이나 옷가지 사이에 넣는 방법을 쓰고 있다. 이래도 염려가 된다면 술을 모두 탄산음료 페트병에 옮겨 담는 방법도 있다. 빈 병은 얼마든지 기내에 가지고 탈 수 있으니, 집에 도착한 뒤 다시 원래 병에 옮겨 담으면 고민 해결.

　　그렇게 고생 고생해서 만들어놓은 나만의 술 라이브러리(?)는 삶이 고단하고 정신적으로 지칠 때, 훌륭한 탈출구가 되어준다. 술병을 딸 때도 나름의 의식이 있다. 조명은 최대한 어둡게 하고, 향을 하나 피운다. 그리고 그 나라에서 가져온 음악을 틀면 준비는 끝. 한 방울이라도 흘릴세라 주의 깊게 따른 술잔을 입으로 가져가면 그 마법의 액체는 한 치의 오차도 없이 햇살이 쏟아지던 크레타, 비가 퍼붓던 히말라야의 산자락, 끝없이 펼쳐지던 러시아의 초원으로 안내한다. 하지만 이런 경험을 하기 위해선 그 술과 링크가 될 수 있는 현장에서의 추억을 만드는 것이 우선일 것이다. 그런 면에서 지금까지 다섯 번에 걸쳐 방문했던 라오스는, 비어라오 병의 마개를 따는 것이 두려울 정도로 추억이 많은 나라다.

2002년 라오스를 처음 방문했을 때, 당시의 공식 환율은 1달러당 1만 킵이었다. 5천 킵짜리 지폐가 나온 지 얼마 되지 않았을 때니, 금은방 같은 데서 100달러 지폐 한 장을 환전하면 지갑에 들어가지도 않을 정도의 두툼한 지폐더미가 돌아오곤 했다(100만 원을 모두 5천 원짜리 지폐로 준다고 생각해보라). 그것을 두 개로 나눠서 뒷주머니 양쪽에 찔러 넣고 거리로 나서면, 마치 백만장자라도 된 듯한 기분이 든다. 당시 라오스에서 한국 중고차를 판매하던 사장님은 차 한 대를 팔면 직원 네 명과 함께 하루 종일 돈을 세어야 한다고 했다. 사람들이 은행을 믿지 않아 집 뒤뜰에 파묻어놓았던 돈을 파내서 자루째 들고 오기 때문이다. 기껏해야 액면이 2-5천 킵(당시 가치로 한화 약 200-500원)인 지폐로 수백만 원짜리 자동차 대금을 계산하려면 어느 정도 시간이 걸렸을지 상상하기조차 어렵다. 여하튼 상황이 이런 지경이었기에 물가도 상상할 수 없이 쌌는데, 라오스 수도에 있는 가장 좋은 호텔에서 비어라오 640밀리리터짜리 됫병 가격이 1만 7천 킵(약 1천 700원)에 불과하던 시절이었다. 그것도 호텔일 때 이야기고, 빨간 조명에 찢어지는 음악을 틀어놓는 동네 술집에 가면 술값 걱정 따위는 하지 않아도 좋았다. 술꾼에게 그보다 더한 천국이 어디 있겠는가. 게다가 가격에 비해 술의 품질이 엄청나게 훌륭하기까지 했으니 말이다. 술자리가 한번 시작되면 비어라오를 아예 짝으로 시켜놓고 주변의 술꾼들까지 끌어들이며

마시는 것이 보통이었다. 그래도 군기가 바짝 들어 있던 시절
인지라 연일 계속된 음주에도 불구하고 취재는 성공적으로
끝났는데, 그 이후로 라오스 하면 흰색과 초록색이 섞인 비어
라오의 라벨이 자동적으로 떠오르는 지경이 되고 말았다.

2009년 〈세계테마기행〉의 동남아시아 3개국 특집을 촬
영하기 위해 다시 찾은 라오스 남부에서, 메콩강에 튜브를 띄
우고 그 위에 기대 누워 유유자적하던 여행자들의 모습을 보
는 건 차라리 고문에 가까웠다. 그들의 손엔 어김없이 비어라
오 병이 들려 있었기 때문이다. 사실 여행 다큐멘터리를 하면
서 가장 많이 듣는 말은 "돈 벌며 여행까지 하니 좋으시겠어
요"인데, 실상을 알면 정말 말도 안 되는 소리다. 보통 한 시
간짜리 다큐멘터리를 만드는 데 짧게는 보름에서 길게는 몇
달이 걸리기 마련인데, 40분짜리 다큐멘터리 네 편을 보름 안
에 만든다는 것은 보통 스트레스가 아니다. 해외 촬영을 나가
면 눈에 보이는 모든 것들이 '분Minute'으로 보일 정도다. 너무
나도 아름다운 풍경이 눈앞에 펼쳐졌을 때 여행자의 반응은
"와!"라는 이 한마디면 족하지만, 프로듀서의 입장에선 '이
정도면 5분은 나오겠지?'라는 생각이 먼저 들고 마는 것이
다. 어쨌거나 그 취재 이후로 여행자들의 손에 들려 있던 비

어라오는 내게 '진짜 여행'의 아이콘으로 각인되었다. 햇살이 찬란하게 내리쬐던 7월의 메콩강, 그리고 그 위를 물방개처럼 유유히 떠다니던 검고 빵빵한 타이어 튜브와 함께.

2011년 3월, 전쟁 같던 연초 일정을 소화한 뒤 2주간의 휴식이 주어졌을 때 주저 없이 찾아간 곳은 메콩강 변이었다. 아무래도 강변에 튜브를 띄우고 비어라오를 한잔 들이켜지 않고서는 분해서 아무것도 할 수 없을 것 같았다. 그것이 맥주 때문이었는지, 빨갛게 타오르던 석양 때문이었는지, 함께한 소중했던 사람 때문이었는지는 몰라도, 그날은 내 평생 가장 행복했던 날들 중 하나로 기억 속에 남았다. 눈물도 조금 흘렸다. 튜브에 기대 누워 마셨던 차가운 비어라오의 첫 한 모금 때문에.

하지만 '4천 개의 섬'이라는 뜻의 시판돈Si Phan Don에서 꿈 같은 며칠이 지나가자, 놀러 온 것임에도 슬슬 프로듀서로의 직업적인 감성이 발동하기 시작했는지 달갑지 않은 풍경이 눈에 들어왔다. 먼저 눈에 띈 것은 서양 여행자들이 아예 그곳에 터를 잡고 운영하는 음식점들이 많아졌다는 것이었다. 좀 더 세련되고 깔끔한 곳이 많아진다는 점에선 나쁘지 않은 일이었지만, 언제나 문제가 되는 소수는 있기 마련이다. 일부 서양인 소유 음식점에선 '해피밀Happy Meal'이라고 해서 앞에 '해피'가 붙은 피자나 팟타이 등을 파는데, 잘못 먹었다간 무척 '언해피Unhappy'해진다. 그 음식엔 마약류가 들어가기 때문이다(나 역시 모르는 사이에 다른 손님과 음식이 바뀌어서 그놈의 행복한 국수를 먹고 밤새 토했던 경험이 있다). 뿐만 아니라 누가 봐도 마약에 찌든 중독자처럼 보이는 녀석들이 장기체류를 목적으로 술집과 식당에서 아르바이트를 하는 경우도 종종 있다.

어느 날 저녁, 간단히 하루를 마무리할 목적으로 들어갔던 레게 바에서 온몸에 문신을 한 드레드머리 영국인 알바에게 비어라오를 한 잔 주문했는데, 한 시간이 넘도록 가져오지 않는 것이었다(누가 봐도 약에 절은 그 녀석은 서빙은 하는 둥 마는 둥, 여자 여행자들에게 수작을 거느라 열심이었다). 기분이 상해서 그냥 간다고 하자 그제야 술을 가져오며 내 손에 들고

있던 지폐를 빼앗듯이 낚아챘다. 그러면서 이렇게 말하는 게 아닌가.

"이봐, 이런 게 라오스라고. 이곳엔 이곳의 속도가 있는 거야. 여기는 망할 놈의 일본이 아니라고." (웬 일본?)

나는 그 즉시 라오스를 떠나야겠다는 생각이 들었다. 더 이상 비어라오 한 병에 담긴, 라오스의 자유로움에 대한 나의 로망을 깨뜨려서는 안 되겠기에.

이후 홍대에서 다시 만난 한 병의 비어라오는, 라오스에서의 그 모든 기억들을 다시금 떠오르게 했다. 다행히도 역했던 해피밀과 자신이 무슨 라오스의 대변자인 양 으스대던 영국인 마약중독자 녀석보다는 우연히 마주쳤던 참파삭의 마을 잔치에서 아주머니들이 권하던 술잔이, 처음 만난 여행자들과의 즐거웠던 시간이 먼저 떠올랐다. 산은 산이요, 물은 물이다. 하지만 때로 한 잔의 술은 그 이상의 무엇이다.

선입견을 깨우친
화전민의 술

라오스
※
라오라오

방송 다큐멘터리를 10년 넘게 제작하는 동안, 전 세계 48개국을 돌아다니며 무수히 많은 오지 부족들을 만나봤지만, 문화와 풍습이 독특한 부족들이 몰려 있기로는 라오스 북부의 중국 접경지대만 한 곳이 없는 것 같다. 수도 비엔티안에서 북쪽으로 400킬로미터를 달리면 므앙싱Muang Sing이라는 마을이 나온다. 말이 400킬로미터지, 계곡을 따라 꼬불거리는 2차선 도로를 달리노라면 스무 시간은 족히 걸리는 길이다. 이곳에서 조금만 더 북쪽으로 올라가면 중국의 윈난성이다. 미얀마도 멀지 않다. 모두 변방에 속하는 지역이다 보니, 중앙 정부의 손길이 잘 미치지 않는다. 그런 이유에선지 이곳은 마약 산지로도 유명하다. 아편 재배로 악명이 높았던 골든 트라이앵글도 근처에 있다. 라오스, 미얀마, 태국의 국경이 겹쳐지는 곳이어서 붙은 이름이다. 서양 여행자들 중엔

대마초를 피우기 위해 일부러 므앙싱을 찾는 이들이 있을 정
도다. 하지만 중앙 정부의 입김이 약하다는 이야기는 곧 소수
민족들의 독특한 문화가 그대로 유지되고 있다는 이야기도
된다. 라오스 문화부와 공산당의 특별 허가를 받아, 므앙싱에
서도 비포장도로로 두 시간 더 들어간 곳에 있는 소수민족 거
주 지역을 방문한 것은 2004년 1월이었다.

색동저고리를 입고 자치기, 팽이치기를 하는 등 우리와
문화가 유사한 몽족 마을을 지나치자, 매캐한 연기가 차 안으
로 스며들었다. 주위를 둘러보니 길에서 멀지 않은 들판에 시
뻘건 불길이 넘실대고 있었다.

"꺼족이 화전을 일구려고 낸 불이야."

우리 일행의 통역과 현장 진행을 맡으신 이정환 씨가 말
했다. 1990년대 중반, 단돈 20만 원을 들고 라오스에 온 이분
은 얼결에 나갔던 내국인 대상의 마라톤 대회에서 우승하는
바람에 라오스에서 큰 뉴스거리가 되었다. 그 일로 체육부 장
관의 후원을 얻게 된 그는 라오스 최고 대학교의 국어국문학
과(즉 라오어학과)를 졸업하고 한국어와 영어를 가르치는 학
원을 설립했다. 그 학원이 대학교로 승격되어 학장까지 되었
다고 하니, 무일푼으로 도착한 이 나라에서 진정한 인생역전
을 이룬 셈이다. 웬만한 라오스 사람보다 더 정확한 라오어를
구사하는 이분이 없었다면 라오스 소수민족 취재는 아예 불
가능했을 것이다.

"이 근방엔 꺼족이 많이 사는데, 봄이 되면 이렇게 농토
에 불을 지르고 갈아엎은 뒤에 벼나 콩을 심지."

꺼족 마을은 계곡을 가운데 끼고 산비탈을 따라 자리 잡
고 있었다. 촬영을 위한 교섭이 끝나고, 동행한 여성 리포터
를 꺼족의 복장으로 갈아입히고 나자 웬 청년이 나서서 등을
내민다.

"이 마을 청년회장이야. 귀한 손님이 오면 업어서 촌장

님 댁까지 안내하는 게 이들의 풍습이라는군."

이정환 씨의 설명이 이어지자 리포터는 주저주저하다가 결국 청년회장의 등에 업혔다. 향긋한 화장품 향기를 풍기는 묘령의 외국인 처자를 등에 업자 기분이 좋았던 듯, 그는 연신 싱글대며 우리를 계곡 아래쪽에 위치한 집으로 안내했다.

촌장님 댁에서 향을 피워 이 마을의 조상님들께 우리의 방문을 고하고 나니 밥상이 나왔다. 마을 꼬마아이들이 먼 길 오느라 수고했다며 리포터의 다리를 주물러주는 동안 촌장님은 밥도 직접 입에 넣어주실 눈치였다. 이 지역 사람들은 식사를 할 때 맨손으로 밥을 조금 떼어서 주물럭거려 떡처럼 만든 뒤, 생선젓갈이나 반찬 국물에 찍어 먹는다. 갓 밭일을 마치고 돌아오신 촌장님이 손으로 한참을 주물럭거린 뒤 내민 밥뭉치는 한눈에 보기에도 많이 거뭇해져 있었다.

"국물에 적시지 않아도 참…… 짭짤……하겠네요."

촬영 중인 카메라를 노려보다 겨우 밥뭉치를 입으로 가져가기 전 리포터가 남긴 말이다.

꺼족은 태국 북부와 미얀마 북부, 라오스 북서부에 걸쳐 거주하는 민족으로 지역에 따라 아카족으로도 불린다. 19세기 말에서 20세기 초에 걸쳐 중국 남부에서 동남아시아 각 지역으로 이주해온 것으로 추측될 뿐, 정확한 역사는 베일에 싸여 있다. 하루 이틀 촬영을 진행하다 보니 가장 눈에 띄는 것은 이들의 전통 의상이었다. 만일 세계 여성 전통 의상 경연대회라는 게 있다면 꺼족 의상은 깜찍발랄 부문의 유력한 우승 후보가 아닐까 싶다. 먼저 치마 길이가 미니스커트를 방불케 한다. 무릎 위로 깡충 올라간 치마 아래로는, 형형색색의 천을 이어붙인 각반이 마치 말괄량이 삐삐의 스타킹마냥 귀여움을 더한다. 그리고 심플한 저고리 안에 받쳐 입는 것은 어깨끈이 하나밖에 없는 튜브톱. 더운 날씨를 이겨내는 데도 한몫하거니와, 어디서든 아기에게 쉽게 수유할 수 있는 기능적인 이점까지 있으니 일석이조라고 할까. 그런데 유심히 관찰하니 어떤 소녀는 치마 앞에 댕기 비슷한 것을 늘어뜨렸는데 어떤 소녀는 그것이 없다. 그리고 그 댕기의 유무에 따라 머리 장식도 미세하게 다르다. 이정환 씨에게 물었다.

"형님, 저 댕기는 무슨 의미가 있나요?"

"아, 저거…… 나도 아까 궁금해서 물어봤는데, 그게……."

"뭔데 그렇게 뜸을 들이세요."

"응, 저게 사실은 소녀와 처녀를 구분하는 표식이라고나 할까. 성년식을 마친 여자들만 치마에 저 댕기를 달 수 있대."

"아니 그게 뭐라고 대답을 못 하고 우물쭈물하세요."

"그 성인식이라는 게 말이야……."

돌아온 대답을 듣곤 나도 한동안 말을 잃을 수밖에 없었다. 꺼족 여성은 열네 살이 되면 모두 성인식을 거쳐야 하는데, 그 성인식이라는 게 바로 마을의 청년회장과 하룻밤을 보내는 것이라고 한다. 우리가 마을에 도착했을 때 리포터에게 등을 빌려준 그 친구가 바로 이 마을 처녀들의 첫날밤을 자기 것으로 할 수 있는, 어찌 보면 무지막지한 권력의 소유자였던 것이다. 아직 여성으로서 성숙하지도 않은 소녀가 자신의 의사와 무관하게, 친밀감도 무엇도 없는 남자와 한 방에 들 때 느껴야 했을 수치심과 공포감을 생각하자니, 갑자기 이 마을에 오만 정이 다 떨어지는 느낌이었다. 꺼족에 대한 나의 인상은 그것으로 결정되어버린 걸까. 이후로는 꺼족의 일거수 일투족이 모두 곱게 보이지 않았다. 촬영을 도와주기로 한 부부가 한참을 기다려도 나타나지 않아 알아보니, 방 가운데의 구멍을 동시에 넘어가다가 서로 마주치는 바람에(꺼족의 가옥은 남편의 공간과 아내의 공간이 가운데 얄은 벽을 사이에 두고 격리되어 있다. 부부 중 한쪽이 욕구를 느끼면 벽에 난 조그마한 구멍을 통과해 상대방에게 간다) 부정을 탔다 하여 바깥출입을 못 하게 되어버린 것이었다든가, 새 사냥하는 장면을 연출하려고 어렵게 사로잡은 새를(?!) 한눈파는 사이 먹어 치운 것까지는 그렇다 치자. 다음 날 있을 촬영에 대한 협조를 부탁하러 촌장의 집에 가보면, 늘 이런 식이다.

"그럼 약속하신 겁니다. 마을 사람 스무 명 모두 전통 의상을 입고 나오시는 거예요."

"하하하하, 이 친구. 하하하, 마음에 들어. 스무 명? 아냐, 서른 명은 있어야지!"

"그렇게 된다면 저야 좋지만…… 마을 일로 바쁘시지 않겠어요?"

"무슨 소리야, 흐흐흐. 우리 마을이 멋지게 나와야 하지 않겠어? 하하하하, 콜록! 콜록!"

"그럼 촌장님만 믿겠습니다!"

하지만 다음 날 아침이 되면 말이 달라진다.

"아니, 어젯밤에 약속하셨잖아요. 마을 사람 스무 명이 전통 의상을 입고 도와주신다고."

"안 된대도. 오늘은 중국에서 사탕수수를 실어갈 차가 오는 날이야. 바빠서 안 돼."

문제는 대마초였다. 하루 일과가 끝나면 별다른 소일거

리가 없는 이들은 촌장의 집에 모여서 앞사람 얼굴이 흐릿하게 보일 때까지 대마초를 피워댔고, 당연히 기분은 최고일 수밖에 없었다. 무슨 부탁을 하든 오케이인 것은 당연지사. 하지만 아침이 되어 약 기운에서 깨어나면 두통부터 몰려드는 모양인지, 내 말을 들으려조차 하지 않는 것이다. 이러는 사이 촬영은 점점 고행이 되어가고 있었다.

내 말수가 점점 줄고 표정이 어두워지는 것을 느꼈는지, 이정환 씨가 촬영을 마친 나를 어디론가 이끌었다. 향긋한 냄새가 감도는 그곳은 다음 날 있을 풍년 기원제에 대비해 한창 술을 만들고 있는 집 안뜰이었다.

"탁 PD, 술 좋아한다고 했지? 이 증류기를 보니 어떤 생각이 들어?"

불 위에서 연신 향긋한 수증기를 피워 올리고 있는 라오스식 증류기는 내가 그동안 봐온 어느 증류기보다도 아담하고 단출하면서도, 기능적으로 훌륭해 보였다. 집 한 칸을 가득 채우는 서양식 팟스틸이나, 곡선이 아름답지만 옹기로 되어 있어 무겁고 휴대가 불편한 우리의 소줏고리와는 달리, 그들의 것은 나무로 만들어지고 각 부분의 해체가 용이해 기동성 면에선 최고라는 생각이 들었다.

1   꺼족식 증류기

2   증류기에서 흘러나오는 라오라오. 쌀과 약
초의 향기에 어우러진 불맛이 독특한 풍미를 자아
낸다.

3   증류기 내부. 냉각된 술 성분이 아래로 떨
어지면 중앙의 그릇에 고여 외부로 배출된다.

"심플하면서도 합리적이네요. 어디든 들고 다닐 수 있을
것 같고······."

"그렇지. 사실 이 사람들이 화전민이잖아. 이들이 덩치
큰 증류기를 만들 줄 몰라서 못 만드는 건 아닐 거야. 다만 이
곳의 지력이 다하면 어디로든 몸을 움직여야 하니 자연스럽
게 이런 형태의 증류기를 만들게 된 거겠지. 마찬가지로 이
사람들의 관습과 전통이 지금은 아무리 이해하기 어렵다 하
더라도 그것이 처음 생겨났을 땐 현실에 대응하기 위한 어떤
중요한 이유가 있었던 게 아닐까? 이 사람들의 모습을 있는
그대로 이해할 때, 탁 PD의 마음도 편해지고 좀 더 좋은 프로
그램을 만들 수 있지 않을까 하는 생각이 드네."

"······."

찹쌀을 발효시킨 후 산에서 캐낸 갖은 약초를 더해 증
류한 그 술의 이름은 '라오라오Laolao'였다. 쌀로 만든 술 특유
의 화려한 향기와 미세한 단맛 그리고 증류주의 불맛이 더해
진 술잔을 천천히 들이켜자니, 왜 나는 술맛을 음미할 때처럼
이 사람들에 대해 시간을 두고 다가가지 못했나 하는 생각이
들었다. 섣부른 판단 따윈 유보하고, 천천히 입술과 목울대를
적시고 위장과 코안에 그 술의 진짜 향기가 가득 찰 때를 기

다리는 것처럼, 왜 그렇게 다가가지 못했던 걸까.

　다음 날, 다시 씨를 뿌릴 수 있게 된 것을 하늘에 감사하고 풍년을 기원하는 '문피 싸카오' 축제의 막이 올랐다. 남자들은 돼지를 잡느라 부산을 떨고, 여자들은 큰 대나무줄기를 땅에 찧으며 '탕방'이라는 춤을 추었다. 문명의 선입견을 한 꺼풀 걷어낸 내 눈으로 비로소 그들의 미소가 온전히 들어와 자리 잡았다. 오늘 이 축제가 끝나기 전에 그 청년회장이란 친구와 한 잔의 라오라오를 나누리라, 그리고 그 억세게 운 좋은(?) 청년은 그런 관습이 마냥 좋기만 한지 마음을 터놓고 물어보리라 다짐하는 순간이었다.

세계 정상을 노리는
중국의 자존심

중국
※
바이지우

중국 후난성湖南省이라고 하면 어딘지 금방 떠올리기 힘들지만, '장자제张家界(장가계)'라는 이름은 누구나 한 번쯤 들어본 적이 있을 것이다. 우뚝 솟은 석영사암 기둥들 사이로 신선이 구름을 타고 날아다녀도 전혀 이상하지 않을 듯한 풍광을 뽐내는 곳이 바로 장자제가 있는 후난성이다. 영화 〈아바타〉의 배경이 된 장소로도 알려져 있는데, 영화 자체는 3D 애니메이션에 배우들의 움직임을 덧입힌 것이니 실제 촬영이 이곳에서 이뤄지진 않았을 테지만, 그래픽으로 만들어진 영화 속 행성의 모습에 영감을 제공한 것은 틀림없어 보인다. 장자제의 몇몇 봉우리들이 하늘에 떠 있다고 상상하면 그대로 영화 속 모습이다. 그만큼 비현실적으로 아름다운 경치를 자랑하는 데다 홍보에도 열심이니, 당연히 이곳은 늘 사람들로 넘쳐난다. 그리고 이 넘치는 사람들을 모두 산꼭대기까지 실어

나를 수 있는 케이블카도 대륙적(?)으로 구비되어 있다. 관광객들은 하이힐에 정장 구두 차림이더라도 그 차림 그대로 입구에서 버스를 타고 케이블카 정거장으로 가서 톈쯔산 정상에 위치한 전망대에 오를 수 있다. 옛날이라면 몇 날 며칠 걸려 첩첩산중 절벽 길을 헤매야 가까스로 눈앞에 모습을 드러낼 비경이 그렇게 40분 만에 '소비'된다. 이 순간 풍광이 주는 감흥은 당연히 절반, 아니 반의반에도 못 미친다. 만약 여기까지 몸소 걸어 올라왔다면 지금의 풍경이 과연 어떻게 보였을까 하는 상상만이 아쉬움과 함께 머릿속을 가득 채운다.

우리 눈앞의 모습이 과연 그 본질일까 싶은 것. 어쩌면 한국에서 중국의 대표 술 바이지우白酒의 처지가 딱 그렇지 않을까. 바이지우라고 하면 귀에 익지 않은 이들이 대부분이겠지만 '빼갈'이라고 하면 '아, 그 중국집에서 탕수육 먹을 때 시키는 독한 술!' 하고 고개를 끄덕일 것이다. 사실 빼갈(배갈白干儿)은 허난河南 지역에서 생산되는 바이지우의 한 종류였다고 한다. 맛이 '맑고白' 도수가 '높다干' 하여 그런 이름이 붙었는데, 여기에 발음이 편하도록 'er儿' 소리가 첨가되어 '바이갈'이 되었고, 이 이름이 우리나라로 건너오며 '빼갈'로 변형된 것이다. '고량주高粱酒'라고도 불리는데, 여기서 고량은 수수를 가리킨다. 바이지우는 수수에 조, 쌀, 옥수수 등 갖은 곡식을 더해 누룩으로 발효시킨 뒤, 이를 증류하여 만든다. 여기까지 읽고는 고개를 갸우뚱할 사람도 있을 것이다.

'엄청 맛있을 것 같은데…… 그럼 내가 중국집에서 시켜 놓고 채 두 잔을 못 마셨던 그 독한 술은 뭐란 말이지?'

중국제라면 무조건 엉터리라고 말하는 사람들은 중국이란 나라가 얼마나 크고, 여기에서 생산되는 물건들이 얼마나 다양한지를 간과하는 경우가 많다. 예전에 각국의 미녀들이 나와서 수다를 떠는 모 TV 프로그램에 출연한 당찬 중국인 아가씨가 했던 말이 기억난다.

"중국에도 좋은 것들 많아요. 한국분들이 워낙 싼 것만 찾으시니까 그렇지."

중국집에서 "여기 '빼갈' 주세요!" 했을 때 식탁에 올라온 술은 발효 과정에서 누룩이 아닌 인공적인 효소를 사용했을 가능성이 높다(곡주의 경우는 그 자체로 알코올 발효를 시킬 수 없어서 전분으로부터 당을 만드는 당화 단계가 필요한데, 여기에 사용되는 것이 누룩 같은 곰팡이나 곡물의 싹에 들어 있는 효소다. 그러나 원가를 절감하기 위해 이런 성분을 공업적으로 생산해 사용하기도 한다). 그리고 원료도 수수가 아닌, 옥수숫대나 밀

기울을 사용해 생산량을 늘리고 단가를 낮춘 술일 터이다. 고급술이 몇 년간 질항아리 안에서 익어가는 과정을 거치는 반면, 이런 술은 기껏해야 5일 정도의 기간을 거쳐 병에 담긴다. 당연히 맛이 거칠고 조악할 수밖에 없다. 이렇게 값싼 술의 탄생 배경에는 인민이 손쉽게 마시고 취할 수 있는 술을 공급하려 했던 중국 공산당의 정책도 한몫했다. 1949년 중국 정부는 북경 지역의 열두 개 양조장을 통합해 하나의 기업으로 만들었다. 싼 가격에 신뢰할 수 있는 품질의 이과두주를 공급하기 위해서다. 이렇게 탄생한 술이 바로 우리가 중국집에서 가장 흔히 접하는, 붉은 라벨이 붙은 초록병 술 '홍성 이과두주紅星 二鍋頭酒'이다.

하지만 값싸게 취하는 것만이 중국술의 매력이 아님을 증명이라도 하듯 중국의 경제 발전과 함께 빼갈, 아니 바이지우는 화려하게 비상하고 있다. 마오타이茅台를 필두로 우량예五糧液, 궈자오1573國窖1573 등 중국 각 지역을 대표하는 명주들이 오랜 역사와 차별화된 맛, 그리고 무엇보다도 각각의 술에 얽힌 이야기를 마케팅에 활용해 서양의 위스키, 코냑과 어깨를 나란히 하는 세계 3대 증류주로 발돋움하고 있는 것이다. 일례로 중국을 방문한 국빈들을 대접할 때 많이 사용되는 궈자오1573은 중국 쓰촨성의 루저우瀘州에서 생산되는데, 1573년에 문을 연 양조장에서 만든다 하여 그런 이름이 붙었다. 질 좋은 바이지우는 발효 과정에서 수많은 미생물이 작용하여 높은 알코올 도수에도 불구하고 깊은 향과 깔끔한 뒷맛을 지니는데, 오래된 양조장일수록 미생물의 상호작용이 활발해져 더 훌륭한 맛이 난다. 루저우의 양조장은 400여 년간 원형 그대로 유지된 곳이라는 점을 생산 공정과 마케팅에 적극적으로 활용해 그들이 만드는 술의 격을 한층 높이고 있다.

여기서 잠깐, 우리에게 가장 익숙한 술인 소주를 돌아보지 않을 수 없다. 중국의 바이지우가 과거의 전통을 되살려 국제적인 명성을 얻고 있는 동안, 우리나라의 주류 시장은 아직도 저렴함을 앞세운 희석식 소주가 대세를 이루고 있다. 이것은 술을 대하는 사람들의 태도 때문이기도 하다. 중국의 유명 양조장에 가면 마오쩌둥 등 국가 지도자들의 휘호를 어렵지 않게 볼 수 있다. 술을 나라의 보물로 여기고 그 제조기법을 잘 살리는 것을 국가적 과업으로 생각하는 것이다. 효율과 저렴함이 최고의 가치이던 시대에 전통 제조 방식을 한참 벗어나 다른 길을 걷게 되었다는 점에서 중국의 바이지우와 한국의 소주는 같은 아픔을 지니고 있다. 하지만 바이지우가 다시

금 전통을 되살려 세계 주류 시장을 주도하고 있다는 점에선 중국이 우리나라를 앞서가고 있다는 것을 부인하기 힘들다.

2011년 6월, 마오쩌둥의 고향 후난성에서 여행 다큐멘터리 막바지 촬영에 열을 올리고 있었다. 촬영이 끝나면 으레 함께 고생한 출연자와 스태프들이 거나하게 한잔하는 것이 관례였기에, 마지막 촬영이 더디 진행될수록 마음은 급해져 갔다. 그날 우리 팀의 촬영지는 창사의 '마오쟈판띠엔毛家飯店(모가반점)'이었다. 마오쩌둥의 이웃에 살았던 한 아주머니가 마오의 사후, 그를 추모하고자 찾아오는 혁명 동지들에게 음식을 대접하기 위해 열었다는 유서 깊은 식당이다. 드디어 마지막 컷을 찍고 한시라도 빨리 촬영 종료를 자축하는 파티를 하러 가려는 찰나, 식당 지배인이 우리를 불렀다.

"저희 식당에 오신 손님께 식사를 대접하지 않고 그냥 보내는 것은 있을 수 없는 일입니다. 총주방장이 직접 요리를 준비했으니, 아무쪼록 맛이라도 봐주십시오."

그렇게까지 권하는데 마다하는 것도 예의는 아니다 싶어 일정을 잠시 미루고 식당 측에서 준비한 자리에 참석하기로 했다. 잠시후 2층 소연회실의 문이 열리는 순간, 우리는 벌어진 입을 다물 수가 없었다. 중국 8대 요리의 하나로 손꼽히는 후난 요리의 정수가 우리를 기다리고 있었던 것이다. 타이후太湖 호수에서 잡은 신선한 물고기에 맥주를 뿌리고 죽순과 고추 양념을 듬뿍 얹어 쪄낸, 눈이 아리도록 붉은 요리의 이름은 강과 산이 모두 붉게 물들었다 하여 '쨩산이피엔훙江山一片紅(강산일편홍)'이라 했다. 또한 코를 자극하는 아릿한 냄새는 두부를 시커멓게 변색될 때까지 삭혀 기름에 아삭하게 튀기고, 가운데를 눌러 움푹하게 한 뒤에 특제 소스를 얹은 '쵸우떠우푸臭豆腐(취두부)'에서 풍겨나오는 것이었다. 하지만 그중에서도 나의 눈과 혀를 온통 사로잡은 것은 다름 아닌 '훙샤오러우紅燒肉(홍소육)'였다. 비계가 풍성한 최고급 삼겹살을 두툼하게 썰어 살짝 튀긴 뒤 팔각, 계피, 홍고추 등 갖은양념을 넣고 간장에 졸이다가 다시 솥에 넣고 쪄낸, 후난을 대표하는 요리다. 특히 이 마오쟈판띠엔의 홍샤오러우는 마오쩌둥이 가장 좋아했던 요리로 유명하다. 그가 "사흘에 한 번 홍샤오러우를 먹을 수 있다면 힘을 내어 혁명을 끝까지 완수할 수 있을 것이다"라는 말까지 했다고 하니, 이 요리를 얼마나 사랑했는지 가히 짐작할 수 있다.

　　이토록 좋은 요리들이 널렸는데 여기에 어울리는 술이 빠진다는 게 말이나 될 법한 소리인가. 드디어 이 식당에서

직접 빚은 비전의 바이지우 '마오쟈판띠엔지우(모가반점주)'
가 나왔다. 영국을 대표하는 술이 위스키, 프랑스를 대표하는
술이 코냑이라면 중국의 대표 술은 누가 뭐래도 바이지우다.
향에 따라 발효 향이 강한 장향형醬香型, 향이 짙은 농향형濃香
型, 맑고 가벼운 청향형淸香型으로 나뉘는데, 마오쟈판띠엔지
우는 청향형 중에서도 특히 부드러운 면유형綿柔型(솜처럼 부
드러운) 바이지우라 했다.

한 잔을 따라 코끝에 가져가니, 곡식이 이토록 향기로워
질 수 있다고 웅변이라도 하듯 청량한 기운이 비강을 가득 채
운다. 증류주를 마실 때 혀끝에 살짝 대보는 것은 9볼트 건전
지 전극에 같은 짓을 했을 때처럼 불쾌한 자극만을 남길 뿐,
안 하느니만 못한 짓이다. 소량이 되었더라도 단숨에 목구멍
을 향해 던져 넣고, 위장에 착지한 술이 얼얼해진 식도를 되
돌아 나오는 회향回香을 즐길 때 비로소 그 술의 모든 것을 맛
보았노라 이야기할 수 있다. 바이지우는 이런 음주법에 가장
알맞은 술이다.

큰 호의를 베풀어준 식당 지배인 꽌웨이 씨와 가볍게 술
잔을 맞부딪치고, 잠시 향기를 음미한 다음 곧바로 목구멍을
향해 액체를 털어 넣었다. 깊은 투명함 어디에 그런 뜨거움을

감추고 있었는지 도무지 알 수 없는 불덩어리가 식도를 타고 내려간다. 면유형이라는 분류가 무색해지는 순간이다. 하지만 이내 잘 조화된 곡물의 향기가 놀란 식도를 감싸며 비강으로 되돌아 올라온다. 그리고 마지막으로 코끝을 스치고 지나가는 희미한 곰팡이와 과일의 향기. 입안에 남아 있던 훙샤오러우의 농후한 맛을 한 초식招式으로 제압하는, 미녀 고수의 섬섬옥수를 보는 듯한 기분이다.

제작진끼리 오붓한 촬영 종료 파티를 꿈꾸던 우리의 계획은 첫 번째로 상 위를 가득 채운 후난 요리 앞에, 두 번째로 마오쟈판띠엔지우의 화끈하면서도 청량한 맛 앞에, 마지막으로 지배인 꽌웨이 씨의 무지막지한 술 공력 앞에 처참히 무너지고 말았다. 한없이 온화한 표정으로 한 손에 술병을 들고 우리 일행 네 명에게 쉴 새 없이 "깐乾(원샷)"을 외치면서도(즉 우리의 네 배를 마시면서도), 30분 만에 혼자서 바이지우 두 병을 비우도록 낯빛 하나 변화 없는 그에게 꼬이려는 혀를 간신히 펴고 물었다.

"오늘에야 강호가 넓다는 것을 알았습니다. 감히 여쭙는데 혹시 무슨 기공이나 특별한 수련을 하시나요?"

"하하하. 특별히 수련하는 것은 없으나 어렸을 때 집이 술도가를 했지요. 무엇이든 조금씩 계속하다 보면 늘기 마련입니다."

그렇게 중국 촬영 마지막 날 밤의 기억은 희미해져가고 있었다.

후난 요리의 정수 '짱샨이피엔홍', '홍샤오러우'

이름에 담긴
초원의 자부심

몽골
＊
칭기즈 보드카

"덜커덩! 덜덜덜."

기체가 요동치자 미간이 살짝 찌푸려졌다. 좌석 팔걸이를 잡은 손에도 절로 힘이 들어갔다. 늘어선 산맥을 타고 솟아오르는 기류는 비행고도가 낮은 아에로몽골리아(몽골의 국내선 항공사)의 프로펠러 비행기를 사납게 흔들어댔다. 유럽으로 촬영을 다니며 몇 번이고 비행기를 타고 넘나들었던 알타이산맥이지만 이렇게 가까이에서 보는 것은 처음이다. 게다가 우린 곧 착륙할 참이다. 산맥과 초원이 만나는 곳에 가느다랗게 활주로가 제 모습을 드러내더니, 이내 공항의 모습을 갖춘다. 볕을 피할 곳이라곤 아무 데도 없는, 초원 한 가운데의 콘크리트 바닥에 항공기가 내려앉는다. 거북등처럼 갈라진 활주로 틈새에도 햇살이 가득 찼다.

홉드 아이막Ховд аймаг, 우리의 도道에 해당하는 몽골의

21개 아이막 중에서도 가장 변두리에 위치한 지역이다. 남한
의 4분의 3만 한 면적에 인구는 8만 명이 조금 넘는다. 벌판
가운데에 덩그러니 놓인 홉드시市는 어딘지 모르게 서부영화
세트장 같은 느낌이 들었다. 집들이며, 병원이며, 학교 같은
건물 안은 왠지 텅 비어 있고 지평선 너머에서 윈체스터 장총
을 들고 시거를 꼬나문 사내가 전속력으로 말을 타고 달려 나
타나야만 할 것 같은.

　"형님, 알겠죠? 내일 바로 뭉크하이르항Мөнххайрхан('영원
한 산'이라는 뜻)으로 출발해야 하니 오늘 술자리는가 지나치
게 길어지면 안 돼요."

　이번 취재의 안내를 맡은 어트거 형에게 몇 번이고 반복
해서 한 말이다.

　"그럼, 당연하지. 하지만 여기까지 와서 이 사람들을 만

나지 않고 간다면 날 가만두지 않을 거야. 어차피 우리 차량과 짐꾼들도 이 친구들이 다 구해준 거니까 인사는 해야지."

몽골 태권도 협회 간부로 한국을 제집처럼 드나들었던 어트거 형이 유창한 한국어로 대답했다. 몽골에서 두 번째로 높은 산 뭉크하이르항의 장관을 국내 최초로 카메라에 담으러 온 참이다. 해발 4천 204미터의 수흐바타르 봉 정상까지 도달하지는 못해도, 바로 그 턱밑의 봉우리까지는 올라가야 한다. 그것도 묵직한 광각렌즈가 달린 카메라에 삼각대며 배터리까지 지고! 산악 다큐멘터리를 시작한 지 얼마 되지 않은 풋내기 프로듀서에겐 여간 부담스러운 임무가 아닐 수 없었다. 나와 팀원들의 몸 상태에 온 신경이 쏠려 있는 것은 당연했다. 문제는 뭉크하이르항으로 가기 위해 거쳐야 하는 홉드가 어트거 형의 고향이라는 점이었다. 동향 친구가 좀처럼 보기 힘든 외국 방송사 사람들을 대동해 나타났다는 정보는 짧은 시간에 동네 끝자락까지 퍼져 나간 모양이다. 간단하게 술 한잔만 하면 된다고 해서 모인 자리엔 홉드시의 소방서장과 경찰서장을 비롯해, 체육위원회 위원장까지 배석해 있었다.

이들이 모여 앉은 곳은 마을 공설운동장 한쪽에 있는 잘생긴 나무 밑. 이 나무는 우리로 치면 서낭당의 신목神木과도 같은 것인데, 존경의 표시로
'하득Хадаг'이라고 부르는 파
란색 천을 주렁주렁 매달아
놓았다. 푸른색과 흰색은 하
늘과 구름을 상징하는, 몽골
에서 가장 상서롭게 여기는
색깔이다. 몽골 사람들이 자
신들의 조상이 푸른 이리와
흰 사슴이라고 믿는 것도 같
은 이유다. 자리가 자리이니만큼 나무 밑의 널찍한 바위 위
엔 몽골 사람들이 가장 좋은 술로 치는 '칭기즈 보드카Chinggis
Vodka'가 마련되어 있었다. 칭기즈 칸Чингис хаан(대양의 지배
자). 13세기에 세계를 아우르는 제국을 건설한 이 사나이의
이름은 몽골에선 '가장 좋은'과 이음동의어라고 해도 과언이
아니다. 어느 도시를 가든, 가장 좋은 호텔은 으레 '칭기즈 호
텔'이다. 가장 좋은 식당은 '칭기즈 레스토랑', 가장 큰 공항은
'칭기즈 칸 국제공항', 당연히 가장 좋은 보드카도 '칭기즈 보
드카'다.

　　몽골의 술이라 하면 '아이락Айраг'이라 불리는 마유주를

연상하기 마련이다. 하지만 마유주를 만들기 위해선 많은 수의 말떼가 필요하다. 말이라는 동물이 양이나 소처럼 젖을 풍부하게 생산해내는 것이 아니기 때문이다. 또한 발효가 일어날 때까지 젖을 담은 부대를 한참이고 저어줘야 하는 데다 유통기한까지 짧으니, 초원의 게르(천막)를 버리고 도시 안으로 들어온 사람들이 언제고 쉽게 구해 마시기엔 무리가 따른다. 그래서 도시 사람들은 맥주와, 19세기에 러시아를 통해 들어온 보드카를 마신다. 그럼에도 불구하고 마유주에 대한 그리움은 술의 이름에 그대로 남았다. 몽골어로 맥주는 '샤르 아이락(노란 마유주)', 보드카는 '차강 아르히(흰 아르히. 아르히Архи는 마유주를 증류해 만드는 15도 내외의 술로, 우리나라 소주의 원조로 여겨진다)'라고 불린다.

사람들이 신목 아래의 돌 탁자에 앉고 나자 저마다 일어나서 공산주의 시절의 영웅적인 어조를 떠올리게 하는 말투로 일장 연설을 하고 사이다 잔에 반 넘게 채운 보드카 한 잔씩을 돌린다. 처음엔 입술만 축이고 내려놓으려 했으나 사람들의 눈초리가 심상치 않았다. '에라, 모르겠다. 내일은 하루 종일 이동만 하면 되니까'라고 스스로에게 변명거리를 만들어주며 술잔을 목에 털어 넣는다.

그런데 어, 이거······

맛있다!

병 라벨에 그려진 위대한 왕의 얼굴은 허투루 붙여 놓은 장식이 아니었다. 본디 무색, 무미, 무취인 것을 최고로 치는 보드카의 기준을 놓고 평가해도, 어디 하나 빠지는 구석이 없는 깨끗한 맛이다. 푸른 천이 가볍게 살랑거리는 신목의 기운 때문에 더더욱 그렇게 느껴졌는지도 모를 일이다. 술이 한 순배, 두 순배 연거푸 돌자 나뭇잎 사이로 새어드는 햇살은 소용돌이를 일으키며 더욱 따사롭게 느껴졌고, 나에게 술잔을 권하는 칭기즈 칸의 후예들의 뺨도 선명한 붉은색으로 달아올랐다.

"당신 이름의 뜻은 뭐지?"

홉드의 경찰서장이 보드카 한 잔을 기세 좋게 비우고 나에게 물었다.

"처음으로哉 형통했다亨는 뜻이니······ 'I made it for the

first time' 정도 될까요?"

"아하, 아마 부모님이 당신을 얻고 무척 기분이 좋았던 모양이군. 당신을 낳고 얼마나 행복했으면 그런 이름을 지었겠어! 그렇다면 당신의 몽골 이름은 '아츠쿠Aзxүү'로 하면 되겠군! '행운의 아들'이라는 뜻이지. 자, 아츠쿠! 한잔 더 하자고. 당신이 여기까지 온 건 나에게도 행운의 징조야!"

"오오, 감사합니다! 토크토요Toʀтooë(원샷)! 한잔하시죠!"

결국 이날, 몽골 이름까지 얻고 새롭게 태어난 아츠쿠는 해가 아직 반나마 남아 있을 무렵 모든 기억의 끈을 놓고 말았다. 인간으로서의 운영체제가 재부팅된 것은 다음 날 아침이나 되어서였다. 가야 할 길의 거리와 올라야 할 산의 높이가 묵직한 두통과 함께 가슴을 짓눌러왔다. 백지처럼 새하얀 머릿속과 유조선의 닻처럼 무거운 마음을 안고 떠날 채비를 서둘렀다.

"내가 이럴 줄 알았어, 이럴 줄 알았다고! 어트거! 어트거! 얼른 안 일어나? 형이고 나발이고 얼른 정신 차려, 이 주정뱅이야!"

아직 술기운에서 깨어나지 못하는 어트거 형에게 한바탕 욕을 퍼부은 뒤, 스태프와 일꾼들을 채근해 차에 태웠다.

시동이 걸리자마자 혹시라도 누군가가 붙잡기라도 할세라 홉드시 경계로 부리나케 내뺐다. 배웅하는 손길에 붙잡히다 보면 안 그래도 지체된 일정이 더 늦어질까 조바심이 났기 때문이다. 지프차 한 대와 사륜구동 승합차 한 대가 뽀얀 먼지를 일으키며 인적 없는 도로를 달렸다. 바퀴가 덜컹거리는 소리를 빼면 차 안은 고요했다. 내쉬는 숨결을 따라 숙취만 무겁게 가라앉았다. 마을을 벗어나는 고갯길. 그 위엔 으레 어워Oboo라고 불리는 몽골식 서낭당이 있다. 길 떠나는 나그네들은 이 어워에 돌을 얹고, 그 둘레를 시계방향으로 세 바퀴 돌며 안전을 기원한다. 우리가 홉드의 어워에 가까워졌을 때, 나는 돌 위에 앉아 있는 실루엣 하나를 발견했다. 어제 늦게까지 우리 일행을 환대해주었던 홉드 체육위원회의 위원장, 바양자르 씨였다. 어트거 형의 친한 동생이기도 한 그는, 이별이 못내 아쉬워 동트기 전 혼자 이곳에 나와 우리 일행을 기다리고 있었던 것이다.

"이 술 한 병만 마지막으로 드시고 가시죠."

그가 품속에서 아직 따지 않은 칭기즈 보드카 한 병을 꺼낸다.

"다른 사람들이 모두 환송하러 나오면 어트거 형 일행은 결코 떠날 수 없을 겁니다. 그래서 혼자 왔어요."

그는 햇살을 머금은 양은 컵 가득 칭기즈를 부었다. 찰랑거리는 투명한 액체는 연한 아지랑이를 피워 올렸다. 그 순간, 잠시라도 사람들의 환대와 환송을 한낱 거추장스러운 장애물로 여겼던 한 인간은 우주에서 가장 작은 먼지가 되어가고 있었다. 뜻을 담은 이름을 선물한 이들에게, 이별을 아쉬워하는 말 한마디 없이 떠나려 했다니. 행운의 아들은 개뿔. 자본주의의 노예겠지.

"자, 마셔요."

바양자르 씨가 나직이 술을 권했다.

토크토요.

아침 해는 부드럽게 대지에 빛을 드리웠고, 목울대를 넘어가는 보드카는 차가우면서도 따뜻했다.

히말라야의 고단함을
치유하는 묘약

네팔
*
럭시

2006년 8월, 산악 다큐멘터리 촬영을 위해 처음으로 찾은 네팔의 히말라야는 PD 이력 5년 차의 체력과 의지력을 시험하는 관문이었다. 이전에 경험한 산이라고는 군생활 도중 대대장의 갑작스러운 명령으로 단독 군장에 소총까지 둘러메고 올랐던 치악산이 마지막이었던 터라(그리고 그것으로 산이라면 치를 떨게 된 터라), 랑탕 계곡과 고사인쿤드 지역의 험난한 지형은 몇 번이고 나를 빈사 상태로 몰아갔다. 매일같이 쏟아지는 비는 옷과 신발을 무겁게 했고, 촬영을 시작하려 들면 구름 뒤로 숨어버리는 봉우리들은 카메라를 조롱하는 듯했다. 저지대에선 풀잎에 매달려 지나가는 사람의 몸 위에 달라붙을 기회만 노리고 있는 거머리가, 해발 4천 700미터를 넘나드는 고지대에선 호흡곤란 증세가 촬영팀을 끊임없이 괴롭혔다. 도시물을 채 빼지 않고 성스러운 산을 찾은 데 대한 형벌처럼 느껴질 정도였다. 하지만 그림을 제대로 찍어 가지 못할 경우 이보다 더한 괴로움을 선사할 호랑이 같은 선배 감독님 얼굴이 떠올랐기 때문에 발걸음은 저절로 산길을 더 듣고 있었다. 먹고사는 문제가 걸렸을 땐 몸이 전혀 다른 메커니즘으로 움직인다는 사실을 깨닫는 경험이었다. 봉우리 하나를 촬영하는 데에도 구름이 잠시 흩어지는 틈을 노려야 하다 보니 평상시보다 몇 배의 시간이 걸렸지만, 긴 기다림만큼이나 웅장한 설산이 모습을 드러낼 때의 감동은 강렬했다. 도저히 이 세상 것 같지 않은 히말라야의 경치는 모든 고통을 이겨낼 수 있도록 해주는 마취제였고, 그 약에 취해 꿈속을 걷다 보니 어느새 2주간의 촬영 기간이 끝나 카트만두로 돌아와 있었다.

촬영 도중 놀랐던 한 가지는 네팔인 가이드들의 뛰어난 한국어 실력이었다. 대부분 한국에서 노동자로 오랜 시간 일하고 돌아온 그들에게선 외국인 특유의 억양조차 느껴지지 않았다. 우리 팀의 가이드는 핀초 라마라는 친구였는데, 산행을 시작하기 전 카트만두에서 핀초를 처음 만났을 때, 나는 그가 당연히 한국인이라고 생각했다(네팔에서도 티베트와 가까운 지역에 사는 민족 사람들은 한국 사람과 외모가 비슷하다).

"오시느라 고생 많으셨습니다. 일단 오늘은 푹 쉬세요."

그의 유창한 한국말을 듣고 그게 어느 지방 사투리인지를 생각하는 데에만 골몰했을 뿐, 꿈에도 그것이 외국 사람의 억양이라고는 생각하지 못했다. 알고 보니 핀초는 네팔 최고의 명문 대학교 출신이었다. 하지만 학업을 계속해도 마땅한 벌이를 찾을 수 없는 고국의 현실은 그를 절망케 했다. 그런 와중에 그의 귀를 번쩍 뜨이게 한 것은 이름조차 생소한 나라, 한국이었다. 주변 지인들을 통해 한국에 가면 큰돈을 벌수 있다는 사실을 알게 된 것이다. 그길로 그는 학업을 포기하고 불법 체류 노동자의 삶을 선택했다. 합법적인 산업 연수생 자격을 얻을 기회는 너무나 희박해서 차라리 복권에 당첨되기를 기다리는 편이 나을 정도였기 때문이다.

"인천공항에서 입국 허가 도장을 받기 위해 서 있는데 온몸이 덜덜 떨리는 거예요. 거기서 거부당하면 여권을 만들고 관광 비자를 내기 위해 브로커에게 지불한 돈이 모두 날아가는 거니까요. 질문에 어떻게 대답했는지 기억도 나지 않아요. 도장이 찍히고 심사대를 통관했을 땐, 세상이 다 내 것 같았죠."

의정부의 한 냉장고 공장에 취업한 그는 그곳에서 7년간

1

2

1   구름이 몰려드는 히말라야 랑탕 계곡

2   네팔의 남체바자르에서 설산을 응시하고 있는 좁교Zopkio(야크와 물소의 교배종)

일하며 공장의 '형님들'로부터 한국말을 배웠다고 한다.

"처음에는 형님들, 엄청 무서웠어요. 마구 소리를 지르고 위협하기도 하고……. 하지만 제가 먼저 일을 마친 뒤 그분들 일까지 도와드리니까, 차츰 저를 동생처럼 귀여워해 주셨어요."

천성적으로 말주변과 붙임성이 좋았던 그는 한국에서 착실히 일해 돈을 모아 고국으로 돌아왔다. 그런데 정작 네팔에서 그의 가장 큰 살림 밑천이 되어준 것은 제2의 모국어나 다름없게 된 한국어였다. 때마침 일어난 히말라야 트레킹 붐을 타고 한국어 가이드 일을 할 수 있었던 것이다.

"핀초와 함께 산행을 하고 오신 한국 손님들은 불만이 있어도 컴플레인을 잘 못 하세요. 이 친구가 워낙 붙임성이 좋아서, 산행이 끝날 때쯤 되면 일행 모두와 형님, 누나, 삼촌, 이모가 되어 있으니까요. 그래서 불편한 점이 있으면 제발 말씀하시라고 제가 외려 부탁을 드려야 하죠."

그가 소속된 여행사의 한국인 사장님의 이야기다.

유창한 한국어 실력에 걸맞게, 핀초는 솜씨 좋은 이야기꾼이기도 했다. 산행 중 듣는 그의 이야기 한 자락은 고단한 여정이 가져다준 다리 통증까지 잊게 만드는 묘약이었는데,

네팔 사람들이 어릴 때부터 술을 접하게 될 수밖에 없는 이유
에 대해 그는 이렇게 설명했다.

"우리 네팔 사람 왜 머리 나쁜 사람 많은지 아십니까?
갓난아기 때, 부모님들 함께 밭에 나갑니다. 일하는 도중 아
이 계속 울면, 신경 많이 쓰입니다. 그러면 부모님들, 아기에
게 창Chhaang(수수나 보리로 만든 네팔식 막걸리) 먹입니다. 먹
이고 나면 한 시간이고 두 시간이고 쓰러져 잡니다. 어려서
부터 그렇게 창 많이 먹는데, 어떻게 머리 좋을 수 있습니까?
저는 다행히 부모님이 창 많이 안 먹여서, 머리가 나빠지지
않아서 대학교 간 겁니다."

자국민에 대한 약간의 비하가 섞여 씁쓸하게 들리기도
했지만, 네팔의 현실에 대한 안타까움이 더 크게 느껴지는 이
야기였다.

이렇듯 일찍부터 술과 친근해질 수밖에 없어서인지, 네
팔 사람들 중엔 애주가가 많다. 그리고 그 애주가들의 입과 코
를 만족시켜주는 맛있는 술도 당연히 많다. 특히 창은 네팔의
전 지역에서 가장 흔히 찾아볼 수 있는 전통주다. 반쯤 발효된
수수나 보리에 뜨거운 물을 붓고 식힌 뒤, 여기에 생강과 부자
등 각종 약재를 밀가루와 버무려 띄운 누룩을 넣고 2-3일간

더 발효시키는 것이 일반적인 창 제조법이다. 마치 우리네 어르신들이 고뿔에 걸리면 소주에 고춧가루를 타서 마시듯, 네팔의 고산지대에선 뜨겁게 데운 창 한 잔이 감기몸살을 치유하는 최고의 명약이다. 뿐만 아니라 여름에는 차가운 계곡물 속에 담가두었다가 마시기도 하는데, 웬만한 이온음료는 명함도 내밀지 못할 정도로 갈증이 사라진다. 히말라야의 설인 예티Yeti도 창을 좋아해서 간혹 인적이 드문 산골 오두막에 내려와 술동이를 비우고 가기도 한다 하니, 명실상부한 네팔의 국민주는 바로 이 창이라 해도 과언이 아닐 것이다.

한편, 발효된 수수가 들어 있는 나무통에 뜨거운 물을 부어가며 마시는 것은 '똥바Tongba'라고 한다. 미루어 짐작건대, 수분이 적어서 무게가 덜 나갈수록 산골에서 등짐으로 운반하기 쉬워지기 때문에 이런 형식의 술이 발달하지 않았나 싶다. 똥바를 마실 땐 마치 전통차를 마시듯 수수 알갱이에 더운물을 부어 알코올 성분을 우려가며 먹는데, 앞부분이 납작한 대롱으로 빨아 마시는 것이 재미있다. 달착지근하고 알코올 도수도 그리 높지 않아 부담 없이 마실 수 있지만, 더운 술인 데다가 빨대로 마시다 보니 방심하고 많이 마시게 되면 자리에서 일어날 때 뭔가 붙잡지 않고는 몸을 일으킬 수 없는 상황이 올 수도 있다. 여성 애주가들의 경우 특히 만만히 보지 말아야 할 녀석이다.

그리고 또 하나, 네팔의 술 리스트에서 빼놓을 수 없는 것이 럭시Raksi다. 럭시는 창이 있는 곳이라면 어디든 있기 마련인 증류주인데, 둘의 관계는 맥주와 위스키 그리고 막걸리와 증류식 소주의 그것과 닮았다. 쉽게 말해 창을 끓이면 럭시가 되는 셈이다. 럭시를 만드는 증류기는 구조도 단순하고 크기도 작아서, 아침이면 집집마다 마당의 간이 화덕 위에 이것을 걸고 럭시를 내리는 풍경과 흔히 마주칠 수 있다. 이 술은 여러 고산 부족의 제례 의식에 빠질 수 없는 주인공이기도 하고, 기진맥진해진 여행자들에겐 단숨에 원기를 회복시켜주는 묘약이기도 하다. 온몸을 으슬으슬하게 만드는 추위에, 바짓가랑이를 피로 질척하게 만드는 거머리와 싸워가며 우기의 히말라야 산자락을 걷다 보면, 로지에서 마주치는 한 잔의 럭시, 그리고 그 럭시를 커피에 탄 무스탕 커피의 위력을 실감하게 된다. 당연히 트레킹을 마칠 즈음이면 럭시에 대한 고마움과 그리움이 사무칠 정도다.

촬영을 마치고 카트만두로 돌아온 뒤 핀초에게 말했다.

"저기, 네팔을 떠나기 전에 럭시를 한 병 사고 싶은데……."

말이 채 끝나기도 전에 핀초의 유창한 한국말이 쏟아졌다.

"아니, 그 안 좋은 술을 왜 삽니까? 제 친구들, 럭시 먹고 많이 장님 되었습니다. 럭시, 아주 안 좋은 술입니다."

"아니, 럭시가 왜 안 좋다는 거예요? 난 럭시가 없었으면 트레킹을 마치지도 못했을 거예요."

"그러지 마시고 면세점에서 위스키 사십시오. 시골 럭시, 괜찮지만 카트만두 럭시, 안 좋은 거, 케미컬(화학 물질) 많이 들어갑니다. 잘못하면 장님 됩니다."

알고 보니, 먹는 것의 품격보다 그것이 벌어주는 돈을 더 중요하게 여기는 일이 이 카트만두에서도 일어나고 있는 모양이었다. 원래 카트만두가 위치한 네와리 지역에서 생산되는 럭시는 '네와리 럭시'라 하여 네팔에서도 이름난 명주였지만, 이젠 네와리 럭시의 제대로 된 맛을 보기 위해선 시력을 걸고 모험을 해야 할 판이었다.

"그래도 난 꼭 한 병 사야겠어요. 그러지 말고, 핀초가 좀 도와줘요."

"정 그러시면 저를 따라오십시오."

핀초를 따라 들어선 시장 뒷골목은 어두컴컴했다. 우기의 눅눅함까지 더해져 뭐가 튀어나와도 이상하지 않을 분위기 속에서, 핀초는 무척이나 신중하게 (나 혼자 왔으면 그냥 지나쳤을 법한) 주점들을 탐방해나갔다. 다섯 집 정도 들렀을까. 핀초는 주인과 한참 이야기를 나누더니 술 한 잔을 내오게 했다. 사이다 컵에 담긴 그 술을 입에 한 모금 머금고 잠시 음미하던 핀초가 나직하게 말했다.

"이 정도면 여기서 구할 수 있는 것 중 최고입니다."

받아든 술잔엔 랑탕과 고사인쿤드, 람중과 쿰부에서 나의 지친 심신을 격려해주었던 바로 그 액체가 담겨 있었다. 옅은 숯불 냄새와 수수 증류주 특유의 맵싸한 기운, 그리고 잠시 스쳐가는 고산의 청량함.

히말라야의 품 안에서 살다 나와 이제 도시의 빈민으로 변모하고 있는 사람들의 고단한 오늘을 대변해야 했기에, 본래의 성질과 사뭇 다른 오명을 뒤집어써야 했던 술. 그 한 병을 조심스레 싸 들고 핀초와 나는 총총히 골목을 나섰다.

지독한 추위 뒤
최고의 한 모금

네팔과 스위스
*
무스탕 커피와 글뤼바인

이곳은 콜롬비아의 수도 보고타. 내일이면 한국으로 돌아간다. 12월도 중순이 넘었으니 지난달 인천공항을 떠나온 이후 거의 한 달이 흐른 셈이다. 언제나 그렇듯 지나간 상황들에 대한 아쉬움과 뿌듯함이 교차하고, 돌아가면 꼭 먹고 싶은 설렁탕과 게장 생각에 마음이 들뜨기 시작한다. 하지만 단골 음식점이라는 고지에 안착하기 위해 통과해야만 하는 험난한 장애물이 있으니, 그건 바로 요 몇 년 중 최고라고 하는 무시무시한 한파다. 잠깐 찾아본 인터넷에선 연일 한파와 관련된 기사가 화제고, SNS에서 마주치는 지인들도 돌아오면 각오를 단단히 해야 할 거라며 한마디씩 한다. 금광 관련 다큐멘터리 취재를 위해 남미의 정글을 헤매고 다닌 탓에, 추위보단 더위와 습도에 몸이 적응되어 있어 한파란 여간 두려운 존재가 아닐 수 없다. 귀국을 위해 잠시 들른 이곳 보고타의 밤공기가 춥게 느껴질 정도니, 인천공항에 도착하면 짐을 찾자마자 창피함과 냄새는 잠시 접어두고 가지고 있는 모든 옷을 꺼내 겹겹이 껴입고 나가야 할 판이다. 하지만 추위가 꺼려지는 손님이기만 한 것은 아니다. 코끝이 떨어져 나갈 정도로 아리고 자기도 모르게 발을 동동거릴 정도가 되면 비로소 제맛이 나는 술이라는 것들이 또 있기 때문이다.

'아, 이놈의 추위. 몸도 으슬으슬한데…… 어디 한잔 마시면 몸이 확 풀리면서 기분 좋게 노곤해지는 그런 술 없을까?'

이건 겨울이 존재하는 곳에 사는 사람이라면 한 번쯤 고민해봤음 직한 문제인데, 고민의 내용이 보편적이니만큼 제시된 해결 방법들도 크게 다르지 않다. 베네수엘라의 깔렌따디또도 그중 하나다. 원래 '깔렌따디또'는 '따뜻하게 하는 것'이라는 의미다. 적도 인근이라고 해도 안데스산맥이 시작되는 곳이기도 한 메리다는 아침저녁의 일교차가 상당히 크다. 그렇다고 커피 농부들이 사는 집에 난방 시설이 잘되어 있는 것도 아니어서, 아침에 일어나 일을 나가기 위해선 짧은 시간 안에 몸을 데워줄 수 있는 뭔가가 필요했다. 바로 그것이 커피에 사탕수수 술, '미체'를 섞은 깔렌따디또였다.

히말라야에서도 이와 비슷한 것을 접할 수 있다. 네팔

랑탕 지역의 8월은 매일같이 비가 오는 시기다. 해발 4천 700미터의 고산 호수에서 벌어지는 힌두교 축제를 촬영하기 위해서였다고는 하지만, 취재 시기로는 최악이었다. 매일매일 똑같은 패턴이 반복되기에 기상을 정확하게 예측할 수는 있었지만, 문제는 그 예측된 패턴이 늘 똑같이 지랄맞다는 것이었다. 예를 들면 이런 식이다. 아침 하늘은 더할 나위 없이 맑다. 7천 미터급의 높은 봉우리들도 흰 눈을 머리에 인 자태를 또렷하게 드러낸다. 하지만 점심을 먹고 한두 시간 정도 걷다 보면 마치 보이지 않는 컨베이어벨트에 의해 운반되기라도 하듯, 계곡 아래쪽으로부터 구름들이 모여들기 시작한다. 비가 시작되는 시간은 대략 오전 11시. 그리고 5시 무렵까지 빗줄기가 미친 듯이 쏟아진다. 저녁을 먹을 때라고 배려하는 것인지, 마을에 도착할 때쯤 잠시 소강상태가 되었던 빗줄기는 밤이 되면서 다시 굵어지기 시작해 아침까지 이어진다. 랑탕 계곡에서 고사인쿤드 호수를 넘어 카트만두로 돌아가는 13박 14일의 트레킹 동안 하루라도 비가 오지 않은 날이 없었다. 상황이 이렇다 보니 방수 기능이 탁월하다는 고어텍스가 아니라 고어텍스 할아버지라고 해도 배겨낼 장사가 없다. 어깨를 서늘하게 만들던 빗방울은 어느새 등을 온통 적시고, 나중엔 팬티까지 질척하게 만들어버린다. 젖은 이불을 뒤집어쓴 모양새로 숙소에 도착하면, 옷을 벗을 생각도 못 하고 덜덜 떨리는 목소리로 주인장에게 이 말부터 내뱉곤 했다.

"무, 무스탕 커피…… 지금 되나요?"

무스탕 커피Mustang Coffee는 이름대로 네팔의 무스탕 지역에서 유래한 것인데, 커피에 설탕, 야크Yak(히말라야 고원지대에 사는 야생 소)의 젖으로 만든 버터, 그리고 네팔의 전통술 럭시를 탄 것이다. 양은 컵에 담긴 무스탕 커피를 두 손에 들고 코끝에 갖다 대면, 따뜻한 온기와 함께 정신을 몽롱하게 만드는 알코올의 증기가 콧속 점막을 자극한다. 후후 불어가며 조심스레 첫 모금을 식도로 넘기면, 비로소 떨림이 잦아들

고 눈에 초점이 돌아온다. 달콤하고, 고소하고, 뜨겁고, 얼큰한 그 액체가 혈관을 따라 퍼질 때의 느낌은, 추위와 피로로 절박해져본 사람이 아니면 가질 수 없는 보상이다. 담요를 둘러쓰고 난롯가에 앉아 무스탕 커피를 홀짝이다 보면, 다음 날 또다시 걸어야 하는 빗길도 어찌어찌해볼 만할 거라는 긍정적인 생각이 뭉게뭉게 피어오른다.

긴장을 풀어주는 알코올과 체온을 높이고 기운을 차리게 해주는 따뜻한 커피의 조합은 전 세계 곳곳에서 찾아볼 수 있다. 지금이야 스타벅스의 영향으로 이탈리아식 커피 이름이 커피 전문점 메뉴판을 빼곡히 채우고 있지만, 1990년대 초반까지만 해도 인기 있는 커피숍들은 지금과는 다른 이국적인 메뉴판을 가지고 있었다. 비엔나 커피, 알렉산더 커피, 나폴레옹 커피, 러시안 커피 등……. 왠지 그런 '폼 나는' 커피들을 주문해 마셔야 유행에 뒤처지지 않는 것처럼 느껴지던 그 시절, 마음을 사로잡았던 커피 중 하나가 바로 아이리시 커피Irish Coffee였다. 술이 들어가는 커피였기에 고등학생이던 당시에는 금단의 열매나 마찬가지였지만, 온몸의 모공으로부터 흘러나오는 허세를 감당하지 못하던 때인지라 어두컴컴한 커피숍의 맨 안쪽에 자리를 잡고 앉아 상급생 누나와 함께 홀짝였던 추억의 음료이기도 하다.

아이리시 커피는 아일랜드의 포인스Foynes 지역에서 탄
생했다. 1940년대, 미국과 유럽을 연결하던 항구가 있던 이
곳은 긴 여행에 나선 여행자들과 신대륙에서 돌아오는 귀향
객들로 늘 붐볐다. 하루는 미국에서 온 비행정 한 척이 항구
에 닿았고, 거기서 내린 기진맥진한 한 무리의 승객들이 조
셰리단이라는 요리사가 운영하는 식당으로 들어섰다. 난기
류와 추위에 맞서며 대서양을 건너오느라 지칠 대로 지친 이
들을 위해 조가 내놓은 것은 따뜻한 커피에 위스키를 섞은 음
료였다. 그 맛에 감동한 승객들이 "혹시 이것이 브라질 커피
인가요?" 하고 물었고, 조가 농담처럼 "아뇨, 아일랜드 커피
인데요"라고 대답한 것이 그대로 이 음료의 이름이 되었다.
그 뒤 미국으로 전파되며 크림이 추가되었지만, 대서양의 매
서운 추위를 단박에 물리치는 효능에는 변함이 없다.

날씨 변화가 극단적이기로 아일랜드보다 한 수 위인 스
코틀랜드의 사람들은 긴 겨울밤을 '핫 토디Hot Toddy'와 함께
보낸다. 스카치위스키에 꿀과 레몬즙 그리고 뜨거운 물을 넣
고 저어서 만드는 것인데, 특히 으슬으슬 감기 기운이 있을
땐 웬만한 약보다 효과가 빠르다고 한다. 간단하게 만들려

면 꿀과 위스키 대신 두 가지가 믹스된 리큐르인 '드람부이
Drambuie'를 사용하는 것도 좋다. 개인적으로는 시차 적응에
실패해 불면증이 생겼을 때 이 음료를 애용한다. 이것을 마시
고도 잠이 오지 않는다면 둘 중 하나다. 누군가에게 빌려준
돈을 떼일 위기에 처했거나, 이미 떼였거나.

알프스에도 커피와 술, 긴 겨울이 있는데 이곳 사람들이
가만있을 리 만무하다. 독일과 스위스의 산악 지역에선 '슈납
스 카페Schnaps Kaffee'를 마시는데, 이것은 커피에 슈납스를 탄
것이다. 야외에서 벌어지는 각종 마을 축제 때 어김없이 등장
하는 메뉴로, 축제는 즐겁지만 몸이 얼어붙고 손발이 곱아서
한숨 돌려야겠다 싶을 때 주변을 둘러보면 반드시 이걸 파는
곳이 있다. 특히나 스위스의 산골 마을 주어제Sursee에서 매년
11월 11일에 열리는 '간잡하우엣Gansabhauet' 축제를 제대로 즐
기기 위해서 빼놓을 수 없는 것이 바로 이 슈납스 카페다. 축
제의 내용은, 다름 아닌 거위를 때려잡는 것이다. 거위를 밧줄
에 매달고(예전엔 산 채로 매달았는데 지금은 미리 도살한 거위를
쓴다) 이를 차례로 때려 바닥에 떨어뜨린 사람이 임자가 되는
것인데, 무딘 칼을 쓰기 때문에 여간해선 거위가 떨어지지 않

는다. 보통 100명이 넘는 사람들이 이 행사의 신청자 명단에 이름을 올리는데, 거위를 한 방에 보내기(?) 위해 추위 속에서 이제나저제나 자기 차례가 오길 기다리며 체온을 유지하려는 사람들이 연신 들이켜는 것은 바로 슈납스 카페다. 구경꾼들도 거위가 바닥에 떨어지는 결정적 순간을 놓치지 않기 위해 슈납스 카페를 홀짝이며 광장 주변을 떠나지 않는다. 한 가지 주의할 것은, 추위를 이기려고 슈납스 카페를 너무 많이 마셨다간 거위를 건드려보지도 못하고 헛손질을 할 가능성이 높다는 점이다. 알코올 도수 40도가 넘는 슈납스의 위력이 커피 향 속에 숨어 있기 때문이다.

유럽의 겨울을 떠올릴 때 빼놓을 수 없는 또 한 가지는 '글뤼바인Glühwein'이다. 크리스마스 한 달 전부터 독일과 스위스 전역에선 크리스마스마켓(크리스마스를 테마로 한 각종 공예품과 먹거리를 파는 시장)이 열린다. 이때 시장 한쪽에 마치 마녀가 끓이는 비밀의 약처럼 둥근 솥단지 안에서 무럭무럭 김을 내뿜고 있는 것이 바로 글뤼바인이다. 이것은 와인에 오렌지와 레몬, 계피, 정향 등을 넣고 약한 불에서 끓인 것인데, 가열하는 정도에 따라 알코올 성분을 거의 다 날아가게 할 수도 있고(이런 경우 아이들도 즐겨 마신다), 끓인다기보다 데우

1-2   얼음 호텔 '이글루 도르프'에 있는 세상에서 제일 쿨한 바

3   겨울철 유럽의 골목에서 만날 수 있는 글뤼바인

는 정도로 천천히 가열하여 알코올 도수를 거의 그대로 유지
시킬 수도 있다. 적당히 졸아들어서 뭉근해진 글뤼바인을 마
시다 보면, 잔에서 전해져오는 열기에 곱은 손이 펴지고, 아
까 미처 구경하지 못한 좁다란 골목으로 다시 발걸음을 돌리
고 싶은 힘이 생기곤 한다.

글뤼바인을 마셨던 경험 중 가장 기억에 남는 것은 스위
스 마터호른 지역의 얼음 호텔 '이글루 도르프Iglu-Dorf'를 방문
했을 때다. 겨울철 6개월 동안만 운영되는 이글루 도르프는
모든 것이 얼음과 눈으로 이루어져 있다. 침실과 화장실은 물
론 내부에 만들어진 바도 마찬가지다. 이 바에서도 글뤼바인
을 파는데, 마실 때 정말 조심해야 하는 것이 한 가지 있다. 무
슨 일이 있어도 글뤼바인을 바닥에 흘려선 안 된다는 것. 당연
한 이치다. 그러면 이 얼음 호텔이 녹아버릴 테니까. 머리카락
은 얼어서 하얗게 굳어 있는데, 뜨거운 글뤼바인을 들고 행여
바닥에 한 방울이라도 흘릴세라 후후 불어가며 마시던 그 순
간만큼 손안의 술잔에 집중했던 적은 없었던 것 같다.

향긋한 깔렌따디또든, 부드러우면서도 얼큰한 무스탕
커피든, 온몸이 노곤해지는 핫 토디든, 달콤하고 진한 글뤼바
인이든, 겨울철 술을 제대로 즐기기 위한 공통점이 하나 있

다. 그건 바로 몸이 얼어붙어 따뜻한 것에 대한 생각이 간절해져야 한다는 것이다. 그래야 비로소 한 모금의 술에서 진정한 행복을 얻을 수 있을 테니까. 그런 면에서 적당한 정도의 시련은 그 뒤에 따라오는 성취를 더 만끽할 수 있도록 해주는 무대장치와도 같은 것 아닐까. 비록 나에겐 아직 집으로 가 글뤼바인을 끓이기 전에 여름옷만 걸친 채 인천공항의 추위를 뚫을 일이 남아 있지만 말이다.

대나무를 닮은
장인의 마음

대한민국
＊
죽력고

2011년 7월부터 1년간 《시사IN》에 연재했던 '술 권하는 세계' 칼럼을 마치기 전 다짐했던 한 가지는, 정말 맛있고 뜻 깊은 한국 술을 꼭 하나 소개하겠다는 거였다. 주로 헤매고 다니는 곳이 나라 밖이다 보니, 맛있다고 소개하는 술이 죄다 외국 것이어서 정작 내 나라 술에 대해 제대로 알리지 못한 아쉬움이 컸기 때문이다. 그러다가 우연히 지인을 통해 '죽력고竹瀝膏'라는 술을 마셔볼 기회를 얻었다. 1946년, 육당 최남선은 그의 책 『조선상식문답』에서 조선의 3대 명주에 대해 언급했는데, 전주의 이강고梨薑膏, 평양의 감홍로甘紅露와 함께 최고의 술로 쳤던 것이 바로 전라도의 죽력고다. 조선 중기의 대표적인 사상가 송시열은 죽력고를 가리켜 "진정한 최고의 맛眞是絶美"이라 칭송했고, 조선 말기의 실학자 정약용은 "죽력고를 만드느라 대나무를 온통 베어내는 바람에 숲이 없어질 정도니,

아무리 죽력고가 좋다 한들 좀 자제하라"라는 당부를 남길 정
도였다고 한다. 사대부들 사이에서 죽력고가 얼마나 인기 있
었는지를 짐작해볼 수 있는 대목이다.

　잔에 담긴 죽력고는 옅은 노란색이 감도는 것이 마치 가
을 낮의 따사로운 햇살을 연상시켰다. 넘실댈 때마다 잔 가장
자리를 따라 흘러내리는 가볍지 않은 질감은 이 술이 제법 독
하다는 것을 말해주고 있었다. 맵기도 하고 달기도 한 향기에
이끌린 손은 무의식적으로 잔을 입가로 안내했다. 몇 차례 이
야기한 바 있지만, 나는 증류주를 마실 때 목구멍 안으로 던져
넣는 방식을 선호하는 편이다. 그렇게 해서 단번에 위장에 안
착한 술의 기운이 식도를 타고 돌아 나올 때의 향을 즐기는 것

이다. 하지만 입안으로 들어
온 죽력고는 단번에 위장으
로 내려가길 거부했다. 아니,
혀가 죽력고를 더 잡아두고
싶어 했다는 표현이 맞을 것
이다. 알코올 도수 32도의 술
이라고는 도저히 믿기지 않
는 맑은 기운과 감칠맛에, 술

을 혀 위에 놓고 이리저리 굴리는 시간이 길어질 수밖에 없었
다. 이토록 섬세한 맛이라니. 죽력고에선 고집스럽게 자신이
추구하는 가치를 구현해온 사람의 그 무엇이 느껴졌다. 이 술
을 만든 사람을 당장이라도 만나보고 싶다는 생각이 든 건 당
연한 결과였다.

이리저리 수소문한 끝에 전라북도 무형문화재로 지정된
송명섭 장인과 연락이 닿았다. 집안 대대로 전해 내려오는 죽
력고의 비법을 되살리는 데 성공한 그는, 전북 정읍에 위치한
자신의 양조장에서 증류 시설을 증축하는 공사로 한창 바쁜
와중이었다. 수수한 개량한복 차림에 머리가 희끗한 장인은
한눈에 보기에도 고집스러워 보였다. 인사를 건네도 받는 둥
마는 둥, 새롭게 앉힐 소줏고리용 아궁이에 황토를 바르는 인
부들과 격론을 벌이던 그는 뻘쭘하게 서 있던 나에게 무뚝뚝
한 목소리로 말을 건넸다.

"식사 안 하셨지? 밥 먹으러 갑시다."

잠시 후 나는 마흔 평생 먹어왔던 장어가 모두 게맛살이
아니었나 의심될 정도로 맛있는 장어구이 정식을 먹으며 정
신이 혼미해져가고 있었다. 그런 나를 약간은 흐뭇한 표정으
로 지켜보던 장인의 입에서 나온 한마디는 조금 의외였다.

"여그서 서울꺼정 대리운전 맡기면 얼매나 나올라나?"

"네?"

"아니, 술 이약(이야기)을 하믄서 술을 안 마셔부는 것도 이상허지 않으요. 긍께 나가 절반을 부담헐 테니 대리운전을 해서 서울 올라가는 것으로 허고, 지금부터 술 마셔붑시다."

장인의 말은 정겨운 사투리에 실려 있긴 했지만, 반론을 제기할 수 없는 카리스마를 담고 있었다.

"네, 말씀하신 대로 따르겠습니다."

"그라제. 글믄 인자 나를 따라오소."

양조장으로 돌아오자마자 맛본 것은, 죽력고를 만들기 위해 사용하는 술덧(원재료가 되는 술)인 청주와 소주였다. 백미를 20일간 발효시켜 만든다는 청주를 코끝에 가져갔을 땐, 이것이 곡주가 아니라 과실주가 아닐까 의심할 지경이었다. 놀랍도록 달콤한 향기가 마음까지 둥실 떠오르게 했다.

"효모가 편안허게 일을 할 수 있도록, 더우면 식혀주고 추우면 덮어주제. 여섯 시간마다 한 번씩 정성 들여 돌봐주면 효모들이 신나서 일을 헌당께. 그라믄 나가 넣지도 않은 과일 향기가 나. 그것이 바로 효모의 땀 냄새요."

이토록 정성 들여 만든 청주를 끓여 만든 소주는, 단언

하건대 지금껏 마셔본 소주 중 가장 맛있었다! 수백 개의 수
정 구슬이 은쟁반 위에 떨어지는 것 같은 짜릿함과 청량함,
그리고 쌀이 얼마나 향기로운 곡식인지를 다시 한번 깨닫게
하는 화려한 향은 지금껏 내가 소주에 대해 가지고 있던 인식
자체를 바꿔놓았다.

"원래 그냥 먹기에도 아까운 술을 가지고 만들어야 제대
로 된 죽력고가 나오오. 요것을 가지고 한 번 더 끓이믄서, 소
줏고리 안에 죽력과 각종 약재가 든 바구니를 넣어 증류를 하
믄 죽력고가 되는 것이제. 이런 제조 방법을 가리켜 '재고내
린다'라고 허요."

죽력은 푸른 대靑竹의 줄기를 숯불이나 장작불에 쪼이면
흘러나오는 수액 같은 기름膏을 가리킨다. 죽력 이외에도 생
강, 석창포, 계피, 솔잎과 죽엽 등의 재료가 사용된다고 하니,
단순한 술이라기보단 약에 더 가깝다고 해도 과언이 아니다.
실제로 조선 말기의 학자 황현이 쓴『오하기문』에 보면, 일제
강점기에 의병 활동을 하다가 체포된 녹두장군 전봉준이 모
진 고문을 당해 몸져누웠는데, 죽력고를 마시고 원기를 회복
하여 서울로 압송될 땐 수레에 꼿꼿이 앉아서 갔다는 기록이
나온다.

"어린아이들이 병에 걸려 죽도 못 먹는 상태가 되면, 영양을 공급해야 허는디 방법이 없잖여. 그랄 때 우리 옛 어른들이 쓰신 방법이 바로 '재고내리기'요. 약재를 담은 바구니를 시루에 넣고 찌면, 약 성분 중에서도 아주 가벼워서 소화하기 편한 것들만 위로 올라오고 무거운 독은 아래로 떨어진단 말요. 위로 떠오른 것을 식혀 그 이슬을 모으면 몸이 아주 편허게 받아들이는 약이 되는 것이제."

원래부터 약으로 쓰였다는 설명에, 지금의 죽력고 역시 밤샘 편집이라도 하고 나면 누구에게 두들겨 맞은 것 같은 상태가 되는 나에게 특효이지 않을까 싶은 생각이 들었다.

"그럼 선생님께서 만드시는 죽력고도 약효가 있겠네요?"

"옛날의 죽력고는 분명히 약효가 있었고, 옛 방법 그대로 만드니 아마도 약효가 있지 않을까 싶다'까지만 말할라요. 안 그라믄 또 나가 이것을 약이라고 선전혔다고 관청에서 뭐라 할 것잉께."

장인의 말에는 죽력고 생산 면허를 얻기까지 규제 일변도인 해당 관청과 지루한 줄다리기를 거쳐야 했던 때의 분노가 묻어났다.

"처음엔 죽력이 약이라고 했다 혀서 안 된다 하고, 다음엔 용기 때문에 안 된다 하고, 그거 해결하니 전통 방법과 다르다고 해서 안 된다 하고, 어떻게 하면 규제가 풀립니까 하니 당신이 만든 술을 설치류, 비설치류에 6개월간 반복 투여해서 DNA 변형이 없는 걸 증명해라……."

그렇게 힘든 과정을 거쳐 제조 면허를 받고 나서도 세상으로부터 전통주의 가치를 제대로 인정받는 일은 만만치가 않은 듯했다.

"우리나라의 경우엔 비싼 술을 만들 수가 없으오. 제조 원가와 노동력만 인정허지 기술력은 인정을 안 혀. 나가 이것을 한 병에 10만 원 받겠다고 하든 원재료가 뭐냐, 재료값의 25퍼센트까지만 이윤을 붙일 수 있다, 허는디 어디 와인은 포도가 한 송이에 몇만 원씩 해서 그리 비싼감? 나의 술은 예술인데 그것을 원가를 가지고 평가한다면 누가 이것을 만들겄소. 그 시간에 논에 가서 일을 허제."

눈을 돌려 주위를 살펴보니 장인의 솜씨에 비해 작업장은 너무나 허름했다. 관에서 보내준 듯한 '무형문화재의 집'이라고 쓰여 있는 현판이 무색하게 느껴질 정도였다. 조금만 이름나면 그 술을 만드는 양조장이나 증류소도 하나의 관광자원이 되는 외국의 현실과 비교하자니 마음 한구석이 아렸다. 평생을 바쳐 술을 만들고 있지만 자기 술의 가격 하나 스스로 결정하지 못하는 우리나라 전통주 관련 법규가 야속하게 느껴지는 순간이었다.

장인을 따라 양조장 한쪽으로 들어서니, 늘어선 스테인리스 용기 안에서 이곳에 오는 내내 갈구하던 향기가 풍겨 나온다.

"원래 여름엔 맛이 좀 덜해서 죽력고를 안 허는디, 마침 거르고 있는 것이 있으니 맛이나 보소."

장인은 병에 담기 전 여과 과정을 거치고 있는 죽력고를 낡은 붉은색 플라스틱 바가지에(!) 담아 내밀었다. 바가지를 내미는 손은 그 술을 직접 빚어낸 손이다. 서울에서 마신 것과 그 맛이 절대 같을 수가 없다.

"예전에 마셔본 것보다 훨씬 맛이 좋은데요."

"아마 고것이 바가지 맛일 것이여. 허허. 사람의 정취를 느끼며 먹으니 당연한 거요. 술을 만들 때도 나의 기원이 들어가야 비로소 살아 있는 술이 되는 법이거든."

입에 머금은 죽력고에선 쌉싸름한 대나무 향기가 느껴지는가 하면 서늘한 솔바람이 불어오고, 매운 계피 향이 피어나는가 싶더니 이내 생강의 더운 기운이 올라왔다.

"소줏고리 안에서 술기운이 바구니를 통과하믄서 어떤 놈은 죽향을 가지고 올라오고, 어떤 놈은 솔향과 한 몸이 되어서 나와. 이런 여러 가지 기운들이 서로 부딪히지 않고, 자유자재로 순서가 바뀌면서 입안에서 맴도는 것이 바로 죽력고의 매력이제."

연거푸 바가지를 비워 불콰해지는 술기운에 기분 좋게 몸을 맡기면서, 이 술을 마시는 사람들에게 장인이 바라는 것은 무엇인지 물었다.

"아무쪼록 이것을 드시는 분들도 만드는 사람 마음을 아프게 하지 말았으면 좋겠소. 감기약을 먹어보니 몸이 개운해지는 것 같다고, 사흘 치를 한꺼번에 먹어불면 그 사람은 어찌 되겠소? 이 술을 드시고 기분이 좋고 마음이 편안해지시라고 만든 것인데, 그것을 한꺼번에 너무 많이 드시고 괴로워불면 내 마음이 어떻겠냔 말이오."

마시는 사람이 끝까지 즐겁기를 바라는 장인의 마음 앞에서 그동안 내가 저질렀던 만행들을 반성하는 가운데, 바가지에 담긴 술은 아쉽게도 점점 줄어들고 있었다.

생각해보면 그곳엔 언제나 술이 있었다.

커리어를 건 프로그램을 편집하던 불면의 밤에, 이불 킥을 차게 만드는 일생일대의 대실수를 저지른 날에, 그리고 떨어지지 않던 입을 열어 마음 깊이 품어왔던 말들을 풀어 놓던 순간에.

생각해보면 본격적인 첫 대면은 자의에 의한 것도, 그다지 유쾌한 것도 아니었다. 내 세대의 많은 사람들이 그렇 듯 대학교에 들어가 선배들이 주도하는 술자리에서 주종을 선택할 자유도 없이, 주량을 시험해볼 겨를도 없이 일단 털어 넣었고 취했고 토했고 의식을 잃었다. 하지만 그런 가운데 내가 의외로 남들보다 좀 더 소질(?)이 있다는 것을 알게 되었고, 끝까지 버텨 남들의 항복(다음 날 꿈에도 생각하기 싫은 바보짓, 혹은 졸도)을 받아내는 것의 즐거움을 내면화하는 데에는 그리 오랜 시간이 걸리지 않았다. 그렇게 나는 학교 응원단의 술잔 공세에 맞서 방송국 학우들을 지켜낼 수 있는 유일한 대항마로 굳어져 갔다.

의무감과 치기 어린 경쟁심에서 시작한 것이었으나, 해외 프로그램을 전문으로 하는 방송 PD가 되면서부터는 여러 나라의 술로부터 세상을 배웠다. 사탕수수즙을 증류한 카샤사의 향과 브라질의 뜨거운 태양을 등치시키는 법을 배웠고, 얼음 띄운 맥주를 마시며 전력 사정이 부족했던 동남아시아의 역사를 떠올렸고, 혈관을 터뜨릴 듯 뜨겁게 달궈진 사우나에서 얼음물로 뛰어든 뒤 마시는 보드카 한 잔의 즐거움을 알게 되었다. 바이지우 한 병을 15분 안에 비우고도 멀쩡한 중국 식당 지배인의 모습을 보며, 세상은 넓고 고수는 많다는 사실을 다시 한번 깨닫기도 했다(물론 그 깨달음은 기절한 뒤에야 얻을 수 있었다).

그리고 술은, 오랜 기간 머뭇거리며 털어놓지 못했던 내 고백을 가능케 한 자극제이기도 했고, 그렇게 어렵사리 만든 관계를 한 방에 깨뜨려버린, 지킬 박사의 발명품이기도 했다. 지난날의 트라우마로 관계가 진전되는 것을 어려워하던 옛 여자 친구의 집 문 앞에서, 지금 생각하면 자다가도 벌떡 일어나 머리를 쥐어뜯게 만드는 추태를 부리게 만든 원흉도 다름 아닌 술이었기 때문이다.

예전처럼 마시다가 앉은 자리에서 전사하는 일을 반복하며, 나는 나의 머리가 품고 있는 청춘과 육체에 쌓여버린 세월 사이의 인지부조화를 조정하는 기간을 겪었다. 그 모든 기억들은 모서리가 깎이고 보기에 편한 색깔로 덧칠된 채 기억의 수장고에 차곡차곡 쌓였다. 차츰 그 기억들을 꺼내 먼지를 닦아내는 일이, 술이라는 녀석의 새로운 역할이 되어가는 중이다. 그때마다 이렇게 말을 건넨다.

너와 함께한 내 청춘, 뜨거웠노라.

라이브러리

피스코

피스코 ··· 페루
발효시킨 포도즙을 증류한 남미식 브랜디. 여기에 시럽과 라임즙
을 더하면 페루의 국민 칵테일 '피스코 사워'가 된다.

마사또 ··· 페루
고구마와 무를 닮은 '유까'를 발효시켜 만든 정글의 막걸리. 소박
하고 깔끔하면서도 거친 맛이 난다.

뿌로 ··· 에콰도르
사탕수수로 만드는 남미의 증류주 아구아르디엔떼의 일종. 에콰
도르에선 증류한 상태 그대로 아무것도 첨가하지 않는다.

바이스비어 … 독일
맥아를 밀에 첨가해 상면발효법으로 만드는
맥주이다. 효모와 곡물 성분 때문에 막걸리처
럼 뿌옇다.

위스키 … 영국
주로 곡류를 원료로 하는 증류주로, 보리를 훈
연할 때 이탄을 사용하여 매캐한 향이 스며
든다.

럭시 … 네팔
수수나 보리로 만든 네팔식 막걸리 '창'을 끓
인 것. 네팔의 전통술이지만 좋은 품질을 구하
기가 어려운 실정이다.

무스탕 커피 … 네팔
커피에 설탕과 야크의 젖으로 만든 버터, 그
리고 럭시를 탄 것이다.

바이스비어

비어라오   시메이 맥주

비어라오 … 라오스
맥아와 라오스산 쌀을 배합하고 독일산 효모
로 발효시켜, 역시 독일산 홉을 첨가해 만든
맥주이다.

시메이 맥주 … 벨기에
트라피스트 맥주 중 가장 생산량이 많은 브랜
드로, 시메이 수도원에서 만들어진다.

아구아르디엔떼 … 콜롬비아
스페인어권 나라에서 흔히 볼 수 있는 증류주.
나라마다 제조법이 다르나 알코올 도수가 높
고 깔끔한 향이 있다.

바이지우 … 중국
수수에 조, 쌀, 옥수수 등 갖은 곡식을 더해 누룩으로 발효시킨 뒤, 이를 증류하여 만든다.

싱가니 … 볼리비아
볼리비아 따리하의 고원지대에서 자라는 포도로 만든 증류주이다. 따뜻한 우유에 타서 마시기도 한다.

그라파 … 이탈리아
브랜디의 일종. 와인용 포도즙을 짜고 남은 찌꺼기를 발효시킨 뒤 그것을 증류해 얻은 술.

칭기즈 보드카 … 몽골
몽골을 대표하는 술로 병 라벨에 칭기즈 칸의 얼굴 사진이 붙어 있다.

미체 … 베네수엘라
빠넬라(사탕수수의 원당原糖을 굳혀 말린 것)를 잘게 부수어 물과 섞고 발효시킨 뒤, 이것을 다시 증류하여 아니스가 담긴 바구니를 통과시킨다. 주로 커피에 타서 마신다.

쓰라 써 … 캄보디아
쌀과 누룩, 각종 약재를 섞어 항아리 안에서 발효시키고, 마실 때야 물을 부어 우려낸다.

아라기 … 수단
수수로 만든 증류주. 1차 발효로 얻어진 양조주에서 알코올 성분만을 취한다. 무색투명한 액체에 거칠고 드라이한 맛이다.

죽력고 … 대한민국
대나무 줄기를 불에 쬐어 흘러나오는 수액 같은 기름과 생강, 석창포, 계피, 솔잎, 죽엽 등의 재료로 만든 술.

까나주 – 까냐소 … 말라위 – 페루
사탕수수를 발효시킨 술로, 포르투갈과 스페인의 식민지였던 곳에서 서로 다른 이름으로 부르고 있다.

바이지우

치쿠디아 ··· 그리스

라키라고도 하며 발효 중인 포도즙을 한 번만
증류해 포도 본연의 향을 살린다.

보드카 ··· 러시아

밀, 보리 등의 곡류나 감자로 만든다. 알코올
증기가 숯과 모래가 들어 있는 증류탑을 통과
하면서 모든 향미가 제거된다.

침출주 ··· 동서양

혼성주. 곡물과 과실 이외에 다른 재료가 들어
간 술.

아락 ··· 아랍

인류 최초의 증류주이며, '농축'을 뜻하는 아
랍어가 이름이 되었다.

캐나디언 클럽 ··· 캐나다

캐나다에서 가장 유명한 위스키. 스카치위스
키보다 좀 더 밝은 연노랑 빛을 띠며 진저에
일과 잘 어울린다.

아락

치쿠디아

보드카

캐나디언 클럽

까이삐리냐   글뤼바인

글뤼바인 ··· 스위스

와인에 오렌지, 레몬, 계피, 정향 등을 넣고 약한 불에서 끓인 것. 가열 정도에 따라 알코올 도수를 조절할 수 있다.

까이삐리냐 ··· 브라질

남미를 대표하는 칵테일 중 하나로, 브라질의 국민주 카샤사에 라임과 설탕을 섞어 만든다.

아마룰라 ··· 남아프리카공화국

남아프리카공화국 특산의 크림 리큐어. 달콤하고 부드러운 크림 맛 속에 강렬한 위스키 향이 녹아 있다.

아콰빗 ··· 덴마크

감자를 발효시킨 후 여러 허브로 향을 내어 만든다. 스칸디나비아반도 전역에서 즐긴다.

라오라오 ··· 라오스

찹쌀을 발효시킨 후 산에서 캐낸 갖은 약초를 더해 증류한 술. 쌀로 만든 술 특유의 향과 단맛, 그리고 불맛이 느껴진다.

아마룰라   아콰빗

빨링꺼

테킬라 ··· 멕시코

멕시코산 용설란 잎의 수액을 채취해 발효시키면 뿔께라는 탁주가 되는데, 이를 끓여 알코올 성분을 모은 것이다.

빨링꺼 ··· 루마니아

제철과일을 발효시켜 두 번 증류해 만든다. 도수가 60-80도로 높은 편이다.

테킬라

일은 핑계고 술 마시러 왔는데요?

2020년 6월 11일 개정판 1쇄 인쇄
2020년 6월 19일 개정판 1쇄 발행

지은이 | 탁재형
발행인 | 윤호권 박헌용
책임편집 | 홍은선
마케팅 | 조용호 정재영 이재성 임슬기 문무현 서영광 이영섭 박보영

발행처 | (주)시공사
출판등록 | 1989년 5월 10일(제3-248호)

주소 | 서울시 서초구 사임당로 82(우편번호 06641)
전화 | 편집 (02)2046-2897 · 영업 (02)2046-2881
팩스 | 편집 (02)585-1755 · 영업 (02)588-0835
홈페이지 | www.sigongsa.com

ⓒ 탁재형 2020

ISBN 979-11-6579-047-9 (03810)